Diogenes Taschenbuch 20225

Henry Slesar

Erlesene Verbrechen und makellose Morde

Auswahl und Einleitung
von Alfred Hitchcock
Aus dem Amerikanischen
von Günter Eichel
Mit vielen Zeichnungen
von Tomi Ungerer

Diogenes

Titel der amerikanischen Originalausgabe
›A Bouquet of Clean Crimes and Neat Murders‹,
New York 1960.
Die deutsche Erstausgabe erschien 1964
im Diogenes Verlag.
Die Erzählungen ›Das tödliche Telephon‹ und
›Der Tag der Hinrichtung‹
wurden von Peter Naujack übersetzt.
Umschlagzeichnung von Tomi Ungerer

Veröffentlicht als Diogenes Taschenbuch, 1975

60/81/8/5
ISBN 3 257 20225 3

Inhalt

Einleitung

In den letzten Jahren war es mir ein Vergnügen, mehrere hundert Opfer in den Wohnzimmern meiner amerikanischen Fernsehzuschauer zu verteilen; ich hoffe, das dabei vergossene und geronnene Blut hat die Teppiche nicht zu sehr ruiniert. Wir haben jedenfalls versucht, unsere Verbrechen möglichst sauber und unsere Morde möglichst fleckenlos abzuwickeln.

Zu einem Teil wird unser Erfolg in diesem Punkt mit dieser Sammlung demonstriert. Ihre Geschichten, die sämtlich für das Fernsehen umgearbeitet wurden, sind erstklassige Beispiele für die Philosophie der Sendungen. Falls noch keiner gemerkt haben sollte, daß wir dabei tatsächlich eine Philosophie hatten, erlaube ich mir, sie hier zu beschreiben. Sie besteht aus folgenden fünf Prinzipien:

1. Kein Mord ist hübsch;
2. Gewalt ist langweilig, solange kein triftiger Grund besteht;
3. Wirklich empfindlich ist niemand;
4. Verbrechen mögen sich vielleicht nicht lohnen, aber unterhalten tun sie bestimmt;
5. Wichtig ist allein der Ablauf.

Das letzte Prinzip ist zwar nicht mehr ganz originell, vielleicht jedoch am wichtigsten. Bei unseren Fernsehsendungen haben wir uns jedenfalls ständig bemüht, die eigentliche Story nicht im Blut ertrinken zu lassen. Zumindest unser ziemlich großes amerikanisches Fernsehpublikum hat Gefallen daran gefunden (und die Firmen, die unsere Sendungen im amerikanischen Fernsehen finanzieren, finden natürlich wiederum Gefallen an der großen Zahl unserer Zuschauer).

Henry Slesar, der unseren ständigen amerikanischen Zuschauern bekannt sein dürfte, ist der Autor der vorliegenden Erzählungen. Und der Leser wird feststellen, daß Mr. Slesar uneingeschränkt mit unseren fünf Prinzipien übereinstimmt. Als friedfertiger junger Mann mit ungewöhnlicher krimineller Begabung (natürlich nur auf literarischem Gebiet) hat er zu unserer Freude und Erbauung so vielversprechende Charaktere wie Milt Potter (der zweihunderttausend Dollar stahl und sie nicht zurückgeben wollte), eine freundliche Kellnerin (mit der Angewohnheit, Arsen zu servieren), einen Einbrecher (der der Vernunft zugänglich ist), einen Mann (der aus den merkwürdigsten Gründen nicht schlafen konnte), eine Dame (die nicht einmal den Mund halten kann, um ihr eigenes Leben zu retten), einen Entfesselungskünstler (der sich nicht befreien kann) und andere unterhaltsame Exemplare geschaffen. Reizende Leute sind es – Schurken, Mörder und auch ihre Opfer.

Jedenfalls bin ich überzeugt, daß es ein Vergnügen ist, ihnen in ihrer ursprünglichen Gestalt zu begegnen. Ich schlage also vor, Sie blättern gleich eine Seite weiter, und wünsche Ihnen dazu ekelhaft viel Spaß.

Alfred Hitchcock

Einer, der nicht ausreißt

»Wie dämlich man manchmal sein kann!« sagte Captain Ernest Fisher und knallte den Tintenlöscher so heftig auf den Tisch, daß das Kalenderblatt flatterte. Hogan, der Polizeilieutenant mit dem strahlenden Gesicht, blickte von den Aktenordnern auf, und seine hochgezogenen Augenbrauen waren eine einzige Frage.

Fisher raschelte mit dem Blatt, das er in der Hand hielt. »Zufällig werfe ich einen Blick auf diesen Wisch – den hier mit den Namen der Häftlinge, die auf Bewährung in unsere Gegend entlassen sind. Und dazu gehört auch Milt Potter.«

»Wer ist Milt Potter?«

»Soll das heißen, daß ich Ihnen von dem noch nichts erzählt habe?«

»Nein, Sir.«

»Werfen Sie mal einen Blick in den Ordner vom Jahre 46 – Rubrik ›Unterschlagung‹. Da finden Sie Milton Potter, genauso geschrieben, wie er ausgesprochen wird. Bringen Sie das Ding mal her, dann werde ich Ihnen die Geschichte erzählen.«

Hogan schob die Schublade zu, in der er herumgesucht hatte, und führte den Befehl aus; er legte den Aktenordner auf den Tisch des Captains und überflog die Eintragungen des ersten Vorgangs.

»Milton Potter«, las er dort, »34 Jahre, ledig, Arbeitgeber: Metro Investment Services Inc...«

»Das ist er«, sagte Fisher. Er lehnte sich in seinen Drehstuhl zurück und legte die Füße auf die Tischplatte. »Der zahmste Verbrecher, dem Sie in Ihrem ganzen Leben begegnet sind, oder vielleicht auch der kaltblütigste. Verschwand aus seiner Firma mit zweihunderttausend Dollar, als hätte er von einem Obstkarren einen Apfel geklaut. Und jetzt ist er also wieder ein freier Mann.«

»Auf Bewährung?«

»Ja – vor zwei Tagen entlassen«, sagte Fisher mit gerunzelter Stirn. »Zwölf Jahre lang stand sein Entlassungsdatum auf meinem Kalender – und dann vergesse ich, mir die Entlassungslisten anzusehen! Aber das ändert auch nicht viel an der Geschichte. Ob zwei Tage oder zwei Wochen – immerhin habe ich Potters Nummer.«

Der Captain zündete sich eine Zigarette an, legte dann das Päckchen vor sich auf den Tisch und bereitete sich darauf vor, eine lange Geschichte zu erzählen.

»Passiert ist die Sache damals im März 1946. Ich war noch ein unbeschriebenes Blatt wie Sie und vielleicht noch ehrgeiziger und arbeitswütiger, als Sie es jetzt sind. Als die Metro Investment den Schaden entdeckte, wurde ich zwar zugezogen, bekam aber nicht viel zu tun. Das erledigte Milt Potter für mich.

Potter war ein komischer Kerl. Er war klein, untersetzt und sah irgendwie wie eine Eule aus, und seine traurigen braunen Augen ähnelten denen eines Cockerspaniels. Seit er das College verließ, hatte er für die Metro Investment gearbeitet, alles in allem dreizehn Jahre, und verdiente immer noch bloß sechzig Dollar in der Woche. Familie hatte er keine, Freunde nur wenige. Er war ruhig, höflich, unauffällig und sorgfältig. Kein Mensch konnte irgendeine Geschichte von ihm erzählen oder ihn auch nur annähernd genau beschreiben – das stellten wir fest, als er plötzlich vermißt wurde. Und er erfüllte seine Pflichten, ohne jemals zu klagen oder seine geheimen Absichten anzudeuten, die jahrelang in ihm geschwelt haben müssen.

Und dann passierte es. Eines Tages erschien Potter nicht zur Arbeit, und keiner kümmerte sich groß darum. Erst als er am folgenden Tag auch nicht kam, verfiel irgend jemand auf die Idee, daß man doch einmal bei ihm zu Hause anrufen sollte, ob er sich ein Bein oder sonst irgend etwas gebrochen hätte. Am Telefon meldete sich jedoch niemand. Wirklich unruhig wurde man in der Firma erst weitere drei Tage später, als Potter immer noch nicht wieder aufgetaucht war. Und so lange brauchte man dort auch, bis man zum erstenmal Verdacht schöpfte – ein so unbeschriebenes Blatt war Milt Potter.

Jedenfalls nahmen die Leute schließlich Vernunft an und

prüften Potters Bücher. Sie brauchten nicht einmal ihren Rechnungsprüfer zu bemühen, um festzustellen, daß irgend etwas nicht ganz stimmte. In Potters Abrechnungen wurden erhebliche Lücken entdeckt, und ferner fehlten erhebliche Beträge, die sich insgesamt auf rund zweihunderttausend Dollar beliefen. Eines stand jedenfalls fest: Potter hätte man solche Sachen am allerwenigsten zugetraut – aber ist das nicht immer so?

An diesem Punkt schnappte die Firma dann endgültig über und schrie nach der Polizei. Der Chef übertrug mir den Fall, und ich zog also los, um mich mit den Leuten zu unterhalten. Anschließend wollte ich mich mit Potters Wohnung beschäftigen, und was dabei herauskam, war doch ziemlich überraschend. Er war zwar nicht zu Hause, und auch seine Wirtin hatte keine Ahnung, wo er sein könnte – aber er hatte nicht den leisesten Versuch gemacht, seine Spur zu verwischen. Seine Anzüge und seine Koffer befanden sich nach wie vor in dem Zimmer, und überall lagen Reiseprospekte herum. Allem Anschein nach hatte Potter Pläne gemacht, was er mit dem Geld anfangen wollte.

Ich rechnete mir aus, daß es nicht allzu schwierig sein dürfte, ihn zu finden, hatte dann jedoch keine Gelegenheit mehr zu zeigen, was ich konnte. Wahrscheinlich war das auch der Grund, weswegen ich mich über diesen Fall so aufregte – denn dieser krumme Hund verpatzte mir die Möglichkeit, zum erstenmal in meinem Leben einen wichtigen Mann zu verhaften! Am Tage, nachdem die Metro Investment die Polizei zugezogen hatte, erschien Milton Potter nämlich auf der Polizeiwache und stellte sich.

Genaugenommen war es gar nicht einmal so verwunderlich – viele Verbrecher, die so etwas zum erstenmal machen, verlieren die Nerven, sobald sie die Sache erledigt haben. Aber Potter sah keineswegs so aus, als wäre er ein Opfer seiner eigenen Angst. Er war ruhig und vernünftig, und alles, was er sagte, war: ›Hier bin ich, ich habe das Geld gestohlen: jetzt tut, was ihr tun müßt.‹

Stunde um Stunde habe ich ihn im eigenen Saft schmoren lassen, aber die ganze Zeit blieb er höflich und kühl.

Nicht eiskalt wie einige dieser Halunken, mit denen wir manchmal zu tun haben, sondern kühl auf eine Weise, die schon beachtlich ist. Der einzige Punkt, über den er freiwillig nichts sagen wollte, war, wo er das Geld versteckt hatte. Sobald ich davon anfing, war er stumm wie ein Fisch. Er war bereit, für dieses Verbrechen ins Gefängnis zu wandern – gut. Aber die Moneten wieder herausrücken? Kam nicht in Frage.

Ich habe wirklich alles versucht und getan, ihn durch die Mangel zu drehen – auf völlig legitime Weise natürlich. Ich erklärte ihm, daß er damit alles nur noch schlimmer machte, und daß für ihn fünfzehn oder zwanzig Jahre herausspringen würden, wenn er so weitermachte wie bisher. Ich versuchte ihm beizubringen, daß er wahrscheinlich einigermaßen ungeschoren davonkäme, wenn er das Geld wieder 'rausrückte – schließlich wäre er noch nicht vorbestraft. Und wenn er die zweihunderttausend zurückgäbe, würden sowohl die Metro als auch die Versicherung ziemlich sanft mit ihm verfahren. Genaugenommen versprach ich es ihm sogar.

Aber davon wollte Milt Potter nichts wissen; er blieb standhaft. Er behauptete, er hätte das Geld gestohlen, weil er glaubte, damit verschwinden zu können, hätte dann aber gemerkt, daß er nicht so gebaut wäre, um als ständig gejagter Verbrecher zu leben. Und die Vorstellung, den Rest seines Lebens immer gehetzt und verfolgt zu werden, hätte er nicht ertragen – er gehöre eben nicht zu den Leuten, die einfach türmten. Deshalb hätte er sich auch freiwillig gestellt. Was er aber mit dem Geld gemacht hätte? Das wäre eine völlig andere Geschichte. Und was wir mit ihm anstellen würden, wäre ihm restlos egal – zumindest so lange, wie er seine Beute nicht zurückzugeben brauchte. So hatte er sich alles ausgemalt, und so kam es dann auch.

Die Verhandlung verlief kurz und glatt. Er bekannte sich schuldig und bekam fünfzehn Jahre.

Ich wußte natürlich, was er damit bezweckte, und die anderen wußten es auch. Er hatte die Absicht, etwas zu investieren: seine Zeit und seine Freiheit. Der Gegenwert würde darin bestehen, daß er reich wäre, wenn er aus dem

Gefängnis herauskäme. Ich vermute fast, daß er zu dem Typ gehört, dem das Gefängnisleben nicht viel ausmacht. Während des Krieges war er fünf Jahre in der Army gewesen, und die ständige Bevormundung hatte auf seinen Charakter abgefärbt. Es gefiel ihm, wenn ihm genau gesagt wurde, wo er hinzugehen und was er zu tun hätte; ich versuchte ihm zwar beizubringen, daß ein Gefängnis doch etwas anderes sei, aber das schien ihn nicht weiter zu kümmern. Wie ich schon sagte, war das 1946. Potter war vom ersten Tage an ein mustergültiger Gefangener. Die meiste Zeit arbeitete er in der Bibliothek und las eine Menge – hauptsächlich Reisebücher. Wegen guter Führung wurden ihm drei Jahre Haft erlassen. Na, und nun hat er zwei Tage Vorsprung, aber das wird nichts ausmachen.«

Captain Fisher drückte seine dritte Zigarette aus, und Hogan sagte: »Und was jetzt, Captain? Wird er jetzt mit dem Geld verschwinden?«

Betrübt schüttelte Fisher den Kopf. »Jetzt geht es weiter. Damals, vor zwölf Jahren, wollte er mir nicht glauben, als ich es ihm sagte – aber seine Investition wird ihm nichts einbringen. Diese zweihunderttausend gehören ihm nicht, auch wenn er glaubt, sie durch seine Zeit im Gefängnis redlich verdient zu haben. Ich werde ihn mal besuchen und ihm einiges erzählen.«

»Heißt das, daß Sie ihn noch heute aufsuchen wollen?«

»Aber sicher«, sagte Fisher. »Diese Verabredung besteht doch schon lange.«

Die Adresse, die Captain Fisher von den Bewährungsbeamten erhielt, war eine Pension in der Nähe jener Gegend, in der Potter früher gewohnt hatte.

Potter war in Hemdsärmeln, als er dem Captain auf dessen Klopfen hin öffnete, und Fisher überlegte, ob das Dutzend Jahre sich bei ihm genausowenig bemerkbar gemacht hatte wie bei dem ehemaligen Häftling. Potter war immer noch klein und untersetzt, ähnelte immer noch einer Eule und hatte immer noch dieselben braunen traurigen Augen, und das einzige Zeichen für die inzwischen vergangene Zeit waren ein paar kleine Falten im Gesicht und sein schütter gewordenes Haar. Er schien erstaunt zu sein, als er den Captain sah, und dann leicht verwirrt, als er ihn erkannte. Man merkte es seinen Augen an.

»Ich bin Captain Fisher – erinnern Sie sich noch an mich, Mr. Potter?«

»Natürlich«, sagte Potter nervös. »Kommen Sie herein.«

»Danke. Als wir uns zuletzt gesehen haben, war ich noch Lieutenant, Mr. Potter.« Er setzte sich in der Nähe des Fensters auf einen Stuhl und sah sich beiläufig im Zimmer um. Auf der eisernen Bettstelle lag ein Koffer, dessen Deckel geschlossen war.

»Und was wollen Sie, Captain?«

»Mich mit Ihnen unterhalten. Es war eine ziemlich lange Zeit, was?«

»Ja, das war es.«

»Soviel ich erfahren habe, hatten Sie sich im Gefängnis ziemlich gut geführt – Klagen über Sie sind mir nicht bekannt geworden. Es hat sich gelohnt, was? Daß Sie vorzeitig entlassen wurden, meine ich.«

»Ja«, sagte Potter, ohne ihn anzusehen. Er ging zum Waschbecken und ließ kaltes Wasser über seine Hände laufen.

»Ich will nicht lange herumreden, Mr. Potter. Ich bin aus einem ganz bestimmten Grunde hier, und wahrscheinlich wissen Sie, worum es dabei geht. Da ist immer noch die Geschichte mit den zweihunderttausend Dollar, und weder die Polizei noch die Versicherung haben die Absicht, sie in Vergessenheit geraten zu lassen. Die Tatsache, daß Sie Ihre Strafe verbüßt haben, berechtigt Sie noch lange nicht, das Geld zu behalten – mögen Sie selbst auch darüber denken, was Sie wollen.«

Potter antwortete nicht. Er trocknete seine Hände mit einem fadenscheinigen Handtuch ab und starrte dabei aus dem Fenster. In der Ferne ließ ein Dampfer seine Sirene zweimal aufheulen.

»Es hat keinen Sinn, den Taubstummen zu spielen, Mr. Potter. Jeder hat doch genau gewußt, was Sie vorhatten. Sie glaubten, Sie könnten sich das Geld sozusagen durch die Haft verdienen, aber so einfach liegen die Dinge nun einmal nicht. Und ich wollte Ihnen nur ein für allemal klarmachen, daß ich es für meine ganz persönliche Aufgabe halte, darauf zu achten, daß Sie Ihren Plan nicht durchführen können.«

Fisher wartete, daß Potter irgend etwas sagen würde. Und schließlich drehte der auf Bewährung Entlassene sich tatsächlich um, und als er sprach, war es beinahe ein Flüstern.

»Sie irren sich, Captain.«

»Meinen Sie?«

»Sie irren sich vor allem in mir. Ich weiß, daß alle Leute so denken, aber trotzdem irren sie sich. Ich habe das Geld gestohlen, weil ich es haben wollte, dringend haben wollte. Ich habe immer davon geträumt, eine Weltreise zu machen, schon als kleiner Junge, und dann konnte ich einfach nicht widerstehen, das Geld zu nehmen, wo es doch so einfach war. Aber als ich es dann an mich genommen hatte, merkte ich, daß ich kein Verbrecher bin – daß ich alles andere als ein Verbrecher bin.«

Er kam herüber und setzte sich auf den Stuhl, der Fisher genau gegenüber stand.

»Ich konnte die Vorstellung nicht ertragen, ständig gejagt zu werden, immer in Angst leben zu müssen, jedem

Schatten auszuweichen und mich dauernd heimlich umzusehen. Schön – zu Anfang hatte ich wahrscheinlich die wildesten Ideen, meine Strafe abzusitzen und, sobald ich entlassen wäre, mit dem Geld zu türmen. Aber das wäre doch genau auf dasselbe hinausgelaufen – immer auf der Flucht, immer unterwegs und nie in der Lage, das zu genießen, was man sich mit Geld verschaffen kann. Ich bin nun einmal nicht so gebaut, Captain.«

Fisher starrte ihn an.

»Ich dachte, Gefängnis wäre gar nicht so schlimm, und in gewisser Weise war es das auch nicht. Aber ich hatte Zeit, mir alles genau durch den Kopf gehen zu lassen, und daher weiß ich jetzt, was ich zu tun habe. Wenn Sie das Geld also zurückhaben wollen, Captain – ich bin bereit, es Ihnen zu geben.«

»Was sind Sie?«

»Mein einziger Wunsch ist es, in Ruhe gelassen zu werden, Captain. Ich möchte nichts anderes als in Frieden leben. Verstehen Sie?«

»Wo ist das Geld?«

Potter schluckte.

»Hier – in diesem Zimmer.«

Er stand auf, ging zu dem Koffer, der auf dem Bett lag, und klappte den Deckel hoch. Bis zum Rand war er mit Geld vollgestopft.

Der Angestellte strahlte, als der untersetzte, einer Eule ähnliche Mann das Reisebüro betrat und sagte: »Ich interessiere mich für eine Schiffsreise rund um die Welt.«

»Sehr wohl, Sir.«

»Aber die schönste – haben Sie verstanden? Was sie kostet, spielt dabei keine Rolle.«

»Ich verstehe genau«, sagte der Angestellte.

Dankbar setzte Milt Potter sich hin. Die letzten drei Tage waren anstrengend gewesen. Es war kein Kinderspiel, bei zwanzig Banken vorzusprechen und mit zwanzig verschiedenen Namen zwanzig Abhebeformulare zu unterschreiben. Aber das war jetzt erledigt, und er hatte sein Geld bekommen. Ein Vermögen war es zwar nicht, aber doch mehr, als er in den letzten zwölf Jahren – in den zwölf steuerfreien Jahren, in denen er auch keine Unkosten gehabt hatte – jemals hätte verdienen, geschweige denn sparen können: vierundachtzigtausend Dollar Zinsen und Zinseszinsen, die seine Kapitalanlage im Laufe von zwölf Jahren eingebracht hatten.

Eine Faust voll Geld

Und jetzt könnt ihr euer Testament machen«, sagte Smalley, »bei dem, was ich noch in der Hand habe.« Mit seinen großen Händen schaufelte er das Geld vor seiner karierten Weste zusammen und grinste widerlich.

Als sie zu pokern anfingen, hatte Irv Randall dieses Grinsen keineswegs widerlich gefunden; vielmehr hatte er Smalleys Grinsen bisher immer bewundert. Es machte ihm Spaß, wenn es in dem Korridor zwischen ihren Büros bei Bryant and Company plötzlich auftauchte; und es machte ihm auch Spaß, wenn sie sich morgens im Aufzug trafen und Smalley grinsend fragte: »Was macht denn nun das Eheleben, Irv – wie geht's der kleinen Frau?« Es war ein breites, sympathisches Grinsen, das das hübsche Gesicht aufstrahlen ließ, und Irv spürte immer die Wärme und die Freundlichkeit, die dahintersteckten. Erst in diesem Moment, als er es über sein Blatt hinweg sah, mit dem er den Rest seines Wochenlohns verloren hatte, merkte Irv Randall, daß er Smalleys zufriedenes Lächeln nicht ausstehen konnte.

Vor Irvs Platz sah die Tischplatte so nackt aus, daß die anderen Spieler betroffen zu sein schienen. Irv schob den Stuhl zurück und versuchte, sich nichts anmerken zu lassen.

»Wie gewonnen, so zerronnen«, sagte er mit einem flüchtigen Auflachen. »Der nächste Zahltag kommt bestimmt.«

»Mensch, Irv!« Manny, von der Verladeabteilung, rutschte unbehaglich hin und her. »Wir hätten lieber nicht so hoch spielen sollen. Denk dran, daß es ein rein freundschaftliches Spielchen war.«

»Deshalb war es auch so aufregend«, sagte Smalley und mischte die Karten. »So was kommt immer mal vor.«

»Verdammt, ich habe selbst fünfzig Dollar verloren«, sagte Manny. »Hier wird einem glatt der Stuhl unter dem Hintern weggezogen.«

»Willst du aufhören?« sagte Smalley.

»Nee – davon habe ich nichts gesagt. Ich meinte bloß, daß es uns egal sein kann, weil wir Junggesellen sind. Aber bei Irv ist das was anderes; bei dem wartet zu Hause eine junge Frau.«

Irv versuchte, die Röte zu bekämpfen, die sein Gesicht überzog. »Macht euch darüber keine Gedanken – so weit habe ich sie schon erzogen. Aber trotzdem will ich jetzt lieber gehen. Es ist schon nach zehn...« Er nahm sein Jackett von dem einzigen Polsterstuhl, der in Smalleys Apartment stand, und zog es sorgfältig über. Als er sich umdrehte, um sich zu verabschieden, sah er, daß die anderen bereits völlig in das nächste Spiel vertieft waren, und ging zur Tür.

»Grüß Francey von mir«, schrie Smalley.

Irv fuhr herum. »Sie heißt immer noch Frances«, sagte er wütend.

»Na schön, meinetwegen also Frances. Nacht, Irv, bis morgen früh.«

Das Gesicht konnte er zwar nicht sehen; aber er wußte genau, daß Smalley wieder grinste. Und während er mit dem grauslichen Lift hinunterfuhr und dann auf die Straße trat, mußte er ununterbrochen an dieses Grinsen denken.

Dann aber begann er, an Frances zu denken, und dabei wurde ihm in seinem dünnen Übermantel, der bei dieser Februarkälte eine reine Herausforderung war, so kalt, daß er zitterte wie ein von aller Welt verlassenes Kind.

Wie konnte er die Sache mit dem verspielten Wochenlohn nur vertuschen? Mit einem Lachen? Oder mit einem Knurren? »Hör mal zu, Schatz, ich habe gespielt und dabei...« Nein, das paßte nicht zu Irv Randall. Er konnte richtig sehen, wie ihr Gesicht blaß wurde, wie ihre Augen einen verletzten Ausdruck bekamen, und er wußte, daß er niemals als Verlierer nach Hause kommen konnte. Von dem Geld, das er nach Hause brachte, legte sie jeden Penny, den sie erübrigen konnte, auf die Seite, lief sich die Absätze schief, um am Essen einzusparen, und hatte sich seit ihrer Hochzeit noch kein neues Kleid gekauft. Wie also sollte er es ihr beibringen? Wie konnte er ihr erklären, daß der erste Abend, an dem er allein ausgegangen war, so verheerend verlaufen war? Begonnen hatte es ganz harmlos mit einer Einladung zum Kegeln; und irgendwie war es dann so gekommen, daß sie zu Smalleys Wohnung hinaufstiegen, sich in der Küche um den Tisch setzten und irgend jemand das Zellophan von einem neuen Kartenspiel riß...

Ich könnte ihr sagen, daß ich es verloren habe, überlegte Irv. Daß ich von der Kegelbahn nach Hause gegangen bin und mir die Brieftasche dabei hinuntergefallen ist... Er versuchte, dieses Alibi laut vor sich hin zu murmeln, merkte dabei jedoch, daß es nicht gut war. Francey war schlau. Francey würde sofort merken, daß es nur eine Ausrede war; damit würde er sich nur blamieren. Und was er brauchte, verzweifelt brauchte, war ihr Mitgefühl.

Er blieb in der menschenleeren dunklen Straße stehen und spürte die merkwürdige Stille. Es war eine schlechte Gegend, eine nicht ganz ungefährliche Gegend...

Jetzt hatte er es! Er würde einfach sagen, er wäre angepöbelt, angegriffen und ausgeraubt worden. Ständig trieben sich auf den Straßen und Wegen jugendliche Strolche herum; solche und ähnliche Sachen passierten hier jeden Tag. Warum also nicht auch ihm?

Statt an der Kreuzung abzubiegen, ging er bis zu der

verlassenen Baustelle an der nächsten Straße weiter. Auf der anderen Straßenseite lag eine Reihe neuer, völlig gleich aussehender Ein-Familien-Häuser, die noch nicht bezogen waren. Er betrat die Baustelle und zwängte sich durch verdorrtes Gestrüpp, bis er eine freie Stelle fand. Hier blieb er stehen und fuhr sich mit den Händen durch das Haar, so daß es ihm in die Stirn hing. Dann zerrte er an Kragen und Krawatte, bis der Kragenknopf abriß. Er beugte sich vornüber und wühlte mit den Fingern in der harten Erde. Trotz der Kälte schwitzte er – aus Angst, gesehen zu werden, und aus Angst, bei diesem Spiel nicht restlos überzeugend zu wirken. Die Hände voller Dreck, rieb er sie an seinem Anzug ab und fuhr sich schließlich damit über das Gesicht. Er war bereit.

Im Licht der Lampe an der Straßenecke, widergespiegelt vom Schaufenster eines leeren Ladens, sah er, daß Francey auf seinen Aufzug bestimmt hereinfallen würde. Sein Gesicht schmerzte, und er hätte gern gewußt, ob seine Finger auf der Haut rote Striemen hinterlassen hatten, denn in einem unbeherrschten Augenblick hatte er tatsächlich versucht, die Realität so weit zu treiben.

Zwischen Smalleys Apartment und seinem eigenen lagen nur fünf dunkle Querstraßen. Mit schnellen Schritten legte er den Rest zurück und verminderte dann sein Tempo, bis er ungefähr so außer Atem war, wie er nach einem Überfall durch junge Strolche gewesen sein würde. Er keuchte, als er das Haus erreichte, und als er die Klinke des Apartments 3-B herunterdrückte und hineinstolperte, war er beinahe überzeugt, daß er den Überfall tatsächlich erlebt hatte.

»Irving!«

Sie umflatterte ihn wie eine Vogelmutter, und er verkroch sich unter ihren Flügeln.

»Irving, was ist denn mit dir passiert? Wo bist du gewesen?«

»Mit den andern zusammen«, sagte er, und seine Stimme wurde von der so besänftigenden Schulter gedämpft. »Ich bin nach Hause gegangen, und da hat mich dieser Lümmel plötzlich angesprungen, aus der Seitengasse heraus...«

»Oh, mein Gott! Bist du verletzt?«

»Nein, nein! Ich bin ganz in Ordnung. Aber die Brieftasche hat er mir weggenommen, mit dem ganzen Wochenlohn...« Er ließ sich von ihr zu einem Küchenstuhl führen. Sie war klein und mager wie ein Spatz, aber ihre Arme fühlten sich kräftig an. Sie starrte ihn an, und Tränen funkelten in ihren großen, hübschen Augen. »Mit mir ist alles in Ordnung, Francey – meinetwegen brauchst du dir keine Gedanken zu machen. Bloß das Geld...«

»Das Geld ist doch völlig egal, Irv. Wenn du dir nur nichts getan hast.« Sie ballte ihre kleinen Hände zu wütenden Fäusten. »Oh, diese verdammte Gegend! Warum ist denn die Polizei nicht gekommen? Warum hat dir keiner geholfen?«

»Es hat es doch keiner gemerkt – deswegen. So was kommt doch immer wieder mal vor. Ich bin froh, daß man mich nicht einfach abgestochen hat.«

»Gott sei gedankt dafür.« Ihre Spannung löste sich, und sie setzte sich ihm gegenüber an die andere Seite des Küchentisches. »Kann ich irgendwas für dich tun?«

»Nein, nichts. Ich werde einen Schluck heiße Milch trinken und mich ins Bett legen.«

»Und morgen gehst du nicht ins Büro, ja? Einen Tag werden sie auch ohne dich auskommen.«

»Morgen bin ich wieder völlig auf dem Damm, Francey, bestimmt. Morgen geht es mir wieder gut. Die Frage ist bloß, wie wir ohne Geld zurechtkommen...«

»Das schaffen wir schon. Ich habe vom Wirtschaftsgeld immer etwas zurückgelegt. Viel ist es zwar nicht, aber es wird schon reichen.« Besänftigend streichelte sie seinen Arm. »Mein armer Irving«, sagte sie leise tröstend. »Weißt du was? Du gehst jetzt und wäschst dich, und ich mache inzwischen die Milch warm. Und dann rufen wir die Polizei an...«

Sein Kopf fuhr hoch. »Die Polizei?«

»Ja natürlich, die Polizei. Wir müssen doch Anzeige erstatten.«

»Aber wozu denn? Ich habe doch den Kerl, der mich ansprang, nicht einmal gesehen! Ich könnte ihn gar nicht beschreiben, auch nicht ungefähr.«

»Das spielt keine Rolle. Wir müssen ihn anzeigen, Irv – begreifst du das denn nicht? Man kann doch nicht einfach hingehen und sagen: Hier, nimm mein ganzes Geld, und vielen Dank, Mr. Räuber!« Ihre Stimme wurde sanfter. »Oder soll ich es für dich tun?«

»Nein!« Ihr bemutternder Ton irritierte ihn. »Ich will nicht, daß du es tust – und ich tue es auch nicht! Die ganze Angelegenheit ist vorbei und erledigt. Erwischen tut den doch keiner...«

»Du bist noch viel zu aufgeregt«, sagte Francey. »Geh jetzt erst mal ins Badezimmer und wasche dich, und dann können wir weiter darüber reden.«

Er ging in das winzige Badezimmer, und dann versuchte er, Zeit zu gewinnen. Er nahm ein ausgedehntes heißes Bad und überließ seinen müden Körper dösend volle zehn Minuten lang dem Wasser. Als er das Badezimmer wieder verließ, sah er in den Spiegel und erblickte sein schuldbewußtes Gesicht. Ein ganz gemeiner Trick, überlegte er. Aber gemein oder nicht – jetzt mußte er durchhalten.

Er erwog die verschiedenen Möglichkeiten. Wenn er die Polizei anrief, würden ihre Fragen den ganzen Schwindel eventuell aufdecken. Wenn er es aber nicht tat, würde Francey vielleicht auf dumme Gedanken kommen. Er überlegte hin und her und kam dann zu dem Schluß, daß seine Chancen bei der Polizei besser wären. Franceys gescheite Augen verrieten einen Schatz an Weisheit, der unbequem war, weil sie damit auch hinter die Kulissen schauen konnte.

Eine halbe Stunde später saß er wieder in der Küche; Francey hatte die gewärmte Milch bereits eingegossen und die Tasse zugedeckt, damit sie nicht auskühlte. Langsam trank er die Milch, während sie ihm dabei zusah.

»Und?« sagte sie. »Rufst du die Polizei an, Irv?«

»Natürlich. Ich wollte es gerade tun.«

Er stand auf und zog den Gürtel des Bademantels enger. Dann nahm er den Hörer ab und ließ sich zögernd mit der Polizeizentrale verbinden. Der Sergeant stellte verschiedene Fragen: Wann es passiert wäre, ob er den Täter beschreiben könnte, und wieviel Geld er eingebüßt hätte –

und mit jeder Frage schienen der Raub, seine Angst und sein Verlust wirklicher zu werden. Als der Beamte ihn schließlich mit einem Lieutenant Dirkson verband, war er in der Lage, die ganze Geschichte mit allen Einzelheiten eines persönlich erlebten Vorfalls zu wiederholen.

Gerade kam ihm der Gedanke, daß alles gar nicht so schlimm war, wie er es sich vorgestellt hatte, als der Lieutenant die Frage abschoß: »Können Sie vielleicht zur Polizeiwache kommen, Mr. Randall? Wahrscheinlich haben wir Ihren Mann bereits geschnappt.«

»Was haben Sie?«

»Ich sagte, daß wir den Mann wahrscheinlich schon geschnappt haben. Und zwar vor kurzem genau da, wo es passiert ist. Es ist wichtig, daß Sie möglichst bald herkommen.«

Seine Zunge war wie gelähmt.

»Mr. Randall?«

»Ja«, stammelte Irv. »Ja, ich glaube, es läßt sich machen.« Hätte er sich weigern können?

»Also schön, ein Wagen holt Sie in fünf Minuten ab.«

Irv legte den Hörer behutsam wieder auf, drehte sich um und blickte in Franceys fragende Augen.

»Er hat gesagt, daß sie den Mann wahrscheinlich bereits geschnappt hätten. Sie holen mich mit einem Wagen ab.« Sein Herz klopfte. Zuerst Francey – und jetzt die Polizei!

»Siehst du!« sagte Francey. »Sie haben ihn bereits!«

»Glaube bloß nicht, daß es so einfach ist. Die Polizei verhaftet dauernd verdächtige Personen; das ist alles nur Routine...«

»Ich weiß ganz genau, daß es der Richtige ist«, sagte Francey. »Zieh dich lieber an, Irv.«

Als er die Treppe zum 23. Revier hochging, hatte er fast das Gefühl, ein Verbrecher und nicht Ankläger zu sein. Im ganzen Haus war es ruhig; als er dem Sergeant in der Anmeldung jedoch seinen Namen nannte, löste er damit eine erhebliche Aufregung aus. Ein breitschultriger und strahlender Zivilist kam aus dem Hintergrund herangeschlendert und nahm ihn in seine Obhut.

»Hier hinein, Mr. Randall«, sagte der Mann und führte ihn in ein rückwärtiges Zimmer. Er hatte ein volles, feuchtglänzendes Gesicht mit sanften Augen und einem freundlichen Mund. »Wir haben das Bürschchen genau um die Zeit aufgegriffen, während der Sie überfallen worden sind. Meiner Ansicht nach ist zwar alles eindeutig klar – aber mal sehen, ob Sie ihn erkennen.«

Irv wollte etwas sagen, brachte jedoch nichts heraus.

»Hier ist er. Los, steh auf, Whitey!«

An dem Holztisch, auf dessen Platte nur ein gefüllter Aschenbecher stand und eine Schirmmütze lag, saß ein Junge in einer Lederjacke. Er schob der Stuhl zurück und stand auf, als sie hereinkamen, machte frech einen krummen Buckel und starrte Irv an, wobei ihm ein glimmender Zigarettenstummel an der Unterlippe klebte. Sein Haar war so blond, daß es beinahe schon weiß war, und trotz des spöttischen Lächelns verriet sein Gesicht Angst und Unsicherheit.

»Schmeiß die Zigarette weg«, fuhr der Kriminalbeamte ihn an. »Und stell dich gerade hin. Hier ist ein Freund von dir.«

»Den habe ich noch nie gesehen.«

Irv konnte ihn nicht anblicken.

»Kommt er Ihnen bekannt vor, Mr. Randall?«

»Es war stockfinster. Das habe ich schon am Telefon gesagt. Es war so stockfinster, daß man nichts erkennen konnte.«

»Darüber wollen wir uns jetzt keine grauen Haare wachsen lassen. Wir haben genügend andere Beweise – was, Whitey?«

Der Bursche knurrte nur.

»Wieviel Geld hatten Sie bei sich, Mr. Randall?«

»Es waren rund – rund sechsundneunzig Dollar.«

Der große Mann griff in seine Gesäßtasche und holte einen schmutzigweißen Briefumschlag hervor.

»Entweder hat er ein paar Dollar bereits abgezweigt oder verloren – aber zählen Sie selbst nach. Zweiundneunzig sind es noch. Aufgegriffen wurde er zwischen der Kreuzung, wo es Ihren Angaben nach passierte, und der nächsten; und gerannt ist er, als wäre des Teufels Großmutter hinter ihm her gewesen. Das meinte ich, als ich eben von den Beweisen sprach.« Irv sah die Geldscheine an, die der Beamte gefächert in der Hand hielt, und wußte nicht, was er tun sollte.

»Das hätten wir also, du Raufbold«, sagte der Kriminalbeamte. »Setz dich wieder hin und benimm dich anständig. Mr. Randall, würden Sie bitte mal herkommen.«

Er zog Irv zu sich heran, so daß man sie nicht mehr verstehen konnte, senkte dann seine Stimme und sagte: »Hören Sie zu, Mr. Randall. An sich ist mir die ganze Geschichte völlig egal, aber trotzdem möchte ich Sie um einen Gefallen bitten.«

»Einen Gefallen?«

»Ja. Dieser Bengel, dieser Whitey – den kenne ich nun schon, seit wir zusammen in unserer Gegend herumgetobt sind. In ihm steckt zwar auch, wie in allen anderen, eine Menge Gift, aber immerhin ist er erst fünfzehn. Und so richtig in der Klemme steckt er heute zum erstenmal – wenn Sie verstehen, was ich damit meine.«

»Nicht ganz.«

Der Kriminalbeamte zog die Stirn kraus.

»Verdammt nochmal – aber ich bin schließlich kein Father Flanagan. Ich jedenfalls weiß genau, daß es Burschen gibt, die nicht astrein sind. Bloß dieser hier – wissen Sie, mir täte es leid, wenn man ihm keine Chance gäbe. Vorausgesetzt natürlich, daß Sie einverstanden sind.«

»Und was hätte ich dabei zu tun?«

»Wenn Sie derselben Meinung sind wie ich, könnten Sie zum Beispiel einfach vergessen, was heute abend passiert ist. Sie nehmen das Geld und bestehen nicht auf einer Anzeige. Ich werde dem Burschen noch ein bißchen Angst machen, und in ein paar Stunden lasse ich ihn dann wieder laufen. Meinem Gefühl nach wird ihm das besser bekommen als ein Aufenthalt hinter Gittern. Aber das ist natürlich nur meine persönliche Meinung. Sie, Mr. Randall, können auf Ihrem Recht bestehen.«

Irv wurde von einer so großen Erleichterung überwältigt, daß er beinahe lachen mußte.

»Natürlich, selbstverständlich«, sagte er bereitwillig. »Ich möchte auch nicht erleben, daß dem Jungen etwas geschieht. Verdammich, ich weiß ja nicht einmal, ob es – ich meine: Ich tue, was Sie für richtig halten, Lieutenant.«

»Das ist wirklich anständig von Ihnen, Mr. Randall.«

»Und ich bin froh, daß die Geschichte damit ihr Ende hat«, sagte Irv, »wirklich!«

Ein breites Lächeln erschien auf dem feuchten und nicht gerade hübschen Gesicht.

»Sie sind in Ordnung, Mr. Randall«, sagte der Beamte. »Hier ist Ihr Geld.«

Damit übergab er Irv den Umschlag, der fast einen Wochenlohn enthielt. Irv nahm ihn; das Glück rötete sein Gesicht, als er das Gebäude der Polizeiwache verließ und in den wartenden Streifenwagen stieg. Zu Hause angekommen, preßte er seine Frau an sich und gab ihr einen Kuß, daß sie genauso aufquietschte und kicherte wie damals, als sie noch nicht verheiratet waren.

Als es dann aber Morgen war, machte er sich doch Gedanken.

Den ganzen Weg zum Büro mußte er unaufhörlich an den Jungen denken. Was zum Beispiel, wenn er selbst nun ein Schuft, ein halbfertiger Gauner war? Das Geld hatte dem Jungen gehört, und Irv hatte es ihm so gekonnt aus der Tasche gezogen, als hätte er solche Dinge schon ein ganzes Leben lang getan. Vielleicht war das Geld dazu bestimmt gewesen, die Miete oder Arztrechnungen für die notleidende Familie des Jungen zu bezahlen. Und mehr noch: Er hatte den Jungen als Verbrecher abgestempelt, auch wenn es ohne Richter und ohne Gefängnis abgegangen war...

Als er an seinem Schreibtisch saß, kam der Bürobote und brachte den Kaffee. »Was ist denn mit Ihnen los, Mr. Randall? Unruhige Nacht gehabt?«

»Ja«, sagte er, »eine lausige Nacht.«

Der Korb mit der eingegangenen Post quoll von Aufträgen über, aber er konnte mit der Arbeit einfach nicht anfangen. Irgendwo in der Stadt sagte sich vielleicht ein

Junge: »Wozu soll man denn ehrlich sein? Damit zieht man doch immer nur den kürzeren...«

Er wußte genau, daß er es nicht aushalten würde. Auch dann nicht, wenn es um einen verdammten Wochenlohn ging. Er griff nach dem Telefonhörer, ließ sich eine Amtsleitung geben und überlegte, was er sagen sollte, wenn der Polizeileutenant sich meldete.

Das Freizeichen summte in seinem Ohr, und er sah, wie Smalley den Korridor entlang zu seinem Büro ging. Heute morgen lag allerdings auf seinem Gesicht kein Grinsen; dafür klebte auf seiner rechten Backe ein weißes Pflaster. Als Smalley in der Tür stehenblieb, hielt Irv die Sprechmuschel zu und sagte: »Was ist denn mit dir passiert?«

Smalley schnitt eine Grimasse. »Mensch, war das ein Abend. Nachdem du weggegangen warst, haben wir ebenfalls Schluß gemacht, und ich bin dann noch losgezogen, um mir eine Zeitung zu holen. Und da hat mich doch so ein Lausejunge angerempelt...«

Irvs Augen wurden immer größer. »Mach keine Witze!«

»Da bist du sprachlos, was? Nicht einen Penny hat er mir gelassen, dieser Dreckskerl.«

»Hast du das gemeldet?«

»Das ist doch völlig witzlos. In einer verdammten Stadt wie dieser kann man die Gauner doch gar nicht auseinanderhalten. Sag mal, Irv – könntest du mir bis zum nächsten Zahltag vielleicht ein paar Dollar pumpen?«

Irv Randall lehnte sich bequem in seinen Drehsessel zurück und grinste.

»Menschenskind – wenn ich könnte, würde ich dir wirklich gern aushelfen. Aber vergiß nicht, daß ich verheiratet bin.« Und er legte den Hörer auf.

Brieffreundschaft

Als die Wohnungsklingel läutete, schob Margaret Lowen den schmalen Organdystreifen beiseite, der das Vorderfenster verdeckte, und sah, daß ein Mann sie am Samstagvormittag besuchen wollte. Ihr schütteres graues Haar war straff um riesige Lockenwickler gerollt; sie hatte noch kein Make-up aufgelegt, und ihr wattierter Hausmantel hatte lediglich die Aufgabe, bequem zu sein. Aber Margaret war zu alt, um sich über ihr Äußeres noch Gedanken zu machen; dreiundfünfzig Lebensjahre hatten sie gelehrt, daß Eitelkeit dumm war. Sie ging an die Tür und öffnete sie entschlossen.

Der Mann blinzelte sie an und sah überrascht aus. »Miss Lowen?«

»Ja?«

Es war ein untersetzter Mann mit schläfrigen Augen. In der einen Hand hielt er einen Aktendeckel, mit dem er nervös spielte.

»Margaret Lowen«?

»Ja, das bin ich.« Sie hatte dasselbe Lächeln auf dem Gesicht, das sie allen Leuten gegenüber aufsetzte, denen sie nichts abzukaufen wünschte.

Der Mann schob seinen schweißfleckigen Hut zurück und enthüllte damit einen langsam kahl werdenden Kopf. »Ich bin Lieutenant Berger, Madam. Vom achten Revier.«

Als er eine dicke Brieftasche aus der Gesäßtasche zog und seinen Ausweis vorzeigte, ließ sie ihn in die Diele.

»Und was wollen Sie von mir, Lieutenant? Ich wollte mich gerade anziehen...«

»Es handelt sich nur um eine Kleinigkeit, Miss Lowen – ›Miss‹ ist doch richtig, nicht wahr?«

»Ja.«

»Nennt man... Werden Sie von Ihren Freunden vielleicht Margie genannt?«

»Aber ich bitte Sie!« Ihre Antwort klang aufgebracht.

»Verzeihung. Aber der einzige Anhaltspunkt, den ich

bekam, war dieser Name – Margie Lowen – und diese Adresse...«

»Ach!« Ihre Hand schloß den Kragen des Hausmantels. »Dann wollen Sie sicher meine Nichte sprechen. Sie ist die Tochter meines Bruders und wurde nach mir genannt. Aber was wollen Sie von Margie?«

Lieutenant Berger machte ein erleichtertes Gesicht. »Wohnt Ihre Nichte hier bei Ihnen, Miss Lowen?«

»Ja. Aber sie ist augenblicklich nicht da. Sie ist über das Wochenende zu meiner Schwester gefahren. Wieso?«

»Müssen wir uns unbedingt in der Diele unterhalten, Miss Lowen?«

Widerwillig ging sie vor ihm in das Vorderzimmer. Kaum hatten sie sich hingesetzt, als er sich auch schon an seinem Aktendeckel zu schaffen machte, die Schnur aufknotete, die den braunen Deckel zusammenhielt, und einen seltsamen Stapel von Papieren herausnahm. Äußerst gespannt beobachtete Margaret ihn mit ihren blaßgrauen Augen.

»Erzählen Sie von Ihrer Nichte, Miss Lowen. Wohnt sie schon lange bei Ihnen?«

»Seit ungefähr sechs Jahren. Seit ihre Eltern umkamen. Es ist fast so, als wäre sie meine eigene Tochter – wirklich.«

»Wie alt ist sie?«

»Im März wird sie zweiundzwanzig.«

»Ist sie ein beliebtes Mädchen? Ich meine: Hat sie viele Freunde?«

»Das nehme ich beinahe an. Wieso?«

Der Lieutenant seufzte. »Diese Geschichte wird auf Sie vielleicht wie ein Schock wirken, Miss Lowen, und im Grunde würde sie uns auch gar nichts angehen, wäre nicht das passiert, was nun einmal passiert ist. Unter den gegebenen Umständen muß ich Ihnen jedoch etwas mitteilen, was Sie wahrscheinlich noch nicht wissen. Vor einigen Jahren begann Ihre Nichte einen Briefwechsel mit einem Mann namens Raoul Collins...«

»Ach?«

»Das soll nun nicht heißen, daß an diesem Briefwechsel

etwas Unrechtes war. Vielleicht wissen Sie überhaupt darüber Bescheid?«

»Ich weiß von nichts. Ich weiß aber auch immer noch nicht...«

»Dieser Raoul Collins muß den Namen Ihrer Nichte durch irgendeinen Briefklub erfahren haben. Sie kennen sicher diese Einrichtung; die Klubs inserieren laufend in irgendwelchen Zeitschriften – nach dem Motto: einsames Herz und so.« Er machte einen verwirrten Eindruck. »Jedenfalls hat sie diesem Collins geschrieben, und er hat ihr regelmäßig geantwortet. Der Haken an der ganzen Geschichte ist nun, daß Collins als Lebenslänglicher im Zuchthaus sitzt.«

»Was?«

»Es tut mir leid – aber das ist nun einmal die Wahrheit. Er ist irgendwann mit zweifelhaften Leuten in Verbindung gekommen, und zwar noch als junger Kerl, und hat dann bei einem Pelzraub einen Menschen ermordet. An sich wäre er auf dem elektrischen Stuhl gelandet, aber da er noch so jung war, wurde er zu lebenslänglich Zuchthaus verurteilt. Dabei ist er heute erst – na ja, vielleicht achtundzwanzig oder neunundzwanzig. Und natürlich einsam, wenn Sie verstehen, was ich damit sagen will.«

Margaret Lowen wurde es in ihrem wattierten Hausmantel plötzlich warm. Sie öffnete den Kragen und lehnte sich mit sehr geradem Rücken in ihrem Ohrenbackenstuhl zurück.

»Das glaube ich nicht«, sagte sie barsch. »Für einen solchen Mann würde Margie sich niemals interessieren!«

»Ich würde nicht so hart darüber urteilen, Madam. Sie wissen doch sicher selbst, wie diese Dinge manchmal sind – die ganze Situation hat irgend etwas Romantisches.« Seine eigenen Worte ließen ihn erröten, und er begann, in den Papieren herumzusuchen. »Das hier haben wir in Collins' Zelle gefunden: Briefe von Ihrer Nichte. Und dazu noch dieses Bild.« Er hob eine glänzende Fotografie hoch. »Ist das hier Margie?«

»Ja. Allerdings, das ist Margie...«

»Es tut mir leid, daß ich diesen Auftrag ausführen muß,

Miss Lowen. Aber eines möchte ich vorweg sagen: Etwas Unrechtes ist an dieser ganzen Geschichte nicht dran. Sie wissen vielleicht, daß im Zuchthaus sämtliche Briefe zensiert werden, und was durchgelassen wurde, ist völlig korrekt.« Er zögerte und griff dann nach einem zusammengefalteten Bogen, der auf seinen Knien lag. »Wenn Sie vielleicht den einen oder anderen lesen wollen...«

Die Handschrift war klein und zierlich. Margaret hielt den Kragen ihres Mantels krampfhaft zu und starrte auf den Bogen.

Liebster Raoul,

Du schreibst, Du würdest alles hingeben, um mit mir zusammensein zu können. Glaube mir, daß ich mich genauso danach sehne wie Du. Wenn es nur irgendeine Möglichkeit gebe, diese wilden und schmerzlichen Träume Wirklichkeit werden zu lassen! Selbst unter großen und schrecklichen Opfern. Manchmal überlege ich schon, auf was ich wohl für immer verzichten würde, damit Du und ich unser Leben gemeinsam verbringen können.

Aber in anderer Hinsicht sind wir uns wieder gleich. Auch ich will mich mit dem begnügen, was wir besitzen, bis irgend etwas unser Leben so verändert, daß es unserer Vorstellung vom Glück näherkommt. Bis dahin füllen unsere Briefe diese Lücke aus. Wir können träumen und unserer Liebe nicht nur in Worten, sondern auch in Gedanken leben.

»Sprache kann niemals ausdrücken, was die Liebe meint;
Die Seele ertrinkt in der Tinte der Schrift...«

Es ist hoffnungslos schwierig, die eigene Liebe vollständig zu schildern. Und trotzdem ist unser Briefwechsel die größte Freude, die ich jemals erlebte, die größte Erfüllung, die ich jemals fand – mögen diese Worte auch noch so ungeeignet sein, Dir zu sagen, wie sehr ich Dich nun einmal liebe...

Sie ließ die Bögen dieses Briefes sinken und sagte dann: »Ich kann einfach nicht verstehen, wie Margie es zulassen konnte, daß es so weit kam. An sich ist sie ein vernünftiges Mädchen. Und vielleicht sogar ein bißchen zurückhaltend – aber sonst ist sie wirklich gescheit.« Klatschend schlug sie mit den Briefbögen auf ihre Knie, und ihre Stimme wurde streng. »Sie meinen also, an dieser ganzen Sache wäre nichts Unrechtes, nicht wahr? Warum sind Sie dann aber hierher gekommen?«

Lieutenant Berger räusperte sich.

»Die Situation hat sich geändert. Raoul Collins war der Anführer einer Gruppe Zuchthäusler, die Donnerstag nacht ausbrach. Zwei Häftlinge kamen dabei ums Leben, während Collins entkommen konnte.«

Während er sprach, wich auch noch das letzte bißchen Farbe aus Margaret Lowens eingefallenen Wangen.

»Das ist einfach entsetzlich... Aber was soll denn Margie damit zu tun haben? Und was hat diese Geschichte mit ihr zu tun?«

»Das ist ganz einfach folgendes: Collins braucht Geld, irgendein Versteck und jemanden, der ihm hilft.« Mit seinem kurzen Zeigefinger deutete der Lieutenant auf den Brief. »Angehörige hat er nicht. Freunde auch nicht. Demnach ist es nur logisch, daß er möglicherweise direkt hierher kommt...«

Ihr Herz hämmerte. »Wie entsetzlich! Und was können wir tun?«

»Regen Sie sich vor allem nicht auf. Er rechnet damit, hier einen Freund vorzufinden – nicht aber einen Feind. Vermutlich ist er bewaffnet, aber wenn Sie sich völlig ruhig verhalten... Sie werden es bestimmt schaffen.« Zuversichtlich lächelte er sie an. »Vorausgesetzt, er kommt überhaupt bis hierher. Und sollte er tatsächlich versuchen, mit Ihnen Verbindung aufzunehmen, sind unsere Beamten ganz in der Nähe, die ihn festnehmen werden, bevor er Ihnen den geringsten Ärger bereitet.«

»Und wenn sie ihn nicht abfangen können?«

»Auch mit dieser Möglichkeit müssen wir rechnen. Sollte es ihm gelingen, bis zu Ihnen vorzudringen, brauchen Sie nichts anderes zu tun, als diese Nummer anzurufen.« Er griff in die Tasche und holte eine weiße Karte heraus. »In wenigen Sekunden werden wir dann hier sein.«

Sie erhob sich; eiskalt war ihr in dem warmen Hausmantel. »Gott sei Dank ist Margie nicht hier...«

»Das ist allerdings ein glücklicher Zufall. Im Grunde würde ich am liebsten auch Ihnen den Rat geben, das Haus zu verlassen, Miss Lowen. Aber Sie müssen unsere Situation berücksichtigen. Collins' Wunsch, Ihre Nichte aufzusuchen, ist für uns die beste Möglichkeit, ihm eine Falle zu stellen. Und für Ihre Unterstützung wären wir Ihnen ausgesprochen dankbar.«

Der Lieutenant erhob sich, sammelte die Briefe wieder ein und legte sie in den Aktendeckel zurück; dann ging er zur Tür. Die Hand auf der Klinke, blieb er stehen. »Und noch eins, Miss Lowen«, sagte er. »Ich an Ihrer Stelle würde Ihre Nichte nicht anrufen und ihr erzählen, was passiert ist; es bestünde dann nämlich die Möglichkeit, daß Ihre Nichte irgend etwas – Unbesonnenes täte.«

»Ich verstehe«, sagte Margaret. Sie schwankte leicht und stützte sich mit einer Hand auf die Tischplatte. »Ich möchte nicht, daß Margie etwas zustößt, Sie ist für mich von so großer Bedeutung...«

»Schön», sagte Lieutenant Berger. »Wir werden Sie also auf dem laufenden halten, Miss Lowen.«

Nachdem der Beamte gegangen war, begab sie sich nach oben in ihr Schlafzimmer und trug auf Lippen und Wangen ein leichtes Make-up auf, ohne sich dabei die Mühe zu machen, ihren Spiegel zu Rate zu ziehen. Mit aufgeregten Fingern nahm sie die Lockenwickel aus dem Haar und bürstete die schütteren Strähnen.

Gegen Mittag aß sie hastig eine Kleinigkeit und verließ das Haus. Sie ging zum Supermarkt, der vier Straßen entfernt war, und brauchte eine Stunde, um die Lebensmittel für die nächste Woche einzukaufen. Diese gewohnte Aufgabe hielt ihren Kopf von irritierenden Gedanken und Bildern frei, die der vormittägliche Besucher heraufbeschworen hatte. Als sie um halb drei wieder zurückkehrte, stieg sie müde die Treppe zum Schlafzimmer hoch und schlief, vollständig angekleidet, bis die Uhr auf dem Kamin sechs schlug.

Gegen sieben wurde es langsam dunkel, und der Anbruch der Nacht steigerte ihre Ängstlichkeit. Mehrere Male während des Abends schob sie die Organdyvorhänge beiseite und sah auf die stille Straße hinaus. Sie hatte sich vorgestellt, daß sich eine Kette von Polizisten hinter Büschen und Bäumen verstecken würde, sah jedoch nicht einen einzigen.

Als Margaret zu Abend gegessen hatte, war ihre Spannung etwas gewichen.

Um halb neun, als sie mit tränenden Augen und unaufmerksam vor den flackernden Bildern ihres Fernsehapparats saß, schien der ganze Besuch nur noch ein Traum zu sein.

Dann aber hörte sie das Geräusch im Keller.

Sie stand auf und schaltete den Fernsehapparat ab. Die Küchenbeleuchtung ließ jene Tür, die zu den Kellerräumen führte, im Halbdunkel. Entsetzt starrte sie auf diese Tür.

Dann bewegte sie sich – langsam und mit beinahe schwerelosen Schritten – in die Küche. Als sie den Kopf leicht zur Seite neigte, um besser hören zu können, drehte sich der Knauf der Kellertür, die Tür öffnete sich zentimeterbreit, und sie wurde sich bewußt, daß sie in die dunkelsten Augen blickte, die sie jemals gesehen hatte. Es waren die Augen eines jungen Mannes mit schmalem, immer noch jungenhaftem Körper, einer ebenso jungenhaften Kinnlinie und einem dichten, widerspenstigen blonden Haarschopf. Aber der Ausdruck seines Gesichts verriet Verzweiflung; der dichte Bart, die schmale Nase und der kleine Mund mit den verkniffenen Lippen – alles deutete darauf hin. Im ersten Schreck gegenseitigen Erkennens und Mißtrauens blickten sie sich wortlos an.

»Ich tue Ihnen nichts, Lady«, sagte er. »Kapiert? Ich werde Ihnen bestimmt nichts tun. Regen Sie sich nicht auf. Solange Sie nicht schreien, passiert Ihnen nichts.«

»Was wollen Sie hier?« Ihre eigenen Worte schnürten ihr fast die Kehle zu.

»Sie wissen doch genau, was ich hier will. Sie sind Margies Tante, stimmt's? Sie haben doch bestimmt schon von mir gehört...«

»Margie ist nicht hier«, sagte sie matt.

Er trat auf sie zu und berührte ihren Ellenbogen.

»Verschwinden wir hier lieber – nach drinnen.«

Er führte sie in das Wohnzimmer und zu einem Stuhl. Dann hockte er sich vor dem Fenster des Vorderzimmers auf den Boden und beobachtete die Straße. Zufrieden stellte er sich wieder neben sie und blickte mit gekreuzten Armen auf sie hinunter.

»Wo ist Margie?«

»Aber das ist doch ganz egal...«

»Das ist überhaupt nicht egal.«

»Lassen Sie meine Nichte in Ruhe! Sie kennen sie nicht einmal...«

»Das glauben vielleicht Sie! Ich kenne Margie besser als...« Er verstummte und wanderte auf dem Teppich hin und her. »Hören Sie mal genau zu, Lady – ich habe nämlich nicht viel Zeit. Ich muß Margie sprechen, und zwar sofort.«

»Margie ist nicht hier.« Sie versuchte, ihre Stimme nicht schrill klingen zu lassen. »Das habe ich Ihnen doch schon gesagt. Sie – sie ist bei Freunden.«

»Bei welchen Freunden? Wo?«

»Das weiß ich nicht.«

In drohender Haltung baute er sich vor ihr auf. Sie hatte Angst, in seine Augen zu blicken, sein Gesicht genau anzuschauen. Als hätten seine eigene Furcht und seine Unsicherheit überhandgenommen, wurde seine Stimme dann jedoch leiser.

»Sie müssen die Sache mit Margie und mir richtig verstehen. Ich liebe Ihre Nichte wirklich – Ehrenwort. Und ich würde ihr nie irgendwas antun. Ich möchte sie bloß sehen, mit ihr reden. Und dabei müssen Sie mir helfen, Madam.«

»Aber ich habe es Ihnen doch schon einmal gesagt: Ich weiß nicht, wo sie ist.«

Er schnaufte wütend, wanderte wieder hin und her; anscheinend konnte er sich nicht klar werden, wie er mit der Tante des Mädchens, das er liebte, umgehen sollte. Dann fiel sein Blick auf die Fotografie, die auf dem Kaffeetisch lag.

»Sie ist so schön...«

Margaret verschluckte ein Schluchzen. »Lassen Sie sie in Ruhe! Sie kennen sie doch gar nicht... Sie ist doch noch ein Kind...«

»Was ich von ihr wissen will, weiß ich.« Er kam wieder näher und schien erregt zu sein. »Hören Sie mal zu. Wissen Sie eigentlich, wie alt ich war, als man mich einlochte? Siebzehn! Und wissen Sie, wie viele Jahre ich gesessen habe? Elf!« Sie wandte den Kopf ab, und er packte sie an der Schulter und zwang sie, ihm in die Augen zu sehen. »Haben Sie eine Ahnung, wie verflucht einsam man im Zuchthaus sein kann? Mit tausend anderen Jungens ist man zusammen – und trotzdem einsam. Und wissen Sie, wie einem dann zumute ist?«

»Ja!« sagte sie heftig. »Das weiß ich allerdings!«

»Das glauben Sie bloß. Aber richtig wissen tun Sie es nicht. Margie hat mir etwas gegeben, das...« Er stieß einen angewiderten Laut aus und ließ sie los. Dann ging er zum Fenster und blickte traurig hinaus.

Margaret betrachtete seine schmächtige, unsäglich bekümmerte Gestalt, und ihre Augen waren seltsam verhangen.

»Also gut«, sagte sie wie betäubt.

»Was ist los?«

»Ich – ich werde Margie Bescheid sagen... Wenn es das ist, was Sie wirklich wollen.«

Sein Gesicht strahlte. Er beobachtete, wie Margaret sich von ihrem Stuhl erhob und wie eine Schlafwandlerin in die Diele hinausging. Die Nummer auf der weißen Karte, die sie sich genau eingeprägt hatte, tauchte immer wieder in ihren Gedanken auf. Ohne Zögern wählte sie.

»Lieutenant Berger«, sagte die Stimme.

»Guten Abend, hier ist Margies Tante. Ich – ich habe jemanden zu Besuch, der Margie sprechen möchte, und zwar möglichst bald.«

»Ist Collins bei Ihnen? Sagen Sie nur ja, wenn er bei Ihnen ist, Miss Lowen.«

»Ja. Ja, das stimmt.«

»Unterhalten Sie sich mit ihm. Wir kommen sofort.«

»Gut – ja, ich habe verstanden.«

Sie ließ den Hörer auf die Gabel fallen, und beinahe hätte sie aufgeschrien, als sie die Berührung an ihrem Arm spürte. Sie fuhr herum und sah Raoul Collins' bärtiges Gesicht ganz dicht vor sich; seine Augen waren wütend und weit aufgerissen.

»Sie haben die Polente angerufen!«

»Nein...«

»Sie lügen! Ja, ich habe verstanden.« Er ahmte ihre Stimme höhnisch nach. »In eine Falle habt ihr mich gelockt!« Wütend schlug er sich auf den Schenkel. »Ich hatte mir schon gedacht, daß die gleich bei Ihnen auftauchen würden und...«

»Bitte«, schluchzte Margaret und wich vor der Wildheit in seinem Blick und seiner Stimme zurück. »Bitte, gehen Sie. Wir können Ihnen hier nicht helfen... kein Mensch kann Ihnen helfen...«

»Glauben Sie etwa, daß Sie mich so einfach wieder loswerden?« Er kam näher. »Glauben Sie, ich lasse mich von Ihnen übers Ohr hauen?«

»Sie sind gleich hier...«

»Damit geben Sie also zu, die Polente angerufen zu haben!«

In einem Anfall von Wut ging er auf sie los, und Margaret schrie mit ausgedörrter Kehle auf und rannte in das Wohnzimmer zurück. Er kam hinter ihr her, brüllend vor Wut über den Verrat, und nichts erinnerte mehr an den zuvorkommenden Bittsteller, der in ihre Nichte verliebt war. Als Raoul Collins herangekommen war, hatte sie jedoch eine Verteidigungswaffe gefunden: einen fleckig gewordenen silbernen Kerzenleuchter, dessen Gegenstück schon vor längerer Zeit abhanden gekommen war. Drohend hob sie ihn hoch über ihren Kopf, als der Mann auf sie losging und in seinem Haß wie ein Hund knurrte. Sie kreischte auf, als seine Hand ihr freies Handgelenk umklammerte, und schlug mit dem schweren, metallenen Gegenstand zu. Er traf genau das dichte blonde Haar, und ein schmerzender Schlag fuhr ihr durch Arm und Rücken. Raoul Collins fiel auf den Teppich.

Entsetzt blickte sie auf ihn hinunter und sah das dicke

Blut, das zwischen seinen Haaren hervorquoll. Für einen Augenblick dachte sie, er wäre tot; aber sein keuchender Atem verriet, daß es nur Bewußtlosigkeit war.

Beinahe eine Minute lang stand sie über ihn gebeugt und versuchte verzweifelt, sich einer aufsteigenden Hysterie zu erwehren. Dann aber konnte sie sich nicht mehr beherrschen. Sie ließ sich auf die Knie fallen, nahm seinen Kopf in ihre dünnen Arme, und unbemerkt liefen ihr die Tränen über das Gesicht.

»Mein Liebling«, klagte sie. »Mein armer Liebling...«

Die Polizei verschwand erst nach Mitternacht. Margaret Lowen war durch ihr Erlebnis völlig erschöpft, aber das Verlangen, sich hinzusetzen und einen Brief zu schreiben, war größer als ihre Mattigkeit.

Sie griff nach dem Bild ihrer Nichte, von dem sie Raoul Collins vor zwei Jahren einen Abzug geschickt hatte, und zerriß es in winzige, unkenntliche Fetzen. Dann setzte sie sich an den Tisch, legte einen blauen Briefbogen vor sich hin und begann zu schreiben.

Liebster Raoul,

gerade eben habe ich von meiner Tante erfahren, was geschehen ist, und ich kann Dir gar nicht sagen, wie bekümmert ich über

Dein entsetzliches Erlebnis bin. Aber wirst Du mich für schrecklich hartherzig halten, wenn ich Dir etwas gestehe? Ich bin froh, Raoul. Froh, daß Deine dumme Flucht erfolglos blieb und Du wieder in das Zuchthaus zurückgebracht wirst. Froh, daß wir weiterhin die Möglichkeit haben, uns zu schreiben und uns in unsere Briefe zu teilen – in diese Boten der Liebe und Zuneigung, die inzwischen in Deinem wie in meinem Leben eine so große Bedeutung bekommen haben...

Vertrauen ist alles

Sie sagte immer wieder, ich solle erst einmal anständig Geld verdienen, und ich sagte, das würde ich schon. Ich versuchte, sie zu küssen, aber sie drehte den Kopf zur Seite und zeigte mir ihren schlanken weißen Hals. Da küßte ich ihn so, daß die Spuren meiner Zähne deutlich zu sehen waren, und das machte sie wütend. Sie belegte mich mit irgendeinem dreckigen Ausdruck, und ich lachte. Dann aber sagte sie etwas viel Schlimmeres. Sie sagte: »Nun komm bloß nicht auf dumme Gedanken, Shorty.«

Ich schob sie weg und ging zum Fenster ihres Zimmers, wo das rote Neonlicht auf der anderen Straßenseite dauernd an- und ausging, so daß man nicht merkte, wie mein Gesicht langsam rot wurde. Ich habe es nämlich gar nicht gern, wenn man mich Shorty nennt – egal, wer es tut. Und bei Angie konnte ich es am allerwenigsten ausstehen; das war nun mal sicher. In Angies Augen wäre ich am liebsten drei Meter groß gewesen.

»Was ist denn los, Larry? Eingeschnappt?« Leise kicherte sie hinter mir in der Dunkelheit. Zum Wahnsinnigwerden! Einen Moment hatte ich das Gefühl, daß sich überhaupt nichts geändert hätte, daß ich immer noch der Dreikäsehoch war wie früher. Ich vergaß, daß ich mittlerweile erwachsen war und immerhin so gescheit, daß mir die großen Jungen nicht nur zunickten, sondern mir manchmal auch irgendetwas auftrugen. Es war so, als ob ich wieder fünfzehn wäre und sie wieder das irrsinnig aufregende blonde Girl mit den spindeldürren Beinen, das in unseren Häuserblock eingezogen war, und wenn die Jungens an der Ecke standen und sie vorbeikam, pfiffen alle wie die Wilden und flüsterten aufgeregt.

Aber dann fiel es mir wieder ein. Ich war fast dreißig, und Angie wußte genau, daß es sich lohnte, mich genauer in Augenschein zu nehmen. Immerhin verdiente ich hundertfünfzig Dollar in der Woche, regelmäßig, und zwar mit Aufträgen von Patsys Telefonvermittlung. Und so

schlecht sah ich auch nicht aus, selbst wenn ich mit Absätzen bloß einssiebenundfünfzig groß war.

Ich steckte mir eine Zigarette an, bevor ich mich umdrehte, und behielt sie im Mund. Ich wußte, daß Angie mich gern sah, wenn ich rauchte, weil der Rauch dran schuld war, daß meine Augen verträumt und halbgeschlossen waren. Und dann sagte ich: »Hör mal zu, Angie. Spielen lasse ich nicht mit mir. In diesem Punkt verstehe ich keinen Spaß. Ich will dich heiraten.«

»In diesem Punkt verstehe ich genausowenig Spaß«, sagt sie immer noch kichernd. »Ich bin auch kein Küken mehr, Larry. Langsam wird es Zeit, daß dieses ewige Hin und Her aufhört. Aber das habe ich dir schon mehr als einmal gesagt.«

»Und ich auch. Irgendwann kommen wir schon zu Geld – darüber brauchst du dir keine Gedanken zu machen. Ideen habe ich genug.«

»Sieh mal einer an!« Ihre Stimme war höhnisch. »Willst du vielleicht eine Konkurrenz für Patsy aufziehen?«

»Nee – das bestimmt nicht. Meine Ideen sind viel gerissener. Große Sachen!« Ich ging zu ihr und hielt sie an den Armen fest. Eine Zeitlang wehrte sie sich noch, aber dann gab sie nach. »Ich komme bestimmt zu Geld, Angie. Das schwöre ich dir.«

»Erst beweisen, Larry», sagte sie. »Erst beweisen – dann können wir weiterreden.«

»Das werde ich schon», sagte ich.

Am nächsten Vormittag ging ich zu Patsy und sagte den Leuten, daß ich Schluß machte. Keiner regte sich groß darüber auf; es war vielmehr fast eine Beleidigung, daß sie mich überhaupt nicht 'rumschubsten und Genaueres wissen wollten. Wahrscheinlich hatten sie nie damit gerechnet, daß ich ihnen einmal Ärger machen würde. Ich war bloß Larry, der kleine Larry, der um die Ecke wohnte. Vermissen würden sie mich nicht – ich sie aber auch nicht.

Anschließend fuhr ich mit der U-Bahn über die Brücke und stieg in der Canal Street wieder aus. Den Rest fuhr ich mit einem Bus, bis ich im Geschäftsviertel vor dem verkommenen Bau stand, in dem die Paschetti Import Company ihr Büro hatte. Als ich es sah, war ich ziemlich enttäuscht; ich hatte gedacht, Paschetti säße in einem ganz modernen Bau und hätte ein Büro, das seinem angeblichen Einkommen ungefähr entspräche. Erst später hörte ich dann, daß Paschetti nur einen Tag pro Woche hier war; der größte Teil seiner Geschäfte wurde in seinem zweistöckigen Apartment in der Central Park South abgewickelt.

Hinter dem Milchglas des Käfigs, der den Zugang in Paschettis Heiligtum bewachte, saß eine verschrobene alte Schachtel. Sie sah mich an, als wäre ich Dreck, und stöpselte weiter an ihrem Vermittlungskasten herum. »Ist Mr. Paschetti da?« sagte ich. »Ich heiße Larry Fabrizio und bin bestellt.«

»In welcher Angelegenheit wollen Sie Mr. Paschetti sprechen?«

Ich hatte schon eine freche Antwort auf der Zunge, schluckte sie aber herunter. Hier mußte ich mich anders aufführen als sonst; hier mußte ich immer ruhig und freundlich sein. Also lächelte ich und sagte: »Es handelt sich um einen Posten. Mr. Paschetti weiß Bescheid. Würden Sie ihm bitte sagen, daß ich hier bin?« Ich lächelte und sah sie mit meinen Schlafzimmeraugen an, und sie telefonierte mit ihrem Boß.

Er saß hinter einem ziemlich mitgenommenen alten Schreibtisch, als ich in sein Büro kam, und momentan dachte ich überhaupt nicht mehr an seinen Rollstuhl. Aber dann interessierte mich, ob das stimmte, was ich gehört hatte: daß er aus purem Gold wäre. Schließlich fuhr er ein Stück zurück, und da sah ich, daß es ein ganz gewöhnlicher Rollstuhl aus rostfreiem Stahl war, wie alle Krüppel ihn haben. Erst schaute ich mir den Rollstuhl an, und dann blickte ich ihn an. Ich hielt ihn für kleiner als mich, untersetzt und mit flinken Augen, die fünfzig Dinge auf einmal sahen. Nur daß er natürlich älter war – vielleicht fünfzig oder sechzig. Sein Haar war pechschwarz, aber ich glaube fast, daß er es färbte; sein kurzer, sauber gestutzter Schnurrbart war an den Ecken grau. Er winkte, und ich setzte mich hin.

»Du bist also Tonys Sohn«, sagte er mit einer Art Grunzen. »Und was erwartest du von mir, mein Freund? Daß ich hurra schreie?«

»Das natürlich nicht«, sagte ich und lächelte liebenswürdig. »Ich wollte Sie bloß einmal besuchen, Mr. Paschetti – irgendwann haben Sie doch meinem Pop gesagt, ich solle mal vorbeikommen.«

»Dein Pop war ein Dummkopf; hast du das schon gewußt?« Aufmerksam beobachtete er mich.

Ich lächelte bloß.

»Er und ich, wir sind am selben Tag in dieses Land gekommen. Siebenundzwanzig Jahre lang hat er sich abgeschuftet, immer neue Banden auf die Beine zu stellen. Und was ist dabei 'rausgekommen? Gehungert hat er, in einer lausigen Gegend hat er mit seiner Familie gewohnt, ein Stück Blei haben sie ihm verpaßt, und dann ist er gestorben. War er nun ein Dummkopf oder nicht?«

»Er war ein netter Bursche«, sagte ich vorsichtig.

»Und wenn schon!« Paschetti knallte den Löscher auf den Tisch. »Nette Burschen sind immer dämlich. Bist du etwa auch dämlich, Sohn?«

Den hier mußte ich im Auge behalten. Ich hatte keine Ahnung, was ich mit Paschetti anfangen sollte. Zwanzig Jahre lang hatte mein Vater mir die Ohren von ihm voll geschwätzt, aber trotzdem wußte ich nicht, was wirklich mit ihm los war. Ich wußte bloß, daß er irgendwann von einem Träger abgestürzt und dann zu einem großen Mann im Importgeschäft geworden war: Autos, Möbel, religiöse

Sachen und alle möglichen Dinge aus Europa, meistens aus Italien. Geld hatte er in Mengen, aber mein Pop hatte ihn nicht ein einziges Mal angepumpt.

»Ich bin nicht dämlich«, sagte ich und machte ein ehrliches Gesicht. »Aber ein netter Bursche zu sein, das versuche ich auch, Sir.«

Er sah mich von oben bis unten an und grunzte wieder. Dann sagte er eine Weile gar nichts, sondern sah bloß zum Fenster hinaus. Schließlich rollte er um den Tisch herum und fing an, mich auszufragen.

»Sprichst du Italienisch?«

»Einigermaßen.«

»Kannst du Bestellungen ausschreiben, Unterlagen, Akten und ähnliches Zeug in Ordnung halten?«

»Ich habe ein Jahr in der Verwaltung gearbeitet«, sagte ich.

»Hast du anständige Anzüge? Mehr als diesen einen?«

»Noch vier genauso gute.«

»Und wie ist es mit Überstunden? Auch abends?«

»Klar.«

»Verstehst du was vom Importgeschäft?«

Ich zögerte. »Nein – nichts.«

»Gut!«

Dann rollte er noch ein Stück näher und starrte in mein Gesicht. »Ich kenne die lausige Gegend, aus der du kommst. Patsy und wie sie alle heißen. Hast du jemals was mit denen zu tun gehabt?«

»Nein, Sir«, sagte ich.

»Tony Fabrizio war ein Dummkopf. Auch wenn er völlig blank war, hat er mich nicht angepumpt. Wie ist das mit dir, Larry?«

Sein Gesicht war so dicht vor mir, daß ich seinen Atem merkte.

»Bist du ehrlich, Larry? Kann ich dir vertrauen?«

Das war es.

»Ja, Sir«, sagte ich.

Er richtete sich auf und rollte wieder an die andere Seite seines Schreibtisches. »Okay – du kannst einen Posten haben: fünfundsiebzig Dollar in der Woche und zu Weihnachten vielleicht einen Bonus, wenn mir deine Art gefällt. Montag früh um neun kommst du her, und Vince, mein Verwaltungschef, kann dir dann alles genau zeigen. Vergiß aber nicht, daß sich ein großer Teil meiner Geschäfte in meinem Apartment abspielt. Meine Kunden besuchen mich immer da. Und wenn ich Bescheid gebe, kommst du ebenfalls. Verstanden?«

»Sicher, Mr. Paschetti«, sagte ich. »Und vielen Dank.«

»Quatsch«, sagte er. »Und verschwinde.«

Ich ging weg und besuchte Angie.

Sie sah mich an, als wäre ich verrückt, wie ich ihr von meinem Gehalt erzählte. »Fünfundsiebzig in der Woche? Soll das ein Witz sein? Bei Patsy hast du genau das Doppelte verdient...«

»Das weiß ich selbst. Aber einmal muß man schließlich auch anfangen, an die Zukunft zu denken.«

»Zukunft – wenn ich das schon höre! Bist du übergeschnappt? Oder willst du etwa brav anfangen zu arbeiten?«

»Vielleicht«, sagte ich grinsend.

»Also wenn du etwa glauben solltest, ich warte noch zwanzig Jahre, bis du eine goldene Uhr kriegst...«

»Dann werde ich dir doch lieber eines erklären«, sagte ich, »dieser Paschetti schwimmt in Geld. Wahrscheinlich importiert er auf die schnelle Tour mehr als irgend jemand sonst an der ganzen Ostküste.«

Angie machte ein gelangweiltes Gesicht.

»Und weißt du warum? Weil er bar bezahlt und nicht lange fragt, woher die Ware stammt. Soweit er damit zu tun hat, ist alles ganz gesetzmäßig; was seine Lieferanten tun, geht ihn nichts an. Wenn irgendwer einen großen Posten loswerden will, geht er zu Paschetti in die Wohnung. Paschetti gibt ihm das Geld bar auf die Hand. Und wenn dann jemand irgendeine Ware kaufen will, wirklich preiswert, geht er ebenfalls hin und übernimmt den Posten. Ohne Papiere, ohne Bücher oder sonst was. Und ich kann mir vorstellen, daß er immer fünfzig oder hundert, vielleicht sogar zweihundert Tausender mit sich 'rumschleppt.«

Jetzt wurde sie hochnäsig.
»Und was hast du vor? Willst du ihn beklauen?«
»So einfach ist das nun auch wieder nicht. Paschetti ist doch kein Idiot. Was ich vorhabe, ist ein ganz großer Fischzug, und dazu lasse ich mir Zeit. Aber wenn es geklappt hat – dann haben wir genug, um hier zu verschwinden und irgendwo anders ganz groß zu leben. Vielleicht in Südamerika – in Rio. Wo du gern willst...«
»Rio...« Angie holte tief Luft und schaute aus dem Fenster, wo das Schmelzwasser vom Dach heruntertropfte. »In Rio scheint immer die Sonne, Larry – oder?«
»Die ganze Zeit, mein Schatz«, sagte ich und nahm sie in die Arme.
Während der nächsten paar Wochen kriegte ich von Vince, Paschettis Verwaltungschef, meine Grundausbildung. Vince war ein Schmierfink. Beim Inventar kannte er sich genau aus, bis zum letzten Krümel, und bei Paschettis Kunden kannte er sogar die Namen des entferntesten Vetters; aber so gescheit wie Vince sind heutzutage auch irgendwelche Maschinen. Und von Anfang an merkte ich genau, daß er mich nicht ausstehen konnte; vielleicht glaubte er, ich wäre auf seinen Posten scharf. Manchmal hätte ich über sein feistes Spaghetti-Gesicht brüllen können. Was ich hier wollte, war eine anständige Stange Geld; seinen lausigen Posten konnte er meinetwegen behalten.
Von Paschettis Geld kriegte ich erst einen Monat später einen kleinen Vorgeschmack. Eines Tages holte er mich in sein Büro und sagte: »Tag, Landsmann. Sei um halb neun in meinem Apartment. Ein paar Kunden kommen heute abend. Verstanden?«
»Sicher, Mr. Paschetti«, sagte ich.
Als ich hinkam, hatte ich meinen besten blauen Anzug angezogen und war überzeugt, daß denen die Augen aus dem Kopf fallen würden. Aber verglichen mit dem, den Paschetti anhatte, sah meiner wie Ausschußware aus. Das Apartment ging durch zwei Etagen, die Decke war kilometerhoch, und der Blick auf den Central Park schmiß einen um. Klasse!

Die Gäste erschienen pünktlich. Einer hieß Georgio; wie der andere hieß, kriegte ich nicht heraus. Georgio war ein ziemlich hinfällig aussehender alter Knabe mit weißem Haar und Schnurrbart. Wie ein alter Opern-Impresario sah er aus. Sein Englisch war nicht doll, und deswegen unterhielten wir uns bloß auf italienisch. Das konnte er tadellos, bloß daß er nach jedem Satz so hustete, daß man gar nicht hinhören konnte. Paschetti tat, als wäre ich sein Lieblingssohn, und das Ganze war wie eine normale Einladung – bis es zehn war und Georgio sagte: »Soviel ich weiß, hat sich das Autogeschäft einigermaßen erholt, Tomaso. Wie sieht es auf dem Markt – deiner Ansicht nach – für ein Dutzend Alfa-Romeos aus? Natürlich fabrikneu!«

Paschetti zündete ein Streichholz an. »Vielleicht gar nicht mal so schlecht, Georgio. Aber das hängt natürlich ganz vom Preis ab.«

»Mein Vetter, der Autohändler, meint, daß elftausend Dollar ein angemessener Preis wären«, sagte der weißhaarige Knabe und zog an der schwarzen Zigarre, die Paschetti ihm ansteckte. »Was würde deine Firma zu diesem Vorschlag sagen?« Anschließend hustete er

Paschetti wartete, bis der Anfall vorüber war.

»Soviel ich weiß«, fuhr Georgio fort und sah mich dabei an, »ist der Alfa-Romeo ein ausgezeichneter Wagen. Und bei dem amerikanischen Interesse für ausländische Fahrzeuge...« Er warf seinem Partner, einem langweiligen fetten Kerl, einen Blick zu. »Das stimmt doch, Vetter, nicht?«

Der Vetter knurrte, und Paschetti hielt sich an den Lehnen seines Rollstuhls fest.

»Ich glaube, die Firma akzeptiert die Bedingungen«, sagte er.

Ein paar Minuten später rollte Paschetti in das Nebenzimmer und kam mit einem dicken weißen Umschlag zurück. Meine Augen fingen fast zu schielen an, als ich sah, woraus der Inhalt bestand.

Georgio schob den Umschlag in die Tasche, und dann gab es für jeden noch einen Drink. Das war an diesem Abend alles.

Als ich das nächste Mal in Paschettis Apartment war, ging das Geschäft den umgekehrten Weg. Der Besucher war ein Mann namens Lundy mit eiskalten Augen, und er wollte kaufen, nicht verkaufen. Geplaudert wurde diesmal nicht; die beiden einigten sich über fünf der importierten Autos zu einem Preis, der für Paschetti einen ganz flotten, schnellen Gewinn bedeutete. Nur mit Bargeld war bei Lundy nicht viel zu machen; er wollte erst bei Lieferung zahlen.

»Einverstanden«, sagte Paschetti. »Mr. Fabrizio, mein Assistent, wird dafür sorgen, daß die Wagen umgehend verladen werden, und die Bezahlung in Empfang nehmen. Gut?«

»Okay«, sagte Lundy und sah mich kalt an.

Drei Tage später wurde ich zu einem Lagerhaus geschickt, das an einer abgelegenen Stelle der Bucht lag, und überwachte, wie die fünf funkelnden Autos auf den Transporter verladen wurden. Dann brachte ich sie nach Brooklyn, lieferte sie auf Lundys Gelände ab, und Lundy übergab mir einen versiegelten Umschlag. Die ganze Zeit während meiner Rückfahrt zu Paschettis Apartment mußte ich ihn ansehen.

Am Schluß des vierten Monats, den ich bei Paschetti arbeitete, war mein Plan fix und fertig. Langsam wurde es auch Zeit, denn Angie wurde immer ungeduldiger und war schon mehr als mißtrauisch. Was ich jetzt noch brauchte, war eine günstige Gelegenheit.

Sie kam in Gestalt von zwölfhundert Büromaschinen.

Zuerst hörte ich durch Vince von der Geschichte. Ganz nebenbei redete er davon, aber seinem Gesicht merkte ich gleich an, daß es dabei um eines der größten Geschäfte ging, die Paschetti in den letzten Jahren gemacht hatte. Hergestellt waren die Maschinen von der Olgarini Corporation in Rom, und wert waren sie eine schöne Stange Geld. Georgio, der alte Knabe, war an der Sache natürlich beteiligt, und bei der Bezahlung kam ganz schön was zusammen. Nachdem ich Vince ein bißchen ausgequetscht hatte, rechnete ich mir aus, daß es um rund dreißigtausend ging.

Eines Vormittags rief Paschetti mich an und sagte: »Tag, Landsmann. Große Sache, heute abend. Du bist gegen acht bei mir, gut?«

»Sicher, Mr. Paschetti. Wer kommt denn? Mr. Lorenzo?«

»Ja – Georgio kommt auch. Sei rechtzeitig da und halt die Augen offen. Kapiert?«

»Kapiert, Mr. Paschetti.« Ich grinste. Aber innerlich grinste ich gar nicht. Innerlich überlegte ich.

In der Mittagspause zog ich los und entdeckte in der Ecke eines kleinen Lokals eine hübsche ruhige Telefonzelle. Georgios Nummer kannte ich, auch wenn sie nicht im Telefonbuch stand. Paschetti hatte nämlich die Angewohnheit, laut vor sich hin zu murmeln, wenn er las oder eine Telefonnummer wählte, und so war es für mich ziemlich einfach gewesen, mir diese Nummer, die ich nicht kennen sollte, zu merken. Ich wählte also, und dann meldete sich ein Diener. Ich fragte nach Georgio, und zwar mit einer Stimme, die genauso wie die Paschettis klang, soweit man sie nach monatelangem Zuhören und Üben nachmachen konnte. Außerdem redete ich italienisch.

»Tag, Georgio – hier ist Tomaso. Hör mal zu: Heute abend geht es nicht. Es ist was dazwischengekommen – eine wichtige Sache.«

Georgio hustete. Dann fragte er höflich, was es denn Wichtigeres gäbe als Geschäfte?

»Das heute abend ist auch geschäftlich – Steuer. Ich muß mit einem Mann über die Steuern reden.« Ich wußte, daß das eine Erklärung war, die Georgio begreifen würde. Und ich sah ihn richtig vor mir, wie er am anderen Ende der Leitung saß und weise nickte. »Trotzdem können wir das Geschäftliche erledigen«, sagte ich. »Ich schicke Larry, meinen Assistenten, bei dir vorbei. Er bringt das Geld. Einverstanden?«

»Dann gehen die zweiunddreißigtausend Dollar in Ordnung?«

Ich schluckte. »Geht in Ordnung, Georgio. Die Firma akzeptiert die Bedingungen.«

»Gut«, sagte Georgio, und ich hängte ein.

Dann kam ich aus der Telefonzelle 'raus und merkte, daß ich unheimlich schwitzte und mein Hemd wie eine zweite Haut an mir klebte. Ich ging zur Theke und bestellte ein Sandwich, das ich nicht herunterkriegte. Dann lungerte ich noch eine Weile herum, bis die Uhr über der großen Kaffeemaschine zwei schlug, und verschwand noch einmal in der Zelle. Diesmal wählte ich die Nummer von Paschettis Apartment, »Hier ist Georgio Lorenzo«, sagte ich, als der Diener sich meldete.

Als Paschetti am Telefon war, verlor ich fast den Mut. Georgio nachzumachen, war erheblich schwerer; immerhin hatte ich ihn nicht so oft gehört wie Paschetti. Aber es klappte.

»Was ist los, Georgio?« fragte Paschetti barsch.

»Wegen heute abend«, sagte ich auf italienisch. »Mein Husten ist schlimmer geworden. Ich kann nicht weg.«

»Das ist allerdings schlecht«, sagte Paschetti mitfühlend. »Dann müssen wir es verschieben, bis es dir wieder besser geht, Georgio.«

»Nein, nein«, sagte ich schnell. »Geschäft ist Geschäft. Ich möchte die Sache so schnell wie möglich abschließen, Tomaso. Wenn du das Geld heute abend hierher bringen könntest...«

»Ich, Georgio?«

»Ich meine: dein Assistent. Dieser junge Mann – Larry. Vertrauen kann man ihm wohl, nicht?«

Am anderen Ende war es ziemlich lange still, und einen Moment dachte ich schon, mein Plan sei geplatzt.

Dann sagte Paschetti: »In Ordnung, Georgio. Ich schicke Larry vorbei. Aber die Bedingungen sind noch nicht ganz geklärt. Die Firma glaubt, nur dreißigtausend Dollar für die Ware bieten zu können. Was ist deine Meinung?«

»Ich akzeptiere«, sagte ich heißer und hustete ein bißchen wie Georgio.

»In diesem Fall«, sagte Paschetti feierlich, »wirst du den Betrag heute abend bekommen.«

Ich ging wieder ins Büro zurück und war so aufgeregt und fertig, daß mich nicht nur das Mädel in der Telefonzentrale, sondern auch Vince fragte, ob ich krank sei. In der ersten Stunde nach meiner Rückkehr rief Paschetti jedenfalls nicht an, und mit jeder Minute machte ich mir mehr Gedanken. Was wäre, wenn Georgio aus irgendeinem Grunde nun tatsächlich bei ihm angerufen hatte? Damit wäre alles hin und ich fix und fertig.

Kurz vor vier rief Paschetti aber doch noch an.

»Die Sache mit heute abend ist erledigt«, sagte er kurzangebunden. »Aber trotzdem kriegst du zu tun. Ich möchte, daß du bei Georgio Lorenzo etwas abgibst. Er wohnt in Queens; weißt du, wie man da hinkommt?«

»Das weiß ich«, sagte ich und grinste. »Ich kannte mal ein Mädchen, das in Queens wohnte.«

»Die Mädchen laß heute abend lieber in Ruhe. Die Sache ist wichtig, Larry. Hast du mich verstanden?«

»Sicher, Mr. Paschetti.«

»Komm gegen sieben in meine Wohnung, damit ich dir das Päckchen geben kann. Und anschließend fährst du direkt zu Mr. Lorenzo – ohne dich irgendwo aufzuhalten. *Capish*?«

»*Capish*, Mr. Paschetti«, sagte ich.

Als ich nach der Arbeit nach Hause kam, hörte ich, wie in dem Moment, in dem ich den Schlüssel in das Schlüsselloch steckte, das Telefon läutete. Es war Angie, und sie beklagte sich gewaltig. Ich erzählte ihr, daß wir uns abends nicht sehen könnten, daß ich arbeiten müßte, aber dann tat sie so schlechtgelaunt, daß ich okay sagte. Ich zog mich um und ging gegen halb sieben zu ihr. Sie hatte einen scheußlichen alten Morgenrock an, und ihre Haare sahen wie ein gerade gebrauchter Mop aus. Angie machte sich nie Mühe, für mich schön zu sein, aber auch so reizte sie mich.

»Was ist also heute abend?« sagte sie bissig. »Neue Geschäfte?«

»Stimmt«, sagte ich. »Und zwar eine ganz große Sache.«

»Ein reizender Posten«, sagte sie höhnisch. »Halt nur tapfer durch, mein kleiner Held. Vielleicht kriegst du bald fünf Dollar pro Woche mehr!«

Ich packte ihren Ellenbogen. »Du verstehst wohl nicht ganz, Angie. Ich habe dir nur gesagt, wie die Dinge stehen.«

»Das hast du allerdings – und zwar vor Monaten schon.«

An sich wollte ich ihr von der Geschichte nichts erzählen, aber als ich ihr verbittertes Gesicht sah, änderte ich meine Meinung. Ich erzählte ihr von den Büromaschinen und daß die Bezahlung heute abend vor sich gehen sollte, und auch von meinen Telefonaten mit den beiden Beteiligten erzählte ich ihr. Mit aufgerissenen Augen und schweratmend hörte sie mir zu.

»Wieviel?« sagte sie. »Wieviel, Larry?«

»Dreißigtausend.« Ich steckte mir eine Zigarette an und ließ den Rauch in meine Augen steigen. »Dreißigtausend U.S.-amerikanische Dollar.« Dann gab ich ihr einen Kuß, aber zu mehr langte es nicht, wenn ich rechtzeitig in Paschettis Wohnung sein wollte.

Er saß an einem geschwungenen Mahagonitisch, als ich hineinging. Wahrscheinlich saß er gern hinter einem Tisch; der Rollstuhl fiel dann nicht so auf. Auf der Schreibunterlage vor ihm ein weißer Umschlag; er sah ihn jedoch gar nicht an.

»Hier bin ich, Mr. Paschetti«, sagte ich.

»Gut, gut«, sagte er.

»Haben Sie Mr. Lorenzos Adresse, Sir?«

»Sie steht auf dem Umschlag.«

»Soll ich gleich gehen, Mr. Paschetti?«

»Einen Moment noch.« Er sah mich an. »Ich mußte gerade an etwas denken.«

»Ja, Sir.«

»Ich denke über Fay nach – über deine Mutter.«

»Über meine Mutter, Mr. Paschetti?«

»Ja. Für euch war sie bloß eine nette alte Dame, die euch das Essen kochte und euch in die Schule schickte und solche Sachen. Stimmt's?«

»Meine Mutter starb, als ich zwölf war, Mr. Paschetti.«

»Richtig – ich erinnere mich. Im selben Jahr machte ich damals das Büro in der Stadt auf; das weiß ich noch wie heute. Aber eins wirst du von deiner Mutter wahrscheinlich nicht wissen: Sie und ich, wir sind früher verlobt gewesen, noch in Mailand. Das hatte die Familie alles arrangiert. Nur daß sie dann deinen Pop kennenlernte, und damit wurde alles anders. Wußtest du das schon, Larry?« Er kicherte. »Wenn nichts dazwischen gekommen wäre, hätte ich sogar dein Vater sein können.«

Noch keinmal hatte ich erlebt, daß Paschetti sentimentales Zeug redete. Jetzt fühlte ich mich plötzlich stärker als er.

»Ich persönlich hätte nichts dagegen gehabt, Sir«, sagte ich.

Er blickte mich scharf an. »Sieh lieber zu, daß du verschwindest! Und komm jetzt bloß nicht auf dumme Ideen. Dein Pop war der beste Kerl auf der Welt. Dämlich, aber trotzdem der beste.«

»Sicher, Mr. Paschetti.«

Er seufzte und schob mir den Umschlag hin.

»Hau ab!« sagte er. »Wenn du das abgeliefert hast, ruf mich an. Ich will wissen, daß Georgio es auch gekriegt hat.«

»Tue ich, Mr. Paschetti.«

Ich nahm den Umschlag und steckte ihn in mein Jackett. Dann machte ich kehrt und ging.

Als ich nach Hause kam, kriegte ich einen ziemlichen Schreck. Angie stand unten im Hausflur und hatte einen großen Koffer gepackt.

»Was ist denn plötzlich in dich gefahren?« sagte ich.

»Larry!« Sie schlang ihre dünnen Arme um mich, aber ich schob sie wieder weg.

»Was hast du vor? Was soll der Koffer?«

»Hast du es mit? Das Geld?«

»Wer hat dir eigentlich gesagt, daß du hierher kommen sollst? Habe ich nicht erst vorhin noch gesagt, daß ich heute abend zu tun habe? Was?«

Sie fuhr zurück und starrte mich an. Dann fing sie an zu fluchen. Dabei kriegte ich allerlei zu hören – schließlich ist Angie auf diesem Gebiet ganz groß.

»Du hast mich angelogen! Du hast das Geld gar nicht. Ich habe aber schon vorher gewußt, daß du gar nicht den Mut hast…«

»Ach, glaubst du?« Wütend ging ich nach oben und steckte den Schlüssel in das Schloß. Dann schob ich sie vor mir in die Wohnung und zog den Umschlag mit einem Griff aus der Tasche, riß ihn auf, und dabei fielen die Scheine wie ein grüner Wasserfall heraus und verteilten sich über den schäbigen Teppich. Angie hockte sich sofort hin und kreischte wie eine verrückt gewordene Glucke. Sie raffte die Scheine zusammen und fing an zu zählen, und dabei kicherte und heulte sie gleichzeitig.

»Dreißigtausend Dollar!« quietschte sie. »O mein Gott, so viel Geld habe ich in meinem ganzen Leben noch nicht auf einem Haufen gesehen. Dreißigtausend!«

Ich riß ihr die Scheine aus der Hand und legte sie wieder ordentlich zusammen. Dann schob ich sie in die Tasche und sagte: »Okay, gesehen hast du es jetzt. Sieh also zu, daß du hier möglichst schnell verschwindest, und warte, bis ich dir Bescheid gebe.«

Sie starrte mich fassungslos an. Daß ich Angie anschnauzen konnte, tat mir richtig gut.

»Was soll das heißen?« sagte sie. »Ich habe doch meine Sachen schon gepackt. Fahren wir denn nicht los?«

»Nein! Ich habe es mir anders überlegt.«

»Anders überlegt? Was denn?«

»Das geht dich einen Dreck an«, fauchte ich. »Jetzt verschwinde und geh nach Hause. Und warte, bis ich dich anrufe. Verstanden?«

Einen Moment lang glaubte ich schon, sie wollte sich wie eine Tigerin auf mich stürzen. Aber dann wurde ihr Gesicht wieder ruhig, und sie griff nach dem Koffer. Bevor sie hinausging, drehte sie sich noch einmal um; ihr Gesicht war fassungslos, und sie sah so komisch aus, daß ich am liebsten laut gelacht hätte.

Ich wartete noch bis gegen halb zehn. Dann verließ ich die Wohnung und fuhr mit einem Taxi zu Paschettis Wohnung.

Als ich klingelte, machte Paschettis Diener auf und schien gar nicht überrascht zu sein. Er aber war auch der einzige. Als ich in das Vorderzimmer ging, fiel Paschetti fast aus seinem Rollstuhl. Und Georgio sah aus, als würde er im nächsten Moment einen neuen Asthma-Anfall kriegen und tot umfallen.

»Guten Abend, Mr. Paschetti«, sagte ich.

»Larry – du?«

»Guten Abend, Mr. Lorenzo«, sagte ich auf italienisch. »Es tut mir leid, daß ich Ihnen soviel Aufregung gemacht habe.«

»Was, zum Teufel, geht hier vor?« sagte Paschetti heiser. »Was fällt dir eigentlich ein?«

Ich sagte daraufhin nichts. Statt dessen ging ich zu Paschettis Tisch und zog die Scheine aus der Tasche. Sorgfältig zählte ich sie durch, einen nach dem anderen, und stapelte sie dann ordentlich auf seiner Schreibunterlage auf.

»Dreißigtausend, Mr. Paschetti. Wenn Sie wollen, können Sie noch einmal nachzählen.«

Er sah das Geld an, dann sah er mich an, und dann wußte er nicht, was er sagen sollte.

»Es tut mir leid«, sagte ich zu den beiden, »aber es hat sicher ausgesehen, als wäre ich damit durchgebrannt. Und genaugenommen wollte ich auch weg – mit dem nächsten Dampfer nach Südamerika. Aber dann kamen mir verschiedene Gedanken...«

»Du hast mich angerufen«, sagte der weißhaarige alte Knabe vorwurfsvoll. »Du hast mich heute mittag angerufen.«

»Sicher, Mr. Lorenzo. Ich habe Sie angerufen, und ich habe auch Mr. Paschetti angerufen. Ich hielt mich für maßlos schlau, hatte dabei aber eines vergessen. Ich hatte nicht an meinen Alten gedacht.«

Lorenzo sah Paschetti an und zog hilflos die Schultern hoch.

»Hör mal zu, Junge...«, sagte Paschetti.

»Ich weiß schon, was Sie sagen wollen, Mr. Paschetti. Ich habe versucht, Sie zu bestehlen, und jetzt können Sie mit mir machen, was Sie wollen. Aber vorhin fiel mir ein, was Sie über meinen Pop gesagt hatten. Und dann fielen mir plötzlich verschiedene Sachen über ihn ein. Er war ziemlich dämlich gewesen – gut, wahrscheinlich haben Sie recht. Aber ich habe ihn geliebt, Mr. Paschetti. Und deswegen konnte ich ihm das hier nicht antun. Und deswegen bin ich auch zurückgekommen.«

Ich drehte mich um und wollte weggehen, aber Paschetti brüllte plötzlich hinter mir her.

»Hiergeblieben!« schrie er. »Hast du gehört, Larry? Hiergeblieben!«

Ich drehte mich um und sah Tränen in seinen Augen.

Gegen Mitternacht ging ich zu Angie. Als ich ihr erzählte, was ich getan hatte, wurde sie weder wütend, noch schrie sie oder versuchte, mir die Augen auszukratzen. Sie sah mich bloß an, als wäre ich völlig verrückt geworden, schüttelte den Kopf und sagte: »Warum bloß, Larry? Warum? Warum?«

Ich lachte nur. Ich lachte, daß mir der Bauch wehtat, als ich endlich aufhörte.

»Kapierst du das nicht? Kapierst du das wirklich nicht, du Trottel? Dreißigtausend sind zwar ganz hübsch – aber noch lange kein Vermögen. Jetzt habe ich dafür etwas Besseres! Viel Besseres! Das, was ich jetzt habe, bringt mir in ein paar Monaten ein paar Hunderttausend ein! Denn weißt du, was ich jetzt habe? Sein Vertrauen!«

Sie sah mich an, und dann begriff sie; und plötzlich waren wir beide so in Stimmung, daß wir loszogen und uns betranken. Ich betrank mich so, daß ich umfiel und wild auf italienisch redete. Angie erzählte mir später, ich hätte über meinen Vater geredet – aber was ich gesagt hatte, konnte sie mir nicht erklären. Gott sei Dank versteht Angie kein Italienisch.

Ein Toter zuviel

Joe Helmer war zu sehr mit Wut und Enttäuschung erfüllt, um noch vernünftig überlegen zu können. Zehn Minuten nachdem er den Bus bestiegen hatte merkte er, daß er den falschen genommen hatte und kostbare fünfzehn Cent für eine Fahrt ausgegeben hatte, die zehn Querstraßen vor seinem eigentlichen Ziel bereits zu Ende war. Er fluchte lauthals über seine Dummheit, und die neben ihm Stehenden, die von der Arbeit kamen und sich schwankend an den Schlaufen festhielten, sahen ihn mit gelangweilten, leeren Blicken an.

Schuld hatte – natürlich – Irene. Er hatte sie von dem Kino aus, in dem er den regnerischen Nachmittag verbracht hatte, angerufen, und der Erfolg war lediglich eine Fortsetzung jenes Streites, der beim Frühstück angefangen hatte. Sie begriff einfach nicht, wie es um ihn stand, was er innerlich empfand, wenn er die verdreckten Arbeiter sah, die sich für ihr Geld abschwitzten, oder die duckmäuserischen Schnösel, die mit einer Brille auf der Nase hinter ihren kalten metallenen Schreibtischen hockten und erwartungsvoll auf ihren Scheck lauerten, der jeden Freitag fällig war. Das alles war nichts für ihn, für Joe Helmer. Dann war es schon besser, arbeitslos zu sein, Geduld zu haben und auf die wirklich große Chance zu warten. Er wußte genau, daß sie kommen würde. Die wirklich große Chance lag irgendwo, bloß um irgendeine Ecke herum, und als gescheiter Bursche brauchte man bloß zu warten. Unvorstellbar, daß er sich mit dem ersten besten begnügen sollte.

Klar, daß die Dinge langsam schwierig wurden. Sie hatten geglaubt, ihre Gläubiger würden vorerst Ruhe geben – zumindest so lange, bis er das Richtige gefunden hätte und das Entsprechende verdienen würde. Aber eines Morgens hatte Irene aufgeschrien, als stäke sie am Spieß: Im Eisschrank tropfte das Wasser, weil der Strom abgestellt war. Dann herrschte Stille im Hörer des Telefons.

Dann war der kurze Brief von der Hausverwaltung gekommen, in dem von Zwangsräumung die Rede war. Daraufhin hatte Joe sich aufgemacht, hatte die Stelle als einfacher Arbeiter, die man ihm anbot, abgelehnt und sich über den kühlen Empfang bei den Personalchefs für Angestellte maßlos aufgeregt. Während er sich dieser Dinge erinnerte, blickte er den gutgekleideten Mann an, der sich im Bus neben ihn drängte.

Quietschend kam der Bus an der 24th Street, der Endstation dieser Linie, zum Stehen. Immer noch fluchend folgte er den übrigen Fahrgästen auf die dunkle Straße. Er war pleite; zu Fuß mußte er nach Hause gehen.

Er merkte, daß er hinter dem gutgekleideten Mann ging, und haßte das feine Tuch des elegant geschnittenen Anzugs. Der Mann ging mit schnellen Schritten; er war untersetzt, kurzbeinig, nahe an die Sechzig, hatte beim Gehen jedoch den Schwung der Jugend. Das kann man nur, wenn man Geld hat, überlegte Joe.

Die Straßen in dieser Geschäftsgegend waren menschenleer. An der 21st Street bog der Mann ab, und Joe, der eigentlich noch drei Querstraßen weiter mußte, bog ebenfalls ab. Das Geräusch ihrer doppelten Schritte war in der stillen Straße ziemlich laut: Das helle Klicken kam von den Absätzen des Mannes, die einen Metallschoner hatten; Joes schiefgelaufene Hacken waren viel leiser und gedämpfter.

Drei Querstraßen weit gingen sie gemeinsam: einer hinter dem anderen wie eine Zwei-Mann-Parade. Und dann blieb der Mann etwa zwanzig Meter vor ihm plötzlich stehen.

Joe tat dasselbe, und er war gespannt, was das zu bedeuten hatte. Er sah, wie der Mann nach seinem Arm griff und dann an seinem Hemdkragen zerrte – in dem verzweifelten Bemühen, Luft zu bekommen.

Joe ging langsam näher, und der Mann fuhr herum. Für eine Sekunde schaute er Joe an, und mit einer wortlosen Gebärde bat er um Hilfe. Aber Joe hatte dazu gar keine Gelegenheit mehr; der Mann machte einen taumelnden Schritt und sackte auf dem Bürgersteig zu einem komisch anzusehenden Bündel zusammen.

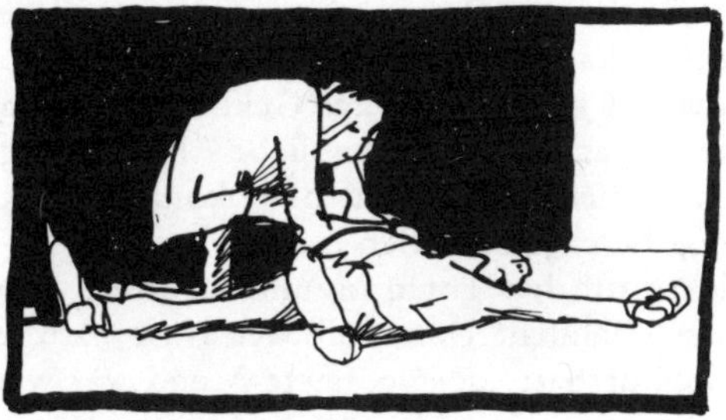

Joe starrte ihn an, gelähmt vor Überraschung. Er wußte, daß der Mann krank und vielleicht sogar schon tot war; aber er wollte mit diesem Drama nichts zu tun haben. Schließlich hatte er selbst Sorgen genug. Langsam kam er näher, blickte an den teilnahmslosen Sandsteinfassaden hoch, die die Straße einfaßten, und hoffte auf ein Zeichen, daß jemand da wäre, der ihm die Verantwortung abnähme.

Es war jedoch niemand da. Er trat an den hingefallenen Mann heran und sagte: »Heh, Mister, ist was los?«

Selbst in seinen Ohren klang diese Frage wahnwitzig. Natürlich war mit dem Mann etwas los; sein Schweigen, die Regungslosigkeit seines Körpers verrieten genug. Joe beugte sich hinunter und griff behutsam nach der Hand, die auf dem Pflaster lag, um den Puls zu fühlen. Ungeschickt und unsicher war er dabei – aber der Pulsschlag war nicht zu spüren. Er hielt seine Hand über den geöffneten Mund des Mannes, aber die Haut seiner Handfläche blieb kühl.

Er richtete sich wieder auf, wischte die Hände an der Hose ab und schaute sich in der verwaisten Straße um. Dann fiel ihm ein, im Jackett des Mannes nach Ausweispapieren zu suchen.

Er zog die dicke Brieftasche aus der Innentasche. Als er sie in der Hand hielt, klappte sie auseinander, und er sah die Geldscheine.

Daß er daran nicht gedacht hatte! Zwanzig, dreißig Geldscheine mußten es sein. Hübsch große Scheine waren es, Fünfer und Zehner und Zwanziger, und gelegentlich sogar ein Fünfziger. Damit kam einiges zusammen. Eine ganze Menge kam damit zusammen.

Er starrte so gebannt auf das Geld in seiner Hand, daß er darüber sogar seine ursprüngliche Absicht vergaß. Das einzige, woran er überhaupt denken konnte, war die Entscheidung, die er jetzt treffen mußte.

Er blickte auf den Toten hinunter. Adrett – so konnte man ihn bezeichnen. Unterhalb der Nase hatte er einen kleinen Schnurrbart; der geöffnete Mund war weich, und seine Augen waren geschlossen. Friedlich sah er aus. Was konnte das Geld ihm jetzt noch nutzen?

Beinahe gleichgültig steckte Joe Helmer die Brieftasche ein. Dann trat er ein paar Schritte zurück und beobachtete die Leiche. Schließlich drehte er sich um und verfiel in einen schnellen Schritt, aus dem nach zwei Querstraßen ein Trab wurde. Und er verlangsamte sein Tempo erst, als er in Sichtweite des heruntergekommenen Apartment-Hauses war, in dem Irene wartete und immer noch die Wunden leckte, die sie beim morgendlichen Streit davongetragen hatte.

Mit ruhigen Schritten ging er die Treppe zur Haustür hoch und dann die drei Treppen bis zu ihrer Wohnung. Lächelnd trat er ein und sah, daß Irene in der Küche war und ihre Nylonstrümpfe im Abwaschbecken wusch.

»Na?« sagte sie und wandte ihm ihr Gesicht zu.

»Nicht viel«, sagte er beiläufig. Er ging zum Eisschrank, um sich eine Flasche Bier zu holen; dabei fiel ihm jedoch die Sache mit dem Strom wieder ein. Mit gerunzelter Stirn nahm er sich eine ziemlich warme Flasche aus dem Büfett und stellte sie auf den Tisch. Dann öffnete er sie und sagte: »Nicht viel los in der Stadt – auch nicht in der vornehmen Gegend. Diese Wirtschaftsflaute geht anscheinend allen auf die Nerven. Aber nächste Woche wird es wahrscheinlich klappen.«

Sie stellte sich neben ihn: eine Frau, die trotz aller Mühsal überraschend hübsch war. Mit der Hand fuhr sie durch das kurzgeschnittene glatte Haar, und ihre Nasenlöcher weiteten sich.

»Welchen Film hast du gesehen?«

»Rede bitte nicht in diesem Ton, Irene. Ich bin den ganzen Tag auf der Suche gewesen.«

»Wer's glaubt!«

»Wenn ich es sage! Außerdem habe ich heute nachmittag ein bißchen Glück gehabt. Traf plötzlich jemanden, der damals mit mir zusammen bei der Army war – und was glaubst du wohl? Da fällt ihm doch tatsächlich ein, daß er mir noch Geld schuldet. Ich hatte ihm damals aus einer ziemlich üblen Klemme geholfen, und daran erinnerte er sich auf einmal. Was beweist, daß es auf dieser Welt doch noch nette Leute gibt.«

Mißtrauisch sah sie ihn an. »Soll das vielleicht ein Witz sein?«

»Wie käme ich dazu? Willst du das Geld sehen?«

»Natürlich«, sagte sie und verschränkte ihre dünnen Arme. »Zeig doch mal. Ich weiß zwar nicht, ob ich Geld noch erkennen kann, aber versuchen können wir es.«

Er grinste und griff in die Gesäßtasche, holte das dicke Bündel Geldscheine hervor und fächerte es wie ein Kartenspiel auf den Tisch. Als er ihre aufgerissenen Augen sah, hätte er fast gelacht.

»Ach, du lieber Himmel!« sagte Irene. »Wieviel ist denn das, Joe?«

»Zähl doch selbst nach.«

Das tat sie auch sehr aufgeregt, und ihre Augen machten bereits Pläne, was sie damit anfangen würden.

»Dreihundertfünfundsiebzig Dollar!«

»Genau das, was er mir schuldete«, sagte Joe blasiert; er war sehr zufrieden mit sich.

»Ist das schön! Dann können wir Mr. Peterson fünfzig für die Miete geben – wegen März kann er noch warten. Und der Kaufmann kriegt hundert. Und dann bezahlen wir den Strom und das Telefon...«

»Heh, nun mal langsam«, sagte Joe lachend. »Ein paar Dollar laß noch für ein anständiges Abendessen übrig. Das sind wir uns selbst schuldig, was?«

»Ach, Joe«, sagte Irene und ließ sich von ihm so umarmen, wie er es in der ersten Zeit nach ihrer Hochzeit getan hatte und wie er es bei ihr liebte.

Als Joe dann allein im Schlafzimmer war, klappte er die leere Brieftasche auf.

Sie hatte zwei Fächer mit durchsichtiger Wand. Im ersten steckte eine Visitenkarte mit der Aufschrift *Marvin Horine, 8 East 70th Street.*

Joe starrte jedoch auf das zweite Fach, ohne den Sinn der merkwürdigen Wörter zu begreifen, die dort auf einer weißen Karte standen. Zweimal mußte er sie lesen, bis ihm ihre Bedeutung klar wurde.

ICH BIN NICHT TOT

Ich leide an einer Form epileptischer Anfälle, bei denen es aussehen kann, als sei ich tot. Sollte ich aufgefunden werden, bitte ich, sofort Dr. Nelson Kruger, 441 East 64th Street, Murray Hill 3-0010 zu benachrichtigen.

Er ließ die Brieftasche auf das Bett fallen, als hätte er entdeckt, daß sie irgendwelche giftigen und todbringenden Bakterien enthielte. Dann starrte er sie an und spürte, wie die Kälte in Armen und Beinen hochkroch, bis er glaubte, er würde selbst krank. Er stellte sich den Kopf vor, der auf dem Pflaster mit dem Gesicht nach oben lag: der kleine adrette Schnurrbart und der sanfte geöffnete Mund. Und dann sah er ein anderes Bild vor sich, und dieser Gedanke überfiel ihn mit lähmendem Entsetzen: eine Grube, und ein einfacher Holzsarg, und eine Schaufel, mit der Erde auf die Bretter geschüttet wurde...

Er saß auf dem Bett und schloß die Augen, damit es finster war und er überlegen konnte. Immer wieder überlegte er von neuem, aber ohne Logik und ohne Sinn. Schließlich stand er auf und betrachtete sein Gesicht im Toilettenspiegel. Es war weiß, blutleer; er erkannte sich kaum.

Dann aber zwang Joe sich zum Handeln. Er steckte die Brieftasche wieder ein, ging in die Küche und zog seine Jacke über. Irene stand am Herd und summte vor sich hin. Sie drehte sich um, als er hereinkam, und schien etwas sagen zu wollen. Dazu ließ er ihr jedoch keine Zeit.

»Irene, gib mir mal fünf Dollar.«

»Was?«

»Ich brauche fünf Dollar«, sagte er scharf. »Frag nicht lange, wozu!«

»Aber ich dachte, wir hätten alles besprochen. Ich dachte, wir wollten das Geld auf keinen Fall anrühren – keiner von uns. Nicht eher, bis die Rechnungen bezahlt sind...«

»Irene, ich brauche es dringend. Nun streite doch nicht wieder mit mir.«

Ihr Mund schmollte zwar, aber trotzdem ging sie zum Büfett und holte die Kaffeebüchse herunter. Dann wühlte sie in dem Durcheinander von Rechnungen herum, bis sie das Richtige gefunden hatte. Er riß ihr den Schein aus der Hand, und dann gab er ihr einen Kuß auf die Wange, als hätte er ein schlechtes Gewissen.

»Ich brauche es wirklich, mein Engel«, sagte er besänftigend. »Wozu, erzähle ich dir später einmal – aber diesmal brauche ich es wirklich. Ich bin bald wieder zurück.«

Er ging zur Tür.

»Joe«, sagte Irene.

»Ist schon gut, mein Engel«, sagte Joe und rannte die Treppe hinunter, bis er auf der Straße stand.

Es war für ihn nicht einfach, ein Taxi zu bekommen; für Taxifahrer lohnte diese Gegend nicht. Kurz vor dem Broadway entdeckte er dann jedoch einen Wagen und rannte über die Straße.

Er gab die Adresse an – jene Stelle, an der der Mann hingestürzt war und er seinen Entschluß gefaßt hatte.

Bei dem schwachen Verkehr waren sie binnen fünf Minuten dort. Vor der Kreuzung sprang er aus dem Wagen, um nicht genau an der Stelle vorzufahren. Langsam, anscheinend ganz zufällig, bog er um die Ecke.

Er rechnete damit, nichts mehr so vorzufinden, wie er es verlassen hatte, und genauso war es auch. Aber immer noch entsetzte ihn die Stille, die über dem Schauplatz lag – zugleich aber auch das Fehlen der Leiche. Zwar stand etwa zwanzig Meter von jener Stelle entfernt, an der der Tote plötzlich zu Boden gestürzt war, ein Polizeiwagen, dessen

Motor im Leerlauf leise vor sich hin brummte; aber sonst – nichts, gar nichts.

Er schlenderte zu dem Streifenwagen, ohne genau zu wissen, was er sagen wollte und wie er es anstellen sollte.

»Abend, Wachtmeister...«

Der Beamte auf dem Fahrersitz sah ihn an, dann seinen schäbigen Anzug und sein fragendes Gesicht. Dann nickte er zurückhaltend.

»Irgendwas Aufregendes passiert?« fragte Joe.

»Ein Mann ist tot umgefallen, mehr nicht«, knurrte der Beamte. »Sie haben ihn gerade weggebracht.« Seine Augen wurden neugierig. »Wissen Sie irgendwas über die Sache?«

»Wer – ich? Nicht das Geringste«, sagte Joe und zog sich wieder zurück. »Ich habe bloß den Krankenwagen gehört, mehr nicht. Reine Neugierde...«

Er ging weiter, versuchte, möglichst gleichgültig zu tun, und stolperte fast über seine eigenen Füße. Er sah sich nicht eher um, bis er die nächste Ecke erreicht hatte, und dann war der Wagen bereits weggefahren, mit neuen Aufträgen.

Joe wußte jedoch, daß er nicht mehr tun konnte. So weit hatte er sich vorgewagt, aber mehr traute er sich nicht zu. Es war schon schlimm, sehr schlimm sogar, aber so ging es nun einmal auf dieser Welt zu. Vielleicht würde irgendein gescheiter Polizeiarzt das Leiden erkennen und merken, daß der Mann gar nicht tot war. Vielleicht war er schon wieder völlig in Ordnung, dieser Marvin Horine, 8 East 70th Street. Vielleicht saß er bereits wieder senkrecht, rauchte und meckerte...

Joe hielt wieder ein Taxi an. Fünfzig Cent plus Trinkgeld kostete ihn die Rückfahrt. Er betrat die Wohnung, holte das restliche Geld – drei Dollar fünfzig – aus der Tasche und legte es feierlich in die Kaffeebüchse zurück, wobei Irene ihm zuschaute. Irgendwelche Fragen stellte sie nicht.

Anschließend ging er zu Bett.

Weil er so stark schwitzte, daß das Laken feucht war, wachte er auf. Neben ihm sagte Irene: »Joe, Joe – was ist denn?«

»Was ist denn los? Wie spät ist es?«

»Das weiß ich nicht.« Sie sah auf den Wecker, der auf dem Nachttisch stand. »Halb acht. Steh lieber auf.«

Er ächzte und drückte das Gesicht in das Kissen. »Mensch, bin ich müde. Bei der Hitze kann man überhaupt nicht schlafen.«

»Willst du heute nicht los?«

»Doch, schon – aber laß mir Zeit.«

»Dann solltest du lieber aufstehen. Du weißt doch selbst, daß es früh am besten ist, Joe. Ehe man es merkt, ist schon wieder ein Tag vorbei.«

Er grunzte.

»Joe – das Geld langt auch nicht ewig.«

Die Erwähnung des Geldes machte ihn vollends wach. Er setzte sich im Bett hin und griff nach einer Zigarette. Er zündete sie an, rauchte, bis der Stummel noch zwei Zentimeter lang war, und dachte an den vergangenen Abend. Schließlich stand er auf und zog sich überstürzt an.

Er schüttete Kaffee in den Filter und schaltete den Herd ein. Als wäre er von der flüchtigen Bewegung hypnotisiert, beobachtete er die braune Flüssigkeit, die in dem Glasbehälter aufwallte.

Dann setzte er sich an den Küchentisch und studierte die Tapete.

Ich bin ein Mörder, überlegte er.

Als Dieb bezeichnete er sich nicht. Jeder war irgendwie ein Dieb – auf diese oder jene Weise. So, wie Joe es sah, handelte es sich dabei immer nur um geringfügige Unterschiede.

Aber Mord, auch durch Unterlassung, war etwas ganz anderes. Bei diesem Gedanken zog sein Magen sich zusammen, perlte der Schweiß unter den Armen und im Nacken. Eine Stimme aus seiner Kindheit fiel ihm plötzlich ein, die Bibelstellen aufsagte, von Feuer und Schwefel redete. Er fühlte sich schwach wie ein Kind und hatte Angst.

Er ließ einen Menschen einfach sterben – und wozu? Wegen dreihundertfünfundsiebzig Dollar! Wenn er diese Stimme mit seinen früheren Träumen verglich, mit seinen

Plänen für Geschäfte, bei denen es um Hunderttausende ging, die er in Grundbesitz, Sägewerken und Stahlgesellschaften investieren wollte, war sie nicht einmal erwähnenswert. Sicher, das Geld kam ihm gerade zupaß – auch wenn es nur darum ging, Irenes nörgelnde Stimme zu dämpfen. Aber was bedeutete es denn schon für ihn selbst? Das Recht, wieder einen Monat in dieser verkommenen Wohnung hausen zu dürfen? Ein Leben lang Alpträume und durchgeschwitzte Laken?

Er lauschte zum Schlafzimmer hinüber. Irene rührte sich nicht; deutlich konnte er ihren tiefen, regelmäßigen Atem hören.

Auf Zehenspitzen schlich er die Treppe hinunter.

An der übernächsten Ecke lag ein Drugstore. Er betrat die Telefonzelle, wählte die Nummer der Vermittlung und ließ sich mit dem Polizeibezirk verbinden.

»Hören Sie«, sagte er zu der barschen Stimme, die sich gemeldet hatte, »der Mann, der gestern abend in der 21st Street tot umgefallen ist...«

»Sekunde«, unterbrach die Stimme ihn. »Wie ist der Name?«

»Aber das ist doch völlig egal. Der Mann, der gestern aufgefunden wurde, war in Wirklichkeit gar nicht tot. Er hat nur so ausgesehen. Er leidet an einer Krankheit...«

»Wer ist denn da? Wie heißen Sie komischer Kauz?«

Joe rieb sich mit der Hand das Genick. »Es ist mein Ernst«, sagte er. »Der Mann hatte eine Art Anfall, mehr nicht. Ihr dürft ihn nicht beerdigen. Verstanden? Ihr dürft ihn nicht beerdigen...«

Darauf folgte Stille, und dann sagte die Stimme ein bißchen zu munter: »Ich will Ihnen mal was sagen, Freundchen. Warum kommen Sie nicht einfach her und erzählen uns die ganze Geschichte? In Ordnung?«

Joe sah den Hörer an und wußte, was der Beamte dachte; diese Vorstellung ärgerte ihn. Er fluchte und hängte den Hörer wütend ein.

Es hatte keinen Sinn; einer unbekannten Stimme am Telefon würden sie doch nicht glauben. Aber es mußte doch noch eine andere Möglichkeit geben...

Dann fiel es ihm wieder ein. Der Arzt! Der Arzt, dessen Name auf der Karte in Marvin Horines Brieftasche stand. Wie hieß er denn noch? Joe zermarterte sich den Kopf. Irgend etwas mit einem K – Kramer? Klein? Mit der flachen Hand schlug er gegen die Wand der Zelle und versuchte verzweifelt, sich zu erinnern. Kruger – so hieß er!

Er trat aus der Zelle und durchblätterte das Telefonverzeichnis von Manhattan, bis er die Nummer fand. Dann wählte er und wartete gespannt, wer sich melden würde.

»Dr. Kruger«, sagte das Mädchen.

»Kann ich bitte den Doktor sprechen«, sagte Joe. »Es ist dringend.«

»Dr. Kruger ist leider nicht zu sprechen. Wenn ich etwas ausrichten kann...«

»Wo ist er denn? Ich muß selbst mit ihm reden!«

»Dr. Kruger ist auf Urlaub. In Miami, soviel ich weiß. Wenn Sie mir Ihren Namen sagen...«

»Der spielt jetzt keine Rolle. Kennen Sie vielleicht einen Patienten namens Marvin Horine?«

»Leider nicht, Sir.«

»Aber sind Sie denn nicht die Sprechstundenhilfe?« fragte Joe.

»Hier ist der Auftragsdienst«, sagte die Stimme.

Joe hängte ein.

Eine weitere Möglichkeit gab es jetzt nicht mehr. Er konnte nur noch seinen Kopf unter den Arm klemmen und geradenwegs zur Polizei gehen; er konnte es ihnen nur noch persönlich erklären und beweisen, daß er weder betrunken noch verrückt war. Seinen eigenen Anteil an dieser Geschichte konnte er vielleicht verschweigen, wenn er es klug genug anstellte. Aber er mußte sie überzeugen und ihnen die Wahrheit sagen, bevor die Schaufel anfing, Erde auf den Sarg zu schütten...

Er verließ den Drugstore und schlug dann die Richtung zum Polizeibezirk ein.

Der Sergeant am Empfang blickte nicht einmal auf. Schließlich sagte Joe: »Ich bin der, der vorhin angerufen hat – wegen des Mannes, der in der 21st Street tot umgefallen ist.«

Der Beamte zog seine buschigen Augenbrauen zusammen und lächelte dann. »Ach so. Nehmen Sie Platz, Mister. Lieutenant Bates wird sich mit Ihnen darüber unterhalten. Ich habe ihm bereits mitgeteilt, was Sie gesagt haben.«

Eine Minute später kam ein rundgesichtiger Mann in zerknittertem grauem Anzug aus einem der rückwärtigen Zimmer. Er war sehr höflich – beinahe wie die Polizisten im Fernsehen. Er ging mit Joe in ein schäbiges Büro und ließ ihn alles noch einmal wiederholen.

»Twenty-first Street, was?« Mit einem Bleistiftstummel malte Bates auf einem Notizblock. Von seinem Platz aus konnte Joe erkennen, daß es lauter Männchen waren. »Untersetzt, mit Schnurrbart und schon älter – etwa sechzig?«

»Ja, das ist er.«

»Und Sie glauben nicht, daß er tot ist, Mister?«

»Ich weiß genau, daß er nicht tot ist.«

»Aber als man ihn gestern abend hierher brachte, sah er ziemlich tot aus. Kein Puls, keine Atmung, rein nichts. Der Arzt, der ihn untersuchte, meinte, er sei tot. Heute morgen ist der Totenschein ausgestellt worden. Angeblich Herzschlag. Und jetzt liegt er bereits in der Leichenhalle und soll beerdigt werden.« Lieutenant Bates hob die Hände. »Sie sehen also, Mr. Helmer, daß Sie keinen Grund haben, sich Gedanken zu machen. Gehen Sie jetzt nach Hause und ruhen Sie sich aus...«

Mit der flachen Hand schlug Joe auf die Tischplatte. »Sie halten mich wohl für verrückt! Sie glauben wohl, ich sei wahnsinnig!«

Bates lächelte. »Davon habe ich nichts gesagt, Mr. Helmer.«

»Aber denken tun Sie es, was?« Er legte beide Hände auf den Tisch und beugte sich vor. »Sie werden schon merken, daß es nicht stimmt. Sie werden schon sehen, was passiert, wenn der Arzt des Mannes zurückkommt...«

»Wie kommen Sie denn darauf, Mr. Helmer? Wieso sind Sie eigentlich so davon überzeugt?«

»Weil...« Joe schluckte. »Weil ich die Brieftasche des

Mannes gesehen habe. Und in der Brieftasche steckte eine Karte, auf der das alles stand. Es ...«

»Wir haben keine Karte gefunden.«

»Dann muß ich sie fallen gelassen haben. Ich – ich hatte nämlich Angst.«

»Angst? Wovor«?

»Lassen Sie mich doch endlich in Ruhe!« brüllte Joe. »Ich habe keine Ahnung, was mit der Brieftasche passiert ist. Ich weiß bloß, daß er noch lebt, und daß Sie, wenn Sie ihn jetzt begraben ...«

»Haben Sie die Brieftasche an sich genommen?« fragte der Polizist freundlich.

»Nein!«

»Wissen Sie das ganz genau?«

»Also gut!« schrie Joe Helmer. »Meinetwegen habe ich sie an mich genommen. Ich dachte, er sei tot. Ich dachte, er würde das Geld doch nicht mehr brauchen – das habe ich gedacht. Holen Sie doch endlich einen Arzt...«

Nachdenklich starrte Lieutenant Bates ihn an. Dann griff er nach dem Telefon, das auf dem Tisch stand.

»Max? Ist der Tote schon in die städtische Leichenhalle überführt oder liegt er noch im Kühlraum? ... Noch unten? Danke.«

Er legte den Hörer auf und sagte: »Wenn Sie bitte mitkommen wollen, Mr. Helmer.«

Joe folgte ihm durch die Diele bis zu einer Tür, die nach unten führte. In einem modrigen Kellerraum schloß der Lieutenant eine Tür auf, deren Scheibe aus Milchglas war, und sie betraten einen Keller, der von Kälte feucht war.

»Hier lang, Mr. Helmer.«

Der Polizist trat an eine graue Steinplatte und zog das Tuch vom Gesicht der Leiche, die auf der Platte lag.

»Kennen Sie diesen Mann?« fragte er.

Joe blickte ihn an.

»Ja«, sagte er schluckend. »Das ist er. Das ist Marvin Horine.«

Bates schüttelte den Kopf.

»Nein, Mr. Helmer. Wir wissen, wer dieser Mann ist, und Horine heißt er bestimmt nicht. Sein Name ist Capper – Sonny Capper. Wir kennen ihn schon sehr, sehr lange.«

»Ist das wahr?«

»Unsere Aufgabe ist es, Leute wie Sonny zu kennen. Er war einer der gerissensten Taschendiebe im Osten – bis sein Herz streikte. Würden Sie dann bitte wieder nach oben mitkommen, Mr. Helmer! Über einiges müssen wir uns noch ein bißchen unterhalten.«

Vierzig Detektive später

Ich fühlte mich wirklich nicht geschmeichelt, als Munro Dean mein Büro betrat. Gehört hatte ich von ihm bereits 1949, als ich noch Hoteldetektiv war. Jedem Privatdetektiv östlich von Chicago hatte er seinen Fall vorgetragen. Die eine Hälfte hatte sofort abgewinkt; die anderen hatten ihn wegen der Spesen ein paar Tage gefoppt, ihn dann mit einem Schulterzucken weitergeschickt und wenigstens versprochen, die Augen offenzuhalten.

Ich ließ ihn draußen ein paar Minuten warten und beschäftigte mich bis dahin mit einem Nietnagel an meinem Daumen. Dann holte ich ihn herein.

Sein Gang war wie ein ständiger Kampf, und auf seinem Gerippe war nicht einmal genügend Fleisch, um einen hungrigen Bussard aufzuregen. Die Gesichtshaut war so gespannt, daß man sich ziemlich genau ausmalen konnte, wie sein Kopf als Totenschädel aussehen würde. Und es war nicht einfach, Munro Dean in die Augen zu sehen.

»Nehmen Sie Platz«, sagte ich mit berufsmäßiger Munterkeit. »Ich glaube fast, ich habe Ihren Namen irgendwann schon einmal gehört, Mr. Dean.«

»Das ist möglich«, erwiderte er. »Waren Sie früher bei der Polizei, Mr. Tyree?«

»Genaugenommen nicht. Aber ich habe eine Menge Freunde, die dabei sind. Es handelte sich um Ihre Frau, nicht wahr?«

»Ja. Passiert ist es 1948 im Oktober. In Rahway, New Jersey. Sie wurde ermordet – von einem Mann. Er war schlank, dunkel, mit buschigem schwarzem Haar. Ich kam gerade von der Arbeit und sah noch, wie er in der Hintertür auftauchte und wegrannte. Die Polizei hat ihn nie erwischt.«

»Ich verstehe. Und Sie sind also immer noch daran interessiert, diesen Mann zu finden?«

Er lachte unvermittelt, ohne daß sich allerdings sein Gesichtsausdruck veränderte. »Interessiert? O ja, interessiert bin ich. Seit es passiert ist, suche ich ihn. Das wissen Sie doch, Mr. Tyree – das wißt ihr doch alle.«

»Hm.« Ich zog einen Notizblock heran und griff nach einem Bleistift. »Wie wäre es, wenn wir uns dann mit den Einzelheiten beschäftigten? Hat die Polizei...«

»Die Polizei hat den Fall abgeschlossen. Ich aber nicht, Mr. Tyree. Ich habe noch nicht aufgegeben. Mindestens vierzig Privatdetektive habe ich nach ihm suchen lassen. Keiner hat etwas erreicht. « Sein Gesicht umwölkte sich. »Einige haben mich bloß ausgenutzt.«

Es war an der Zeit, die Karten auf den Tisch zu legen.

»Wissen Sie, Mr. Dean – unter den Privatdetektiven gibt es Leute wie mich, die damit Geld verdienen wollen. Nur ein paar von uns sehen dies alles von einer höheren Warte. Einige sind ferner der Ansicht, daß ein unglücklicher Klient keine gute Reklame ist. Wenn ich also glaube, Ihnen nicht helfen zu können, werde ich Sie bitten, woanders Ihr Glück zu versuchen.«

Ich redete zu laut und merkte es selbst. Aber Munro Dean ähnelte wirklich irgendeinem finsteren Symbol des Mißerfolgs, einem Stiefkind des Schicksals. Entweder rieb man sich vergnügt die Hände und griff tief in seine Taschen, oder man bekam schlechte Laune und schrie ihn an.

»Sie können mir helfen«, sagte er schließlich.

»Wieso sind Sie davon so überzeugt? Die anderen konnten es nicht.«

»Aber Sie können es. Weil ich den Mann gefunden habe.«

Ich ließ den Bleistift fallen. »Ach so. Aber was soll ich denn noch tun, Mr. Dean? Warum holen Sie nicht die Polizei?«

»Weil die Polizei sich nicht darum kümmern würde. Es ist schon zu lange her. Die Polizei hat kein Interesse mehr.«

»Unsinn!«

»Aber trotzdem stimmt es. Und stichhaltig kann ich nicht beweisen, daß es derselbe Mann ist. Zum Beispiel hat er sich inzwischen verändert. Das Haar ist ihm ausgegangen. Er ist dicker geworden. Er ist älter geworden. Aber er ist es!«

»Und woher wollen Sie es so genau wissen?«

»Weil ich es weiß.« Seine Augen, zwei ausgebrannte Kohlenstücke, glühten plötzlich. »Sein Gesicht hat sich mir unauslöschlich eingeprägt, und zwar hier.« Er tippte gegen seine Stirn. »Komisch ist es schon – finden Sie nicht auch? Die vielen Fachleute in den ganzen Jahren; keiner konnte ihn finden. Und durch einen reinen Zufall entdecke ich ihn plötzlich in einem Lokal...«

»Das kommt vor«, sagte ich kurzangebunden. »Vergessen Sie nicht, Mr. Dean, daß Ihre Angaben nicht allzu genau waren. Vielleicht sind Sie überhaupt der einzige, der den Mann erkennen konnte.«

»Vielleicht. Aber jetzt brauche ich Hilfe, Mr. Tyree.«

»Und was soll ich dabei tun?«

»Sie sollen den Vermittler zwischen diesem Mann und mir spielen. Ich möchte, daß Sie ein Treffen arrangieren.«

»Wozu?«

»Was glauben Sie wohl?«

Ich stand auf. »Jetzt hören Sie mal genau zu, mein Freund. Zielscheibe für andere habe ich zum letzten Mal in Fort Dix gespielt. Für derartige Sachen habe ich kein Interesse.«

»Bitte! Ich möchte doch nur, daß Sie mit diesem Mann reden. Ich will es genau wissen.«

»Das könnte gefährlich werden, Mr. Dean. Wenn dieser Mann tatsächlich der Mörder Ihrer Frau ist, und wenn er merkt, wer Sie sind...«

»Und dabei können Sie mir helfen. Verabreden Sie Ort und Zeitpunkt, aber sorgen Sie dafür, daß er meinen Namen nicht erfährt.«

Ich setzte mich wieder hin und seufzte. An sich war es ein Auftrag, den unsereiner sofort ablehnen mußte; andererseits war es jedoch der einzige, der seit zwei Wochen auf meinem zerschrammten Schreibtisch gelandet war. Bettler können nicht allzu wählerisch sein, und die Miete für mein stilles Kämmerchen in der La Salle Street war fast so beängstigend wie Staatsschulden.

»Okay«, sagte ich. »Erzählen Sie mal.«

Das Lokal war genaugenommen nicht das, was ich erwartet hatte. Am folgenden Tag kreuzte ich gegen halb zwölf in einem Taxi auf und suchte nach einer dieser schmierigen Kneipen, wie man sie in den Städten an jeder Straßenecke vorfindet. Als ich sie betrat, war es jedoch ein ganz modern eingerichtetes Lokal mit indirekter Beleuchtung und Kellnerinnen in schwarzen Chiffonblusen sowie erstaunlich mäßigen Preisen.

Um fünf vor zwölf betrat ich das Lokal und setzte mich in eine Nische. Nach allem, was Munro Dean mir erzählt hatte, kam der Vogel regelmäßig um zwölf Uhr fünfzehn in diese modernisierte Futterstelle. Damit hatte ich die Möglichkeit, bis zu seinem Auftauchen noch selbst essen zu können.

Überwältigend war es nicht, was man hier vorgesetzt bekam. Ich kaute an dem ledernen Rand eines Spiegeleis und ließ meine Augen nicht von der Tür.

Um zwölf Uhr fünfzehn kam ein stämmiger Gent mit rosigem Schädel und rotem Gesicht hereingeschlendert, eine Zeitung unter den Arm geklemmt. Sein Gesicht ähnelte einem ganz bösen Fall von verwittertem Erdboden, und seine Knopfaugen waren schlau und alt. Das war er!

Ich beobachtete, wie er sich an der Theke auf einen Hocker setzte, und versuchte, ihn in mein geistiges Verbrecheralbum einzuordnen. Erfolglos.

Er breitete seine Masse auf dem Hocker aus, bellte der tüchtigen Blondine in der schwarzen Chiffonbluse seine Bestellung zu und faltete seine Zeitung auseinander. Auch während er aß, wandte er seinen Blick nicht ein einziges Mal von der aufgeschlagenen Seite. Zuerst hatte ich die Absicht, ihn direkt anzusprechen, kam aber dann zu dem Schluß, daß er dafür zu mißtrauisch zu sein schien. Statt dessen wartete ich, bis er fertig war, und folgte ihm dann nach draußen.

Wir stiegen in denselben Bus – der Vogel und ich. Während der ganzen Fahrt überlegte ich immer neue Möglichkeiten, ihn anzusprechen, verwarf sie jedoch sofort wieder. Einem ausgekochten Burschen wie diesem auf die Schliche zu kommen, war alles andere als einfach. Am

besten war es, ich wartete ab, bis sich von selbst eine passende Gelegenheit dazu ergab.

Der Bus bog in den Michigan Boulevard, und der Mann ging langsam zum Ausgang. Dem Zufall überließ ich jetzt nichts mehr; der Mann hatte es offenbar schon mal erlebt, daß man ihn verfolgt hatte. Eine Haltestelle vor ihm stieg ich aus und folgte dem Bus zu Fuß, bis der Mann heraussprang.

Als ich seine Absicht erkannte, war mir klar, wie ich es anfangen mußte. Sein Ziel war einer dieser modernen Schallplattenläden – kein Treffpunkt für Liebhaber von Langspielplatten, sondern ein Laden mit riesigen Stapeln verstaubter Schellackplatten. Mein Vogel schien verborgene Tiefen zu besitzen. Er war Schallplattensammler, und das war eine Sprache, die ich verstand.

Ich wartete ein paar Minuten, ehe ich den Laden betrat. Dann durchstöberte ich einen Plattenstapel, bis ich etwas Interessantes fand.

»Verzeihung«, sagte ich und ging zu ihm, »können Sie mir vielleicht sagen, was diese Platte kostet?«

»Ich? Sie täuschen sich in mir, mein Lieber. Ich bin hier selbst Kunde.«

Ich lachte. »Entschuldigung«, sagte ich und wollte mich schon abwenden. Dann ging ich aber aufs Ganze und beäugte die Platte, die er in der Hand hielt. »Oh – die Whiteman-Band. Glauben Sie, daß Bix noch dabei ist?«

»Keine Ahnung.« Neugierig sah er mich an. »Das würde mich nämlich auch interessieren.«

»Mit Bix hatte ich neulich Glück«, sagte ich. »In einem Laden in der State Street entdeckte ich zufällig ein paar Aufnahmen von ihm. Und von Fletcher Henderson auch...«

»Wirklich? Kein Witz?«

Ich hatte ihn an der Angel. Sein Mund klappte auf, und ich hatte einen lieblichen Ausblick auf einen Haufen schlechter Zähne. Und das Gesicht verriet sein Interesse. »Sie arbeiten wohl mit Radar, was?« sagte er. »Ich erwische immer bloß irgendwelchen Plunder.«

»Reine Glückssache«, sagte ich genüßlich. Dann machte ich ein unglückliches Gesicht und legte die Stirn in Falten. »Die Schwierigkeit ist bloß, daß ich meine Sammlung verscheuern muß. Ende des Monats breche ich meine Zelte hier ab und bin dann meistens unterwegs. Mitnehmen kann ich die vielen Platten nicht. Glauben Sie, daß ein Laden wie dieser das Zeug zu einem anständigen Preis übernehmen würde?«

Seine Augen quollen hervor. »Menschenskind!« sagte er. »Bei denen holen Sie doch nichts 'raus. Sie sollten das Zeug an einen Privatsammler verkaufen.«

»Das klingt nicht dumm! Aber an wen?«

Ein Lächeln breitete sich auf seiner Visage aus, und ich hatte dieses taube und zufriedene Gefühl, das man verspürt, wenn man weiß, daß ein Problem gelöst ist.

Nach weiteren zehn Minuten saßen wir in einer Kneipe auf der anderen Straßenseite bei einer Flasche Bier und fachsimpelten. Er nannte mich Bill, und ich nannte ihn Otto. Und als wir schließlich aufbrachen, hatten wir uns für den gleichen Abend um halb neun im Hotel Bayshore verabredet. Nur war das Ständchen, das Otto dort erwartete, etwas anders, als er es sich vorstellte...

Als ich wieder in meinem Büro saß, rief ich das Bayshore an und redete mit Munro Dean. Ich berichtete ihm meinen Erfolg; er unterbrach mich jedoch und sagte, ich solle sofort zu ihm kommen. Zuerst war ich wütend, aber dann fiel mir noch rechtzeitig ein, wer hier die Rechnungen bezahlte.

Als ich das Zimmer 305 betrat, war er in Hemdsärmeln und leistete einer Flasche Bourbon Gesellschaft.

»Die Sache ist also geregelt, ja?« sagte er, und seine Hände umklammerten das Glas. »Kommen tut er bestimmt, ja?«

»Er kommt. Um sich ein paar Platten anzuhören.« Ich erklärte ihm die Einzelheiten meines Kniffs, aber Dean schien sich nicht dafür zu interessieren. Er starrte ununterbrochen in sein Glas, und seine Lippen waren weiß.

»Es hat verdammt lange gedauert«, flüsterte er. »Viele, viele Jahre...«

»Und viele, viele Dollar«, sagte ich. »Billig ist die Sache bestimmt nicht gewesen, Mr. Dean.«

»Nein«, erwiderte er dumpf. »Tausende hat es mich gekostet. Allein die vielen Leute...«

Ich ging zur Tür. »Wenn Sie also noch was brauchen sollten...«

»Das tue ich!«

»Was denn?«

Er stellte sein Glas auf den Fußboden und ging zu dem roten Lederkoffer, der auf dem Bett lag, fummelte an den Riemen herum, und als er die Schlösser aufschnappen ließ, zitterten seine Hände. Sie waren jedoch völlig ruhig, als sie das V-förmige Paket herausnahmen, das in braunes Papier eingewickelt war. Bevor er noch die Verpackung vollständig abgerissen hatte, wußte ich bereits, daß es eine automatische Zweiunddreißiger war.

»Eine gute Idee«, sagte ich beifällig. »Einen gewissen Schutz werden Sie wahrscheinlich brauchen können, Mr. Dean.«

»Nein.« Er kam auf mich zu. »Das Ding ist für Sie.«

»Für mich?«

»Nehmen Sie schon. Ich – ich verstehe nichts von Pistolen. Ich finde sie entsetzlich.«

»Und was soll ich damit?«

Er blickte zu Boden. »Sie sollen es mir abnehmen. Ich dachte, ich könnte es selbst – aber es geht nicht. Nach diesen langen Jahren! Es geht einfach nicht.«

Er hielt mir die Waffe hin, aber ich wollte sie nicht anrühren.

»Hören Sie mal zu, Mr. Dean«, sagte ich. »Überlassen Sie es lieber der Polizei, sich mit Ihrem Freund Otto herumzuschlagen. Wenn Sie beweisen können, daß er der Mörder Ihrer Frau ist...«

»Ihre Belehrungen brauche ich nicht!« sagte er heiser. »Ich mache Ihnen ein geschäftliches Angebot. Dieser Mann hat das umgebracht, was mir in meinem Leben am wichtigsten war. Und dafür, daß Sie mich rächen, gebe ich Ihnen dreitausend Dollar!«

Jetzt kriegte ich aber doch kalte Füße. »Dreitausend?«

»Ja! Und irgendein Risiko gehen Sie dabei nicht ein – nicht, wenn die ganze Geschichte ans Tageslicht kommt. Dann ist es nämlich reine Notwehr. Schließlich habe ich Sie zu meinem Schutz angestellt. Und wenn dieser Mann mein Leben bedroht... Verstehen Sie das denn nicht?«

»Doch, verstehen tue ich es. Bloß kann ich es Ihnen nicht abnehmen, Mr. Dean. Nicht einmal zu Ihrem Preis.«

Ärgerlich riß er mir die Pistole aus der Hand. »Meinetwegen! Wenn Sie nicht wollen!«

»Und wenn ich an Ihrer Stelle wäre, Mr. Dean, würde ich es mir zweimal überlegen. Die Gesetze sind bei Mord ziemlich streng – der Grund spielt dabei keine Rolle.«

Er holte seine Brieftasche aus dem Jackett, das über einem Stuhl hing, und zählte langsam mein Honorar ab.

»Hier ist Ihr Geld, Mr. Tyree. Ich danke Ihnen.«

Ich öffnete die Tür. »Wissen Sie also genau, daß das alles ist?«

»Haargenau!«

Ich schloß die Tür hinter mir.

Gegen halb sechs war ich wieder im Büro und tippte den Bericht über diesen Fall, ohne jedoch zu erwähnen, was sich meiner Vermutung nach heute abend in Zimmer 305 des Bayshore abspielen könnte. Ich fand, daß dieser Teil mich nichts mehr anging.

Ich schob den Aktenordner in das Regal und betrachtete mit gerunzelter Stirn die lächerliche Zahl der Berichte. Reich wurde ich bei diesem Beruf anscheinend nicht, und ich fing an zu überlegen, ob die Tätigkeit als Hoteldetektiv vielleicht doch gar nicht so dumm wäre.

Dann ließ ich mich in den Schreibtischsessel fallen und kaute nachdenklich an dem Nietnagel. Hinter mir leuchtete die Sonne beim Untergehen auf, und ihr blutroter Schein, der sich im Fenster spiegelte, ließ mich plötzlich wieder an Dean und seine jahrelange Jagd nach dem Mörder seiner Frau denken. Währscheinlich hätte ich Mitleid mit Dean haben müssen; aber aus irgendeinem Grunde verspürte ich statt dessen Mitleid mit dem stämmigen und kahlköpfigen Burschen namens Otto, der in wenigen Stunden an die Tür von Deans Hotelzimmer klopfen würde. Daß ich ihn in einen Hinterhalt gelockt hatte, war doch ein ziemlich krummer Weg gewesen, um meine Miete zu verdienen. Mochte der Fall auch noch so eindeutig liegen – irgendwie kam ich mir schäbig vor.

Gegen sieben Uhr ging ich in das Restaurant, das in meiner Straße lag. Auf der Speisekarte stand nichts, was meinen Appetit hätte reizen können, so daß ich Kaffee bestellte, mit dem ich mich stumm fast eine Stunde lang beschäftigte.

Und dann ging ich spazieren. Irgendein Ziel hatte ich ursprünglich nicht, bis ich in Sichtweite des billigen Neonzeichens war, das den Namen HOTEL BAYSHORE verkündete.

Gegenüber dem Hotel baute ich mich unauffällig auf, und plötzlich hoffte ich, der Vogel würde nicht auftauchen.

Aber er tat es. Um fünf vor halb neun kam der untersetzte Gent mit der Vorliebe für alte Jazzplatten die Straße herunter. Ohne nach rechts oder links zu blicken, steuerte er auf den Hoteleingang zu.

Ich rauchte eine zweite Zigarette und versuchte dabei,

zu irgendeinem Entschluß zu kommen. Dann ließ ich den Stummel fallen, trat ihn aus und ging ins Bayshore.

Mit dem Aufzug fuhr ich zum dritten Stock hoch und schlenderte den menschenleeren Korridor entlang zum Zimmer 305. Jenseits der Tür war es schrecklich still. Ich preßte mein Ohr an die Türfüllung und lauschte auf irgendwelche Geräusche.

Eine geschlagene Minute lang – nichts.

Dann ein Schuß!

Ohne lange zu überlegen, warf ich mich wie ein Rugbyspieler gegen die Tür. Krachend flog sie auf, und irgend jemand schrie gellend. Im gleichen Augenblick trudelte eine Lampe über eine Tischkante; der Schirm rollte mir vor die Füße, während die nackte Birne in dem kleinen Zimmer ein grelles Licht verbreitete, das auch auf das entsetzte Gesicht von Munro Dean fiel.

Geduckt lehnte er an der Wand, immer noch in Hemdsärmeln, die Zweiunddreißiger in der Hand, deren Knöchel weiß hervortraten. Er winselte, und seine Augen waren auf den untersetzten Mann gerichtet, der auf dem Teppich lag. Otto war nicht tot, zappelte jedoch wie ein Fisch, und mit heiserer Stimme murmelte er einen Monolog von gemeinen Wörtern vor sich hin. Seine Hand versuchte dauernd, unter das Jackett zu greifen, und was sie dort suchte, war völlig klar.

Deans Arm hob sich wieder, und ich brüllte ihn an, nicht zu schießen. Er hörte nicht, und so sprang ich mit einem Satz über den Verletzten hinweg und schlug Dean die Pistole aus der Hand. Das brachte ihn wieder zu sich; er rutschte an der Wand hinunter und bedeckte sein Gesicht mit beiden Händen. Die Pistole erwischte ich gerade noch rechtzeitig, um den Mann auf dem Teppich in Schach zu halten.

»Weg da!« kreischte er, den Revolver bereits halb aus dem Jackett. »Abschießen will ich diese Drecksau...«

»Klappe!« Ich richtete die Pistole auf ihn. »Und daß du nicht abdrückst!«

Er hörte nicht auf mich. Den Revolver hatte er jetzt draußen. Hinter mir gab Dean Laute von sich, die eher nach einem abgestochenen Kalb klangen.

»So schlimm bist du nicht verletzt, Freundchen«, sagte ich zu Otto. »Sieht fast wie ein Beinschuß aus. Mach die Sache nicht noch komplizierter.«

»Geh da weg!«

Instinktiv hatte ich das Gefühl, schießen zu müssen, um weiteren Ärger zu vermeiden; aber ich konnte es nicht. Als nächstes merkte ich nur, daß Dean sich hinter meinem Rücken versteckte, sich an mir festklammerte, als stünden wir beide auf einem schlingernden Schiff, und mich anflehte, ihn zu beschützen. Der Revolver bellte auf und riß hinter uns ein Stück aus der Wand. Dean griff nach der Zweiunddreißiger, die ich in der Hand hielt, und kreischte, ich solle schießen. Ich versuchte, ihn abzuschütteln, aber er war völlig wahnsinnig. Bei unserem Ringkampf stolperte er plötzlich nach vorn, und Ottos nächster Schuß erwischte ihn genau. Ich hatte wirklich nicht die Absicht gehabt, Dean dieser Gefahr auszusetzen; als er jedoch zusammensackte, sah ich flüchtig, wie seine Augen mich vorwurfsvoll anblickten.

Jetzt hatte ich keine Wahl mehr. Ich drückte ab, und im gleichen Moment spritzte Blut von der zerschossenen Hand des stämmigen Gents. Er stöhnte, als ihm der Revolver aus der Hand fiel, kippte dann vornüber auf den Teppich, und sein Gesicht war von Schmerz verzerrt.

Ich sah Dean an. Das Geschoß war ihm in den Unterleib gedrungen, und es bestand kein Zweifel, daß er fertig war. Dann ging ich zu Otto.

»Kannst du reden?« fragte ich.

Er nickte heftig.

»Kennst du den Kerl?« sagte ich. »Hast du ihn wiedererkannt?«

»Ja – Rahway, 1948...«

»Du hast seine Frau ermordet, nicht?«

Er versuchte mühsam, mich anzublicken. »Wer bist du eigentlich – was?«

»Niemand«, sagte ich. »Bloß ein gedungener Helfer.«

Der Bursche fing an zu kichern, obgleich er ziemlich blutete.

»Was ist denn daran so komisch?« sagte ich.

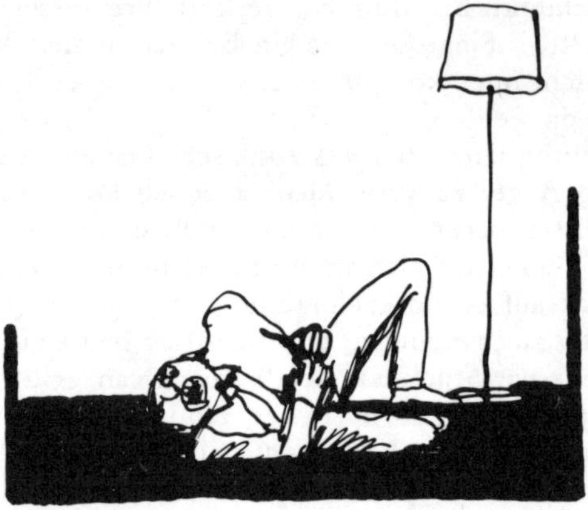

»Der da drüben«, sagte Otto. »Der hat sich nie die Finger schmutzig gemacht; für die Dreckarbeit hat er sich immer jemand anderes geholt...« Vor Schmerzen schnitt er eine Grimasse.

»Was soll das heißen?«

»Mich hat er auch geholt. Mich hat er dafür bezahlt, daß ich seine Frau umlegte. Und dann hat er andere dafür bezahlt, daß sie mich überall gesucht haben. Kaltmachen wollte er mich, damit ich nicht mehr reden konnte.«

Ich starrte den stämmigen Mann an. Schließlich schaute ich zu Munro Dean hinüber. Ein Funke Leben steckte noch in ihm, und beide Hände hatte er fest auf die Wunde gepreßt. Er sah auf seine Hände hinunter, zwischen deren Fingern das Blut hervorquoll. So sauber schienen diese Finger jetzt nicht mehr zu sein.

Am Morgen danach

Fünfmal drückte Mrs. Trotter auf den Klingelknopf, ehe ihre Tochter auf das Surren reagierte und die Tür öffnete. Sharon steckte in einem Negligé, das mit kleinen Sternen besetzt war. Ihr Haar war blonder als je zuvor und reizvoll zerzaust, so daß sie wie ein ausgelassenes verführerisches Filmsternchen aussah. Zum erstenmal in ihrem Leben bedauerte Mrs. Trotter die Schönheit ihrer Tochter.

»Ma!« sagte Sharon. »Ma – ums Himmels willen! Weißt du eigentlich, wie spät es ist?«

»Acht oder halb neun. Meine Uhr ist stehengeblieben.«

»Siehst du denn nicht, daß ich noch gar nicht richtig im Bett war? Was ist denn bloß los?«

Zögernd trat Mrs. Trotter einen Schritt zurück. »Bist du allein?«

»Natürlich bin ich allein. Aber ich bin erst um vier nach Hause gekommen. Und wenn ich nicht endlich schlafen kann, fange ich an zu schreien!« Dann aber fing sie wohl an, sich zu schämen, denn sie trat zur Seite und sagte: »Na schön, meinetwegen kannst du auch hereinkommen.«

»Danke.« Die Stimme ihrer Mutter klang stolz. Sie ging hinter ihrer Tochter her, blieb dann jedoch kurz vor der Wohnzimmertür stehen und wartete, zum Eintreten aufgefordert zu werden.

»Komm doch«, sagte Sharon müde. »Jetzt bin ich sowieso schon wach.«

Das Wohnzimmer war in einem modernen skandinavischen Stil eingerichtet. Mrs. Trotter bemerkte, daß die sanft geschwungenen Holzmöbel und die zarten Gardinen aus den Schaufenstern der eleganten Geschäfte in der Madison Avenue stammten. Auf dem Boden lag ein dicker weißer Flauschteppich, während an der Wand ein weiblicher Akt hing.

»Setz dich. Ich mache uns schnell Kaffee. Hast du überhaupt schon gefrühstückt?«

»Gefrühstückt habe ich vor einer Stunde.« Vorsichtig setzte sie sich auf das Sofa. Auf dem Tisch, in einem gläsernen Aschbecher mit kleinen eingefangenen Luftblasen, lag der Stummel einer braunen Zigarre. Sie blickte schnell weg und öffnete ihre Handtasche. »Irgendwelche Post ist für dich gekommen. Wahrscheinlich habe ich vergessen, Dr. Schuyler deine – deine neue Adresse zu geben. Es wird wohl bloß eine Rechnung sein.«

»Leg sie einfach auf den Tisch, Ma.« Das Gesicht des Mädchens besänftigte sich, als es zusah, wie seine Mutter einen Umschlag herausholte und auf den Tisch legte. Sharon ging zu ihr und sagte: »Du siehst abgespannt aus. Nimmst du auch deine Tabletten?«

»Mir geht es gut. Ich bin nur mit dem Bus gekommen, und der war ziemlich voll.«

»Warum hast du dir denn kein Taxi genommen?«

Ihre Mutter antwortete nicht. Sharon zuckte mit den Schultern und ging in die winzige Küche. Dort verursachte sie klappernde Geräusche, und dann erschien sie mit einem Tablett, auf dem sich Pulverkaffee, heißes Wasser und zwei zerbrechliche Tassen befanden. Sie wartete, bis der Kaffee fertig war, ehe sie sagte: »Na schön, Ma, fang an. Was ist los?«

»Ich habe mit keinem Wort behauptet, daß etwas los ist. Ich mußte heute sowieso in die Stadt, zum Einkaufen. Ich wollte mir eigentlich orthopädische Schuhe für täglich besorgen. Und deshalb dachte ich mir, ich könnte bei dieser Gelegenheit schnell bei dir vorbeischauen. Du weißt wohl, daß wir uns seit mehr als einem Monat nicht gesehen haben.«

»Ich hatte zu tun.« Sharon runzelte die Stirn und benützte ihre Finger, um ihr zerzaustes Haar annähernd in Ordnung zu bringen. »Hast du meinen Scheck bekommen?«

»Ja«, sagte Mrs. Trotter, »deinen Scheck habe ich bekommen. Und auch darüber wollte ich mit dir reden.« Sie öffnete wieder ihre Handtasche und holte ein zusammengefaltetes gelbes Papier heraus. »Ich möchte dich bitten, Sharon, mir in Zukunft keine Schecks mehr zu schicken. Deswegen habe ich dir auch diesen wieder mitgebracht.«

Das Mädchen starrte seine Mutter an, und seine Stimme klang kühl. »Warum?« sagte es. »Was paßt dir daran nicht?«

»Nichts, gar nichts. Ich habe nicht gesagt, daß es mir nicht paßt. Ich habe nur gesagt, daß ich keine Schecks mehr annehmen werde, Sharon. Ich komme auch allein sehr gut zurecht. Papas Versicherung kümmert sich um mich – und irgendwelche Luxussachen brauche ich nicht.«

Sie legte den Scheck auf den Tisch, neben die Rechnung von Sharons Zahnarzt.

»Ist es wegen Ben?«

Ihre Mutter schluckte. »Wer hat denn etwas von Ben gesagt? Ben geht nur dich etwas an.«

»Hör mal zu, Ma. Du brauchst mir wirklich nichts vorzumachen. Ich kann in deinem Gesicht wie in einem Wörterbuch lesen. Du willst das Geld nicht annehmen, weil Ben es mir gegeben hat. Ist es das?«

»Ich will es nicht haben – und damit basta!«

Sharon setzte sich und schlug das Negligé über den Knien zusammen. In ihrer Tasche suchte sie nach einem Päckchen Zigaretten, fand eine völlig zerdrückte und zündete sie mit fahriger Hand an.

»Du verstehst die Geschichte mit Ben einfach nicht, Ma. Wahrscheinlich willst du sie auch gar nicht verstehen. Für dich ist das alles nur widerwärtig. Für dich ist Ben ein schlechter Mensch, ein Schwindler, und ich bin nichts anderes als eine...«

Mrs. Trotters Gesicht machte merkwürdige, angestrengte Grimassen. Sharon sah die heraufkommenden Tränen und streckte ihre Hand aus, um sie zu beruhigen. Die ältere Frau stieß die Hand weg und versuchte aufzustehen.

»Ma, bitte! Du läßt uns nie richtig darüber reden. Immer gehst du einfach über dieses Thema hinweg, als existierte es für dich gar nicht. Ich möchte, daß du dir auch einmal anhörst, wie sich das alles von mir aus ansieht – damit du auch die andere Seite kennenlernst.«

»Ich muß jetzt gehen...«

»Das Geschäft ist noch gar nicht auf. Hör mich doch mal eine einzige Minute an!«

Mrs. Trotter lehnte sich zurück, die Augen abgewandt. »Also gut – ich werde dir zuhören.«

Für Sharon war es schwer, noch einmal von vorn anzufangen. Dann sagte sie: »Ich liebe Ben, Ma. Und er liebt mich. Das ist das Wichtigste. Schon vor sechs Monaten hätten wir heiraten können. Leider ging es nicht nur ihretwegen!« Die letzten beiden Wörter klangen wie ein Fluch. »Ich weiß, daß das, was wir jetzt tun, gegen alles verstößt, was man dir beigebracht hat. Ihr aber habt auch ein ganz anderes Leben geführt, Ma. Du hattest Pa, und zwar von Anfang an. Du brauchtest nichts hinter dem Rücken einer anderen Frau zu tun...«

»Allerdings!« sagte Mrs. Trotter heftig. »Das habe ich nie getan! Ich habe deinen Vater kennengelernt, habe mich in ihn verliebt und ihn geheiratet. Das war alles. Und bevor wir heirateten, habe ich meine Miete immer selbst bezahlt. Verstehst du? Ich habe schwer gearbeitet und habe mein Essen und meine Kleidung immer selbst bezahlt. Papa hatte später noch genügend Gelegenheit, meine Rechnungen zu bezahlen.«

»Ach, das hat doch alles keinen Sinn!« Sharon drückte ihre Zigarette in dem Glasaschenbecher aus und entdeckte die Zigarre. Hastig nahm sie den Stummel und trug ihn zu dem messingnen Papierkorb im anderen Teil des Zimmers. Als sie ihn fallen ließ, sagte sie: »Du hast eine ganze Menge altmodischer Vorstellungen, Ma. Das macht alles mit dir so schwierig.«

Als sie zum Sofa zurückkehrte, war sie in versöhnlicher Laune.

»Ach, Ma, du solltest auf mich hören. Alles wäre ganz anders, wenn ich irgendein Flittchen wäre, das Ben in einer Bar oder sonstwo aufgeschnappt hätte. Aber Ben liebt mich! Verstehst du das denn nicht? Wenn er sich scheiden lassen könnte, würde er mich in der nächsten Minute heiraten. Das macht doch die ganze Sache völlig anders.«

»Und weshalb kann er sich nicht scheiden lassen?«

»Aber das habe ich dir doch schon tausendmal gesagt, Ma. Die ganze Webereifabrik läuft doch auf den Namen seiner Frau – aus steuerlichen Gründen. Und auch das würde ihm nicht allzuviel ausmachen. Aber bevor sie ihn laufen ließe, würde sie ihn noch bis aufs Blut aussaugen. Eine richtige Wanze ist das, mit der er jetzt verheiratet ist.«

Ihre Mutter nickte betrübt. »Eine Wanze«, wiederholte sie, und aus ihrem Mund klang dieses Wort völlig fremd. Sie besaß ein gewisses Maß an Würde, und damit hing das zusammen, was sie von ihrer bezaubernden Tochter unterschied. »Hast du diese Frau jemals kennengelernt?«

»Nein«, sagte Sharon unbehaglich. »Und offen gesagt, möchte ich es auch nicht. Aber Ben hat mir genügend erzählt.«

»Ja, davon bin ich überzeugt.«

Sharon seufzte und streichelte die Hand ihrer Mutter. »Sieh mal, Mom. In allernächster Zeit wirst du mit mir noch eine große Überraschung erleben – wenn ich dich anrufe und dich zu einer Hochzeit einlade. Du wirst es sehen!«

Mrs. Trotter wollte aufstehen.

»Nein – geh noch nicht, Ma. Was meinst du dazu, wenn ich dich zu dem Schuhgeschäft begleite? Sonst wirst du doch bloß wieder übers Ohr gehauen. Wie wäre es, wenn ich mich schnell anzöge und mitkäme?«

»Warum? Ich komme auch allein zurecht.«

»Aber ich möchte es gern. Du weißt doch selbst, wie es dir mit Schuhen jedesmal ergeht. Zum Anziehen brauche ich nur ein paar Minuten. Einverstanden?«

Mrs. Trotter zuckte die Schultern. »Wenn du meinst.«

»Ich dusche nur noch schnell. Ruhe dich inzwischen ein bißchen aus.«

Sie verließ den Raum, ging in das Schlafzimmer und machte die Tür hinter sich zu.

Zwei oder drei Minuten lang saß Mrs. Trotter ganz still. Dann erhob sie sich und holte sich von einem Nebentisch ein dickes Magazin. Es war ganz der Pariser Mode gewidmet und mit Aufnahmen schlanker Frauen in einer Umgebung gefüllt, die keine Beziehung zu jener Wirklichkeit hatten, die Mrs. Trotter kannte. Angewidert klappte sie das Magazin wieder zu.

Sie ging zu der Tür des Schlafzimmers und öffnete sie einen winzigen Spalt. Aus dem angrenzenden Badezimmer hörte sie das laute Plätschern des Wassers. Sie schloß die Tür wieder und ging zum Sofa zurück.

Eine Minute darauf läutete das Telefon.

Sie sah es an und hätte den Hörer fast abgenommen. Dann leutete es zum zweitenmal; Mrs. Trotter ging zur Schlafzimmertür, öffnete sie und rief: »Sharon!«

Immer noch plätscherte Wasser, und Sharon antwortete nicht. Mrs. Trotter wandte sich um und hörte, wie das Telefon zum drittenmal läutete. Es war ärgerlich. Sie ging also hin und nahm den Hörer ab.

»Sharon?«

»Wer ist da?«

»Ben – wer denn sonst!« Die tiefe Stimme klang aufgeregt. »Hör zu und rede nicht dazwischen. Ich habe nur einen Augenblick Zeit. Ich muß dir etwas erzählen, und zwar schnell. Sie ist tot. Letzte Nacht ist sie gestorben. Aber wichtig ist folgendes, Sharon. Die Polizei weiß über uns Bescheid. Sie müssen jeden Augenblick bei dir sein. Und ich mußte sagen, daß ich die letzte Nacht bei dir war. Verstanden?«

Die Frau, die den Hörer in der Hand hielt, stieß einen merkwürdigen Laut aus.

»Verlier jetzt bloß nicht den Kopf! Es ist wichtig, verstehst du? Verdammt wichtig! Wenn du jetzt nicht zu mir hältst, hängen sie mich dafür auf, Sharon. Hörst du? Wenn die Polizei kommt, mußt du unbedingt sagen, daß ich die ganze Nacht bei dir gewesen sei!«

Mrs. Trotters Kehle war wie zugeschnürt. Nicht ein einziges Wort hätte sie herausbringen können – selbst wenn sie es gewollt hätte. Sie hielt den Hörer weit von sich und starrte ihn an, als wäre er irgendein schwarzes, widerliches Tier.

»Sharon – hast du gehört, was ich gesagt habe?«

»Ja, ja«, flüsterte Mrs. Trotter wie von weither.

»Also gut. Vergiß nicht, was ich gesagt habe. Und ich komme bei dir vorbei, sobald ich kann. Wiedersehen, Schatz.«

Mrs. Trotter legte den Hörer auf, und dabei fielen ihr die Tabletten ein. Sie suchte auf dem Sofa nach ihrer Handtasche und schüttelte alles heraus, bis die drei kleinen Plastikröhrchen herausfielen. Sie nahm das mit den rotgesprenkelten Tabletten, holte zwei heraus und ließ sie im Mund zergehen.

Dann ging sie wieder zum Schlafzimmer und machte die Tür weit auf. Sharon kam gerade aus dem Bad.

»Möchtest du irgend etwas, Ma?«

»Nein.« Mrs. Trotters Stimme war ungewöhnlich ruhig. »Nun beeile dich aber und zieh dich an.«

»Willst du nicht hereinkommen? Drüben ist es für dich bestimmt schrecklich langweilig. Der Fernsehapparat steht auf der Kommode.«

Mrs. Trotter nahm die Aufforderung an. Sie ging zu dem breiten Doppelbett, setzte sich und fand es sündvoll weich. Das Schlafzimmer war ein Raum, der ausschließlich in Rosa und Hellblau gehalten war und einen zottigen beigen Teppich hatte. Sharon setzte sich an ihren Toilettentisch und begann mit geübten Griffen, das Make-up aufzutragen.

»Sharon...«

Das Mädchen sah plötzlich im Spiegel das kalkweiße Gesicht ihrer Mutter und fuhr herum.

»Ma! Ist dir nicht gut?«

»Sharon – es ist etwas passiert. Etwas Fürchterliches...«

»Was denn? Was ist denn los?«

»Als du duschtest, ging das Telefon. Ich – ich habe versucht, dich zu rufen, aber du hast mich nicht hören können. Da habe ich den Hörer abgenommen... Ich dachte, ich könnte dir etwas ausrichten. Aber er ließ mich gar nicht zu Worte kommen. Er redete gleich los, und dazu noch so schnell...«

»Wer denn? Ben?«

»Ja, Ben. Er sagte – er sagte, seine Frau wäre in der vergangenen Nacht gestorben...«

»Was?« Sharon stand auf, und eine Schachtel Puder schien auf dem Boden des Schlafzimmers zu explodieren.

»Er sagte, seine Frau sei tot. Er sagte, die Polizei wüßte wegen dir und ihm Bescheid. Und er möchte, daß du der Polizei sagst...« Sie konnte sich nicht mehr beherrschen; Tränen erstickten ihre Stimme.

»Ma – bitte!«

»Mein armes Kind!« schluchzte Mrs. Trotter. »Deine Schuld ist es nicht. Ganz allein seine ist es. Er wird dich bestimmt auch hineinreißen. Bestimmt tut er das!«

»Aber was hat er denn nun eigentlich gesagt?«

»Er hat sie umgebracht, Sharon! Merkst du das nicht? Er hat seine Frau umgebracht! Und jetzt zieht er dich auch noch in die Sache hinein...«

»Ma, nimm dich bitte zusammen!« Die Krise hatte Sharons Gesicht verhärtet. »Was hat Ben gesagt? Was soll ich der Polizei sagen?«

Mrs. Trotter wischte sich die Tränen von den runden Wangen. Sie griff nach der Hand ihrer Tochter, und ihr Gesicht machte dabei eine kaum auffallende Verwandlung durch. Ihre andere Hand bewegte sich langsam nach oben und strich liebevoll das blonde Haar aus der Stirn des Mädchens, so daß die großen Augen sichtbar wurden. In diese Augen schaute Mrs. Trotter, als suchte sie jenes Kind, das früher einmal hinter ihnen gesteckt hatte. Dann hob sie wieder den Kopf, und ihre Stimme wurde trocken und klar.

»Wie er vorhin am Telefon erklärte«, sagte Mrs. Trotter, »sollst du der Polizei erzählen, daß er letzte Nacht nicht bei dir gewesen sei. Hast du verstanden? Er ist also nicht hier gewesen.«

Mit schmalen Lippen nickte Sharon.

Auf der anderen Seite der Wohnungstür drückte ein kräftiger Finger nachdrücklich auf den Klingelknopf.

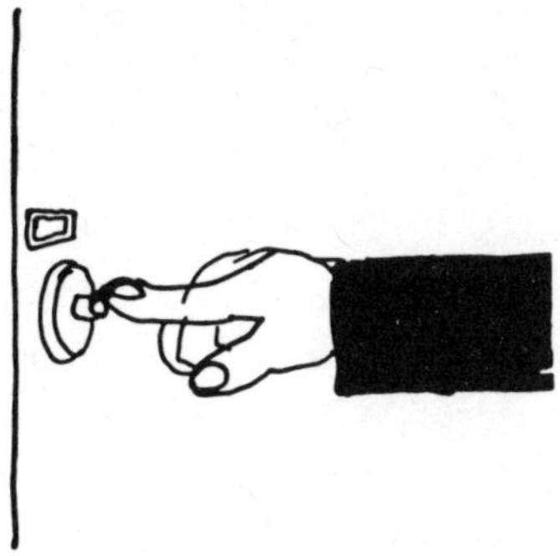

Beinahe so etwas wie Mord

Fran kam aus Lilas Apartment und schob die grüngedruckten Listen mit den Teilnehmern an den verschiedenen Pferderennen in ihre Schürzentasche. Lila hatte wirklich unverschämtes Glück – drei Sieger in einer Woche! Fran schüttelte den Kopf, als sie die ausgetretene Treppe zu ihrer Wohnung hochging, die im nächsten Stockwerk lag – unzufrieden mit ihrem eigenen Schicksal und voller Neid auf Lila.

Als die Tür hinter ihr zuschlug, lief sie schnell zum Küchentisch und schob das Frühstücksgeschirr ihres Mannes beiseite. Sie holte die Listen hervor, und ihr Blick überflog, von oben nach unten, den kleinen Druck, um die Aufstellung für das morgige vierte Rennen zu finden.

»Sonny Boy, County Judge, Chicago Flyer, Marzipan, Goldenrod...«

Laut las sie die Namen vor, und mit den Fingern fuhr sie sich durch das spröde braune Haar über der Stirn. Dann schloß sie die Augen und hob ihr Gesicht in einer stummen Gebärde. Wenn die Namen nichts zu bedeuten hatten, war es sinnlos. Das war ihr System. Viel war mit ihm zwar nicht los, aber sie richtete sich nun einmal danach.

»Sonny Boy«, flüsterte sie. Ed, ihr Mann, war ein Bewunderer Jolsons. »Sonny Boy«, sagte sie laut.

Sie ging zum Telefon und wählte schnell eine Nummer.

»Vito«, sagte der Mann.

»Ist Mr. Cooney zu sprechen?«

»He, Phil«, sagte der Mann, »für dich.«

»Hallo?« sagte Cooney.

»Mr. Cooney? Hier ist Fran Holland. Würden Sie bitte fünf Dollar für mich auf das vierte Rennen morgen setzen? Ich möchte gern...«

»Einen Moment, Mrs. Holland. Ich bin sehr froh, daß Sie angerufen haben. Ich wollte nämlich nachher sowieso bei Ihnen vorbeikommen, Mrs. Holland. Wenn ich mir die Haare habe schneiden lassen.«

»Sie wollen bei mir vorbeikommen?« Verwundert blickte sie den Apparat an.

»Ja, Mrs. Holland. Und zwar handelt es sich um folgendes: Vor allem darf ich so lange keine Wetten mehr für Sie placieren, wie Ihr Konto nicht ausgeglichen ist. Und zweitens habe ich den Auftrag erhalten, Sie aufzusuchen und zu sehen, ob ich den Betrag, den Sie uns bereits schulden, nicht vielleicht eintreiben kann. Insgesamt sind es fünfundzwanzig Dollar.«

»Fünfundzwanzig Dollar? Aber das ist doch gar nicht viel! Ich meine: So viel ist es doch gar nicht, oder?«

»Von Ihrem Standpunkt aus haben Sie sicher recht, Mrs. Holland. Nur scheinen Sie unsere Situation nicht ganz zu verstehen, Mrs. Holland. Wir sind ein Wettbüro mit Kundenverkehr. Und die Idee stammt auch gar nicht von mir. Aber wir haben nun einmal ständig mit ganz kleinen Beträgen zu tun – wenn Sie verstehen, was ich meine.«

»Nein – das verstehe ich nicht!« Sie war ehrlich entrüstet, als hätte der Schlachter zuviel Geld verlangt.

»Na schön – ich komme dann nachher bei Ihnen vorbei und erkläre Ihnen alles, Mrs. Holland. Bis später also.«

»Nein! Warten Sie...«

Aber der Mann namens Cooney wartete nicht. Das Knacken an seinem Ende der Leitung war endgültig.

Einfältig starrte sie den summenden Hörer an, ehe sie ihn wieder dahin legte, wo er hingehörte. Dann löste der Gedanke an Besuch – an irgendeinen Besuch – eine Serie automatischer Handgriffe bei ihr aus. Sie räumte das Frühstücksgeschirr ab und baute es im Abwaschbecken auf; sie fegte die Krümel vom Tisch in ihre hohle Hand und ließ sie in den Papiersack fallen, der am Herd lehnte. Schließlich band sie ihre Schürze ab und warf sie in einen Schrank.

Im Schlafzimmer blieb sie einen Augenblick stehen, um

sich im Toilettenspiegel zu betrachten. Es war immer noch ein junges Gesicht, bei dem sich die Spuren der Jahre nur um die Augen konzentriert hatten. Ihr Haar strebte in allzu viele Himmelsrichtungen, so daß sie schnell mit dem Kamm hindurchfuhr, obgleich es schmerzlich ziepte.

Sie überlegte, ob sie zu Lila hinunterlaufen sollte, aber die Vorstellung, dieses fröhliche und erwartungsvolle Gesicht wiedersehen zu müssen, überstieg ihre Kräfte. Nein – ein anderes Mal würde sie mit ihr darüber sprechen: wenn sie beide voller Kummer über ein zu spät eingelaufenes Pferd sein würden.

Sie setzte sich an den Küchentisch und rauchte eine Zigarette. Nach etwa zehn Minuten klingelte es. Ruhig ging sie an die Tür.

Cooney nahm seinen Hut ab. Das Hutband war eng und hinterließ einen kreisrunden Abdruck auf der schimmernden Oberfläche seiner frischgeschnittenen Haare. Aussehen tat er wie ein älterer Versicherungsvertreter, der es allen recht machen möchte.

»Morgen, Mrs. Holland. Kann ich vielleicht hereinkommen?«

»Sie wissen doch selbst, daß Sie es können«, sagte Fran.

Er betrat die Wohnung, und seine kleinen Augen sahen sich prüfend in den drei Zimmern um. Dann setzte er sich an den Tisch und begann, mit dem Aschenbecher zu spielen.

»Was soll denn nun das alles?« sagte Fran wie eine zankende Mutter.

»Es ist nichts Persönliches, Mrs. Holland. Das wissen Sie selbst. Ich mache gern Geschäfte mit Leuten wie Ihnen. Nur ist unsere Verwaltung im Hinblick auf unsere Außenstände etwas nervös geworden.«

Sie lächelte beinahe. »Das ist doch ein Witz!«

»Nein, ganz im Ernst.« Er sah verletzt aus. »Was glauben Sie wohl, was wir an dieser Art Geschäft verdienen? Sehen Sie – das Herzstück des Geschäfts ist die Zwei-Dollar-Wette. Wenn die Leute jedoch anfangen, zu Hause deswegen den Brotkorb höher zu hängen, Mrs. Holland ...«

»Das Geld, das ich einsetze, gehört mir persönlich! So etwas kann man mir nicht vorwerfen...«

»Aber wer wirft Ihnen denn etwas vor? Sehen Sie, Mrs. Holland, diese fünfundzwanzig Dollar schulden Sie uns seit...« Er griff in sein Jackett und holte ein kleines schwarzes Buch heraus. »Zwanzigster Mai«, sagte er. »Das sind jetzt fast zwei Monate. Was glauben Sie wohl, was ein großer Laden oder sonst jemand dazu sagen würde?«

»Aber Mr. Cooney! Sie wissen doch genau, daß ich immer früher oder später zahle. Seit ich anfing...«

»Sie sind doch eine Freundin von Mrs. Shank, nicht?« Die Frage kam überraschend.

»Das wissen Sie doch selbst. Und Lila hat mir damals auch erzählt...«

»Schön. Bei ihr sieht es nämlich auch nicht viel besser aus, Mrs. Holland – falls es Sie tröstet.«

»Aber sie hat doch gerade dreimal...«

»Das war bei ihr auch dringend nötig. Und wenn Mrs. Shank gewinnt, beeilen wir uns, ihr Konto damit auszugleichen, weil sie sonst Mord und Totschlag schreit. Wenn das aber nicht der Fall ist...« Er runzelte die Stirn, und Fran fühlte sich auf einmal gar nicht mehr so sicher.

»Na schön«, sagte sie bissig. »Wenn Sie mir so kommen, finde ich bestimmt jemand anderen.«

»Davon bin ich überzeugt, Mrs. Holland.« Er schob das Kontobuch wieder in die Tasche. »Vorher müßte nur noch die Geschichte mit den fünfundzwanzig Dollar geregelt werden.«

»Die zahle ich nächste Woche.«

»Das geschieht nicht, Mrs. Holland.

»Was soll das heißen? Ich bringe Ihnen nächste Woche das Geld. Mein Mann bekommt sein Geld nicht eher.«

»Soso, Mrs. Holland.«

Sie starrte ihn an. »Was wollen Sie eigentlich? Ich kann Ihnen doch nicht geben, was ich nicht habe! Was erwarten Sie von mir?«

»Fünfundzwanzig Dollar, Mrs. Holland. So lautet mein Auftrag. Sie können sich diese Summe doch sicherlich irgendwo borgen, nicht wahr? Vielleicht von Mrs. Shank?«

»Nicht von der«, sagte Fran verbittert.

»Aber Sie müssen soviel Geld doch im Hause haben. Für den Haushalt.«

»Nein! Ich besitze noch einen Dollar und fünfzig Cent – mehr nicht! Ich habe schon alles versetzt...«

Der Mann stand auf, und entweder hatte sich das Licht im Zimmer oder aber der Mann verändert. Die Sanftheit war aus seinem Gesicht verschwunden, und er sah alles andere als harmlos aus.

»Ich muß das Geld heute noch haben, Mrs. Holland. Wenn ich es heute nicht bekomme...«

»Was dann?« Sie konnte einfach nicht fassen, wie er sich plötzlich aufführte; bisher war er immer ein Gentleman gewesen.

»Um sechs komme ich nochmal vorbei, Mrs. Holland.«

»Sie kommen noch einmal vorbei?«

»Um mit Ihrem Mann zu sprechen.«

Das war ein Wort, das Cooney noch nie erwähnt hatte, noch nicht ein Mal. In den letzten drei Monaten war er wöchentlich zweimal morgens erschienen. Immer hatten Beweise für Eddies Anwesenheit herumgelegen. Vom Frühstück hatte noch sein Teller auf dem Tisch gestanden, wie abgeleckt von seinem gewaltigen Appetit. Oder seine uralte Pfeife hatte auf dem Abwaschtisch gelegen. Oder ein Hemd hatte vielleicht über der Lehne des Küchenstuhls gehangen, weil es noch gebügelt werden mußte. Aber noch nie hatte Cooney dieses Wort bisher gebraucht.

»Warum?« fragte Fran. »Warum müssen Sie das? Ich habe Ihnen gesagt, daß ich das Geld beschaffe. Von dieser Geschichte braucht er doch nichts zu wissen, oder?«

»Sicherlich nicht, Mrs. Holland. Sie brauchen nur dafür zu sorgen, daß ich die Summe bekomme, die Sie schuldig sind – mehr nicht. Dann braucht er von der ganzen Geschichte nichts zu erfahren.«

»Es geht nicht darum, daß ich mich deswegen schäme!« sagte sie laut. »Immerhin habe ich kein Vermögen verloren!«

»Sie haben völlig recht, Mrs. Holland.«

»Sie können mir doch so was nicht antun, Mr. Cooney...«

Der Hut wurde auf das ölglänzende Haar gedrückt. »Mir bleibt nichts anderes übrig, Mrs. Holland. Sie wissen, wo Sie mich jederzeit finden können. Bei Vito. Wenn Sie vor sechs kommen, können wir die ganze Geschichte einfach vergessen.«

»Aber ich habe es Ihnen doch gesagt!« Frans Finger zerstörten das Werk Ihres Kammes. »Ich habe es nicht! Ich kann es mir auch nicht beschaffen! Gibt es denn keine Möglichkeit...«

»Kennen Sie die Einrichtung der Leihhäuser?«

»Ich habe doch schon...« Sie verstummte und preßte die Hände auf den Mund. Wenn Eddie wüßte!

»Bis später, Mrs. Holland.«

Er ging hinaus und schloß leise die Tür.

Sie lauschte den Schritten des Mannes, die sich entfernten, bis es im Treppenhaus wieder still war; und dann dachte sie an Eddie. Sie blickte über den Küchentisch, als sähe sie ihren Mann tatsächlich auf der anderen Seite sitzen – verletzt und verständnislos wie schon so oft, wenn er den Kopf schüttelte und sagte: »Warum hast du das getan, Fran? Wozu?«

Wie sollte sie dieselbe Szene noch einmal ertragen? Nach den vielen Versprechungen, den tränenreichen Szenen mit Beschuldigungen und Versöhnungen? Das erste Mal war nicht schlimm gewesen; sie waren noch in den Flitterwochen, und alles, was Eddies junge Frau anstellte, war süß und komisch und wunderbar – sogar die Tatsache, daß sie das Haushaltsgeld für Pferdewetten ausgegeben hatte. Gelacht hatten sie damals darüber und sich wieder vertragen, bevor der Streit allzu weit gegangen war, und zwar auf jene besondere zärtliche Art, die Jungverheirateten vorbehalten ist. Aber dann war es zum zweitenmal passiert, und auch zum drittenmal, und jedesmal hatte Eddie verletzter und verwirrter ausgesehen, bis aus Verwirrung Ärger wurde. Und im vergangenen Oktober war es dann zu dieser entsetzlichen Szene gekommen – an jenem Tag, als er den weißen Kreis um ihren Finger entdeckte, an dem bisher Frans Verlobungsring gesteckt hatte...

Ein Zittern überlief sie bei dieser Erinnerung. Damals

war bei Eddie von Vergebung nicht mehr die Rede gewesen. Und sie hatte ihm geschworen, daß es mit dieser Angewohnheit ein für allemal vorbei wäre; sie hatte auch alles nur Mögliche versucht, um ihm zu beweisen, daß diese Lektion nicht umsonst gewesen war. Aber bis heute hatte Eddie es nicht vergessen; er hatte sie lediglich gewarnt.

»Noch ein einziges Mal, Fran – das ist mein bitterer Ernst. Noch ein einziges Mal, und ich verschwinde...«

Sie stand vom Küchentisch auf und lief in das Schlafzimmer. Sie riß die Schubladen ihrer Kommode heraus und schleuderte ihren Inhalt – Kleidungsstücke und Schachteln mit Knöpfen, Haarnadeln und Stoffresten – durch das ganze Zimmer. Sie durchstöberte sämtliche Portemonnaies; auf der Suche nach verirrten Geldstücken fuhren ihre Finger sogar hinter das Futter. Die Taschen der beiden Anzüge, die ihrem Mann gehörten, klopfte sie ab und lauschte auf das Klingeln von Metall. Das Plastikkästchen, das Eddie ihr letztes Weihnachten für ihren Schmuck geschenkt hatte, klappte sie auf und erschrak über das Fehlen jeglicher Gegenstände, die mehr als zehn Cent wert waren.

Und selbst als Fran ins Wohnzimmer lief, hatte sie das Gefühl, dasselbe früher schon einmal getan zu haben.

Unter dem Kissen des Polstersessels entdeckte sie ein Zehn-Cent-Stück und einen einzelnen Cent. In einer kleinen Porzellanvase fand sie sogar einen zusammengefalteten Dollarschein.

Was sie an Geld gefunden hatte, legte sie auf den Küchentisch und zählte es.

»Zwei Dollar und achtundsiebzig Cent«, flüsterte sie.

Sie legte den Kopf auf die Unterarme.

»O Gott, o Gott«, sagte sie.

Fünfundzwanzig Dollar waren eigentlich nicht viel, überlegte sie. Aber wo sollte sie sie hernehmen? Freundinnen hatte sie nicht, Lila ausgenommen. Ihre Familie wohnte weit weg. Wo sollte sie das Geld hernehmen? Und bis um sechs? Sie blickte auf ihr Handgelenk, aber die Uhr, die sie dort getragen hatte, tickte bei einem Pfandleiher am Broadway, wie ihr plötzlich wieder einfiel. Sie sah auf die elektrische Küchenuhr, die an der Wand hing; und es verschlug ihr fast den Atem, als sie merkte, daß es schon beinahe halb zwölf war.

Keine sieben Stunden mehr, überlegte sie. Fünfundzwanzig Dollar. Mit ganz kleinen Beträgen, hatte Cooney vorhin gesagt...

Dann kam ihr der rettende Gedanke. Geboren wurde er aus einer schmerzlichen Erinnerung, aus einer unerfreulichen Szene an einer zugigen Straßenecke, vor zwei Wochen erst. Sie hatte einen ganzen Tag mit Einkäufen hinter sich, und unter dem Arm trug sie ein viel zu teures Kleid in einem buntgestreiften Karton. Mit schmerzenden Füßen hatte sie an der Ecke gestanden und gebetet, daß der Fünfer-Bus leer wäre. Dann hatte sie ihre Handtasche aufgeklappt, ausgerechnet diese Handtasche, die jetzt auf dem Küchentisch lag, und nach Kleingeld gesucht...

Sie stand so schnell auf, daß der Stuhl über das Linoleum schrammte. Dann ging sie in das Schlafzimmer und begann, sich zurechtzumachen. Ihre besten schwarzen Wildlederpumps zog sie an, und dann holte sie jenes seidene Ding, das sie ihre »Abendstola« nannte, aus einer Schublade. Das Bild, das sie im Spiegel sah, war unbefriedigend, so daß sie auch das Kleid wechselte.

Als sie mit allem fertig war, sah sie jenem Mädchen erheblich ähnlicher, mit dem Eddie auf den Parties immer so angab.

Und dann ging sie.

Die Bushaltestelle war vier Querstraßen von ihrer Wohnung entfernt. Es war eine gute Bushaltestelle, weil nämlich der Fünfer und der Fünfzehner hier hielten, und während des Berufsverkehrs kamen auch noch die Wagen der Linie Dreiundzwanzig hinzu, die in ganz kurzen Abständen am Bordstein hielten. Der Fünfer fuhr gearde schaukelnd ab – nur halbvoll um die Mittagszeit. Aber immer noch standen ein paar Leute herum und warteten darauf, Gott weiß wohin gebracht zu werden.

Zumeist waren es alte Leute. Alte Leute eigneten sich

jedoch nicht sehr gut für das, was sie vorhatte. Trotzdem stellte Fran sich entschlossen neben das pfeilähnliche Haltestellenzeichen und machte den Eindruck einer Frau mit einem bestimmten Ziel.

Aus den Augenwinkeln beobachtete sie die Leute, um ihr erstes Opfer auszusuchen. Sie wußte, daß das erste am schwersten sein würde, und deswegen mußte es besonders geeignet sein. Er war nicht allzu alt – vielleicht wenig mehr als fünfzig. Seine Augen standen etwas hervor, und die Schultern hatte er hochgezogen, als ließe die Julisonne ihn merkwürdigerweise frösteln. Beide Hände steckten in den Taschen und spielten hörbar mit dem Kleingeld, das sich in dessen Taschen befand.

Sie machte sich an ihn heran und blickte die Straße hinunter, um nach dem Bus Ausschau zu halten. Mit nur flüchtigem Interesse sah er sie an.

Dann entdeckte sie den Fünfzehner, der langsam heranrollte. Sie öffnete die Handtasche und begann fieberhaft zu suchen.

»Ach du lieber Gott!« sagte sie laut.

Die Augen des Mannes weiteten sich bei ihrem Ausruf.

Hilflos blickte sie ihn an, und der halb belustigte, halb besorgte Ausdruck ihres Gesichts war eine äußerst geschickte Mischung.

»Wie finden Sie das!« sagte sie. »Jetzt habe ich doch nicht einen einzigen roten Cent bei mir.«

Da er nicht wußte, was er tun sollte, lächelte er unsicher. Und seine Hände hörten auf, mit dem Kleingeld zu spielen.

»Was soll ich bloß machen! Ich muß ganz dringend in die Stadt...«

»Ich – eh...« Der Mann räusperte sich. »Wenn ich – ich Ihnen vielleicht...«

»Ach, würden Sie wirklich so freundlich sein? Könnten Sie mir tatsächlich fünfzehn Cent leihen? Ich komme mir so dumm vor...«

Jetzt lächelte er; für ihn war dies Stoff für eine hübsche Geschichte. Fran kam sich nicht im geringsten schlecht vor; sie war es doch, die ihm eine Gunst erwies.

Seine Hand tauchte aus der Tasche auf, mit Silbermünzen gefüllt. Er suchte sorgfältig ein Zehn-Cent-Stück und ein Fünf-Cent-Stück heraus und gab sie ihr.

»Machen Sie sich darüber keine Gedanken«, sagte er. Unmittelbar vor ihnen kam der Bus zum Stehen. »Schicken Sie es mir mit der Post zu«, sagte er. »Haha! Da ist der Bus schon...«

»Meiner leider nicht«, sagte sie lächelnd. »Ich fahre mit dem Fünfer. Aber ich danke Ihnen sehr herzlich!«

»Keine Ursache!« sagte er vergnügt und kletterte in den Bus.

Du hast es gut, überlegte sie.

Ein junger Mann, der gerade aus dem abfahrenden Bus gestiegen war, faltete vor ihr seine Zeitung auseinander.

»Verzeihen Sie...«

»Hah?« Er blickte auf; seine Augen waren irritiert.

»Ich komme mir so dumm vor, aber...« Auf eine reizende Weise blickte sie zu Boden. Es war ein sehr junger Mann, der daraufhin errötete. »Ich bin nämlich von zu Hause weggegangen, ohne einen Cent mitzunehmen. Und ich muß unbedingt mit dem nächsten Bus zur Stadt fahren...«

»Pech!« sagte er und grinste vor Verlegenheit. »Ich kann mir vorstellen, wie Ihnen zumute ist. Hier...« Er griff in seine Jakettasche. »Leider habe ich bloß einen Vierteldollar...«

»Aber das geht doch nicht...«

»Das geht schon. Behalten Sie mal den Rest. Mir passiert es auch dauernd.« Er sah sich ihr Gesicht etwas aufmerksamer an und schien zu merken, daß sie älter war als ihr Lächeln. Freundlich nickte er ihr zu und verschwand.

»Verzeihung«, sagte sie zu der älteren Dame, die kurzsichtig die Straße entlang schaute. »Es ist mir wirklich schrecklich peinlich, aber mir ist etwas Entsetzliches passiert...«

»Wie?« fragte die alte Dame.

Fran lächelte krampfhaft. »Nichts«, sagte sie nur.

Ein schlanker Herr mit Brille, der ein Buch unter dem Arm trug, näherte sich langsam der Bushaltestelle. Er zwinkerte mit den Augen, als sie sich ihm näherte.

»Verzeihung«, sagte sie.

Eine Stunde danach hätte sie schwören können, an der rechten Ferse eine Blase zu haben. Komisch, wo sie doch nur an einer Bushaltestelle herumgestanden hatte. Sonst konnte sie meilenweit durch ein Kaufhaus wandern, und nie...

Dann fielen ihr die Münzen in ihrer Handtasche ein, und mit schnellen Schritten überquerte sie die Straße. An der Ecke lag ein Drugstore, und sie betrat eine der Telefonzellen und schloß die Tür hinter sich.

Sorgfältig zählte sie.

Alles in allem waren es drei Dollar fünfzehn Cent. Zusammen mit dem Betrag, den sie zu Beginn bereits hatte, waren es fünf Dollar dreiundneunzig. Sie seufte. Ein ziemlich weiter Weg lag noch vor ihr...

Ein Mann stand vor der Telefonzelle, als sie die Tür öffnete.

»Verzeihen Sie«, sagte sie automatisch, »ich komme mir so dumm vor, aber ich habe mein ganzes Geld zu Hause gelassen, und dabei muß ich dringend in die – muß ich dringend telefonieren.«

Der Mann grinste leicht. »Ja?« sagte er. Dann merkte er, was man von ihm erwartete, und seine Hand fuhr in die Tasche, in der sich das Kleingeld befand. »Ach so, sicher«, sagte er, »hier bitte.«

»Vielen Dank«, sagte sie und nahm das Zehn-Cent-Stück.

Noch einmal schloß sie die Tür hinter sich, wählte eine Nummer, ohne das Geldstück einzuwerfen, redete einen Augenblick lebhaft in den toten Apparat, verabschiedete sich melodisch, hängte den Hörer ein und lächelte den Mann, der hinter ihr die Zelle betrat, gewinnend an.

Dann kehrte sie zur Bushaltestelle zurück.

Bis drei Uhr hatte sie beinahe weitere zehn Dollar gesammelt. Um viertel nach vier verschwand sie noch ein mal in der Telefonzelle, um das Geld wieder zu zählen.

»Vierzehn Dollar und neun Cent«, sagte sie laut.

Mit einem Finger fuhr sie in die Geldrückgabe des Telefons und entdeckte ein Zehn-Cent-Stück.

»Heute habe ich meinen Glückstag«, sagte sie lachend.

Als es vier Uhr war, wirkte sie erheblich weniger zuversichtlich. Die Menge an der Bushaltestelle war größer geworden; aber der stärkere Verkehr war für sie beim Einsammeln nicht günstig.

Um halb fünf war sie von ihrem Ziel, den fünfundzwanzig Dollar, immer noch ziemlich weit entfernt.

»Verzeihen Sie«, sagte sie zu einem dicken Mann mit ausdruckslosem Gesicht, »ich komme mir so dumm vor, aber anscheinend habe ich mein ganzes Geld zu Hause liegengelassen. Ob sie vielleicht so freundlich sind und mir...«

»Verschwinden Sie«, sagte der dicke Mann und sah sie drohend an.

»Aber verstehen Sie denn nicht«, sagte sie. »Ich wollte Sie doch bloß fragen, ob Sie mir...«

»Madam – sehen Sie zu, daß Sie verschwinden«, sagte der dicke Mann.

Zum erstenmal erhielt sie eine Abfuhr. Sie wußte, daß ein Streit völlig unangebracht war; es lohnte nicht. Trotzdem wurde sie plötzlich störrisch.

»Hören Sie«, sagte Fran wütend. »Es sind doch nur fünfzehn Cent. Ich meine, ich brauche doch bloß das Geld für den Bus...«

Sie spürte eine Hand auf ihrem Arm und fuhr herum.

»Verzeihung, meine Dame...«

Aufgebracht sah sie den Mann an, dessen Hand so fest auf dem Ärmel ihres Kleides lag. Er war vielleicht Anfang Dreißig, und sein Anzug wirkte im Schnitt etwas eckig. Der Dicke zog sich schnell aus ihrer Nähe zurück, und das machte sie nur noch ärgerlicher.

»Was wollen Sie denn von mir?«

Der Mann lächelte. Seine Zähne waren lang, und seine Augen blieben von seinem Lächeln unberührt.

»Meiner Ansicht nach wäre es besser, wenn Sie mitkämen.«

»Was ist?«

»Bitte. Tun Sie uns beiden den Gefallen und machen Sie hier keine Szene. Na?«

»Ich weiß gar nicht, wovon Sie eigentlich reden.«

»Dann hören Sie genau zu. Ich beobachte Sie jetzt schon seit einer halben Stunde. Genügt das? Und jetzt kommen Sie bitte mit, bevor ich grob werden muß.«

Ein Strudel schäumte plötzlich in ihrem leeren Magen.

»Warum soll ich denn mitkommen? Für was halten Sie mich eigentlich?«

»Wenn Sie mein Dienstabzeichen sehen wollen, will ich es Ihnen gern zeigen; allerdings werden wir auch so schon genügend angestarrt. Also?«

Sie schluckte mühsam. »Gut – ich komme natürlich mit.«

Sie ließen die Bushaltestelle hinter sich; seine Hand lag immer noch auf ihrem Arm, und er lächelte wie ein alter Freund, der sie ganz zufällig getroffen hatte. Sprechen tat er erst wieder, als sie die graue Limousine erreicht hatten, die etwa dreißig Meter von der Bushaltestelle entfernt geparkt war.

Er öffnete ihr die Wagentür.

»Wenn Sie einsteigen wollen.«

»Hören Sie, Mister, wenn ich Ihnen nur erklären dürfte...«

»Dazu haben Sie später noch Gelegenheit. Steigen Sie ein.«

Sie stieg in den Wagen. Er ging auf die andere Seite, öffnete die Tür und setzte sich neben sie. Sie fuhren los und bogen an der Ecke links ab.

»Verstehen Sie doch«, sagte sie flehend. »Ich habe doch nichts Unrechtes getan. Ich habe weder gestohlen noch sonst etwas verbrochen. Ich habe die Leute nur um etwas gebeten – Sie wissen, was ich damit sagen will, nicht? Verstehen Sie doch: Ich habe Schwierigkeiten...«

»Schwierigkeiten haben Sie jetzt allerdings.« Er kam gerade noch an einer Ampel vorbei, deren Licht wechselte, und bog wieder nach links ab.

Sie verbarg ihr Gesicht in den Händen und begann zu weinen. Aber die Quelle war ausgetrocknet; die Tränen wollten nicht kommen.

»Solche Mätzchen können Sie sich sparen«, sagte der Mann. »Ihrem Typ, meine Dame, bin ich schon mehr als einmal begegnet. Aber eines muß ich zugeben – Ihren Kniff kannte ich bisher noch nicht. Wieviel Geld kommt denn Ihrer Erfahrung nach dabei zusammen?«

»Aber so viel brauche ich doch gar nicht. Nur ein paar Dollar! Bis um sechs muß ich fünfundzwanzig Dollar zusammen haben. Unbedingt!«

»Und wieviel haben Sie gekriegt?«

»Nicht viel. Ehrenwort. Nur ein paar Dollar! Und wegen dieser paar Dollar werden Sie mich doch bestimmt nicht einsperren – nicht?«

»Wieviel, habe ich gefragt!«

Sie öffnete die Handtasche und starrte auf den Berg von Geldstücken, der sich angesammelt hatte.

»Genau weiß ich es nicht«, sagte sie stumpf. »Fünfzehn oder vielleicht auch sechzehn Dollar. Aber das reicht nicht...«

Der Wagen rollte jetzt eine Nebenstraße entlang, weg von den verkehrsreichen Durchgangsstraßen, in Richtung des Kaufhausviertels in der Nähe des Flusses.

»Bitte!« rief Fran plötzlich. »Sperren Sie mich nicht ein! Ich will es auch nicht wieder tun! Ich war wegen des Geldes bloß so verzweifelt...«

»Wieviel brauchst du denn noch, Puppe?«

»Wieso?«

»Um die fünfundzwanzig voll zu haben?«

Sie blickte wieder in ihre Handtasche. »Genau weiß ich es nicht. Vielleicht noch zehn – vielleicht sogar weniger.

»Mehr nicht?« sagte er grinsend.

Sein Fuß trat kräftiger auf das Gaspedal, als wolle er sein Ziel möglichst schnell erreichen. Er fegte mit dem Wagen durch die Kurven, daß die Reifen aus Protest quietschten, und Fran wurde auf einmal unruhig.

»Heh!« Aus dem Fenster blickte sie auf die merkwürdige, menschenleere Gegend. »Was soll denn das! Sind Sie eigentlich von der Polizei oder nicht?«

»Was glauben Sie wohl?«

Sie starrte ihn an. »Sie sind überhaupt nicht von der Polizei! Sie haben mich gar nicht verhaftet...« Sie rutschte dicht an die Tür und legte die Hand auf den Griff.

»Nanana«, sagte er. »Machen Sie jetzt keine Dummheiten; Sie tun sich bloß selbst weh. Und davon mal abgesehen, Puppe, kann ich immer noch einen Polizisten holen. Ich könnte ihm zum Beispiel einiges von diesem neuen Gewerbe erzählen...«

»Ihnen würde doch keiner glauben!«

»Möglich. Aber warum es erst so weit kommen lassen!« Er nahm seine rechte Hand vom Lenkrad und wollte seinen Arm um ihre Schulter legen.

»Passen Sie auf!« sagte Fran schrill.

»Du bist nicht allzu schlau, Schatz. Bis sechs mußt du deine fünfundzwanzig Dollar zusammen haben, nicht? Und jetzt ist es gleich fünf. Woher willst du sie dir also beschaffen?«

»Lassen Sie mich hier 'raus!«

»Vielleicht kann ich dir helfen, Puppe.« Er zog sie zu sich heran, die Augen immer noch auf die Straße gerichtet, und sein Grinsen wurde breiter. »Wenn du mich läßt...«

»Nein!« sagte Fran. »Nein!«

Er bremste, um wieder einmal abzubiegen, und sie merkte die Gelegenheit, die sich ihr bot. Ihre Hand riß den Türgriff nach oben, und die Tür schwang weit auf. Der Mann fluchte und griff nach ihrem Arm.

»Fassen Sie mich nicht an!« schrie sie und schwang ihre von Geldstücken schwere Handtasche gegen seinen Kopf. Sie traf genau seine Schläfe. Wütend schrie er auf, und als er nach ihr griff, erwischte seine Hand den Ärmel ihres Kleides und riß ihn ab. Achtlos ließ auch seine andere Hand das Lenkrad los, und der Wagen bockte wie ein wildgewordenes Pferd, das plötzlich den Reiter verliert, so daß Fran gegen die Tür und auf die Straße geschleudert wurde.

Sie landete auf allen vieren – schluchzend, jedoch unverletzt; ohne Entsetzen oder Bedauern sah sie, wie der Wagen über den Bordstein schleuderte und seinen Kühler in die unnachgiebigen roten Ziegelsteine eines Warenhausneubaus bohrte.

Ihr erster Gedanke war, sofort wegzurennen, denn weit und breit war niemand, der sie dabei beobachten konnte.

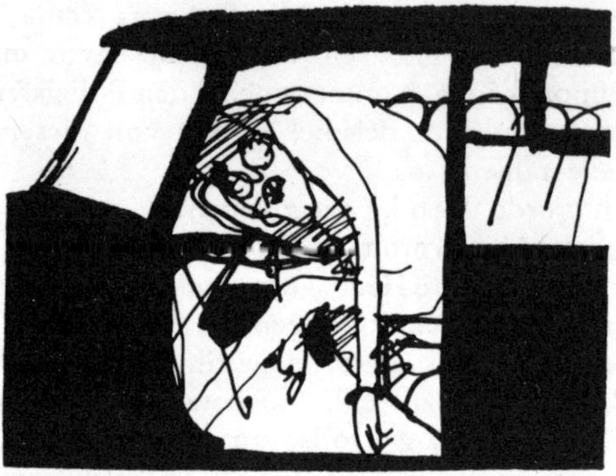

Dann aber erinnerte sie sich, daß ihre Handtasche noch im Wagen lag, und taumelnd ging sie zum Wrack, um die Tasche zu holen.

Die Tür war immer noch geöffnet, und die Handtasche lehnte an der Seite des Bewußtlosen. Sie wußte nicht, ob er lebte oder tot war, und im Augenblick war es ihr auch völlig egal. Er lag über dem Lenkrad, und seine Arme hingen schlaff herunter. Schwer atmend griff sie nach ihrer Tasche.

Dann kam ihr so natürlich ein Gedanke, so selbstverständlich, daß sie in den Taschen des Mannes nach der Brieftasche suchte, ohne daß ihre Hände auch nur im geringsten zitterten. Die Geldtasche stak in der Innentasche seines Anzugs. Sie enthielt zwar sehr viele Scheine, aber mit einem seltsamen Gerechtigkeitsgefühl entnahm sie ihr nur zehn Dollar.

Zehn Minuten vor sechs betrat Fran den Friseurladen von Vito. Vito fing an zu grinsen; aber sein Gesicht veränderte sich, als er ihre abgespannten Züge und das verschmutzte Kleid sah.

»Cooney – he! Er ist nämlich hinten. He, Phil – eine Dame für dich!«

Neugierig blickte Cooney sie an, als er aus dem Hinterzimmer trat. Er war in Hemdsärmeln und hatte Spielkarten in der Hand. Als er sah, wie sie nach ihrer Handtasche griff, strahlte er, und beim Anblick der vielen Geldstücke lachte er.

»Was haben Sie denn angestellt, Mrs. Holland? Haben Sie Ihr Sparschwein geschlachtet?«

»Zählen Sie«, sagte sie zurückhaltend. »Zählen Sie es für mich, Mr. Cooney.«

Auf dem Maniküre-Tischchen leerten sie die Handtasche. Vito half ihnen. Als alles zusammengezählt war, blickte Cooney auf.

»Dreißig Dollar und sechsundvierzig Cent, Mrs. Holland«, sagte er und lächelte befriedigt. »Sie behalten sogar noch Geld übrig. Es tut mit leid, daß ich Ihnen heute vormittag so ins Gewissen reden mußte – aber wie Sie sehen: Sie haben es geschafft.«

Langsam stieg sie die Treppe hoch. Im dritten Stock öffnete sich die Tür, und heraus schaute eine blonde Frau, das Haar voller Lockenwickler.

»Fran! Um Himmels willen – wo hast du gesteckt?«

»Einkaufen«, sagte sie müde.

»Du siehst völlig erschossen aus. Hast du was Nettes gekauft?«

»Nein – nicht viel, Lila.«

»Ich habe übrigens einen Teller Warmes für dich, Kindchen. Dann brauchst du dir heute abend nichts zu kochen. Komm nachher 'runter und iß mit mir zusammen, wenn du Lust hast…«

»Was soll das heißen?«

»Du hast heute abend Ausgang, Kindchen.« Die blonde Frau lachte. »Ed hat heute nachmittag mindestens neunmal bei euch angerufen. Schließlich rief er bei mir an, weil er glaubte, wir hockten wieder zusammen und tränken einen!«

»Ed?« Blinzelnd sah sie die Frau an.

»Ja. Er rief vom Büro aus an. Wollte bloß Bescheid sagen, daß er erst morgen nach Hause kommt. Er hatte Ärger mit einem Kunden oder so ähnlich. Und er sagte bloß noch, daß er um fünf nach Chicago flöge.«

»Er kommt heute nicht nach Hause?« sagte Fran einfältig.

»Nun nimm dich ein bißchen zusammen. Du hast doch gehört, was ich gesagt habe. Nach Chicago ist er. Heute abend hast du frei, Kindchen.«

Fran seufzte und ging weiter die Treppe hoch. »Danke, Lila.«

»Gern geschehen.« Die Blonde zuckte die Schultern. »Ist mit dir alles in Ordnung?«

»Doch, mit mir ist alles in Ordnung. Mir geht's gut.«

Oben schloß Fran die Wohnungstür auf und ging hinein. Das Frühstücksgeschirr im Abwaschtisch sah im Dämmerlicht ganz grau aus. Sie warf ihre Handtasche auf den Tisch und streifte die Schuhe ab.

Im Wohnzimmer ließ sie sich schwer in einen Sessel fallen und zündete sich eine Zigarette an. In einer Haltung völliger Erschöpfung saß sie da, starrte nach draußen in das Zwielicht und rauchte schweigend.

Als wäre es im Zimmer kalt geworden, zog sie die Abendstola enger um die Schultern.

»Chicago«, sagte sie verbittert.

Dann fiel ihr der Name auf. Irgend etwas hatte er bestimmt zu bedeuten. Sie stand schnell auf. Das also war das Geheimnis an der ganzen Sache, überlegte sie. Der Name hatte ganz bestimmt irgend etwas zu bedeuten.

Sie ging zum Telefon und wählte die ihr vertraute Nummer.

»Hallo, ist Mr. Cooney da?«

Ungeduldig klopfte ihr bestrumpfter Fuß auf das Linoleum.

»Hallo, Mr. Cooney? Hören Sie – hier ist Frau Holland. Morgen, das vierte Rennen – ich würde gern fünf Dollar auf Chicago Flyer setzen. Ja, richtig. Im vierten Rennen...«

Genau die richtige Art von Haus

Der Wagen, der vor dem Büro des Grundstückmaklers Aaron Hacker hielt, hatte ein New Yorker Nummernschild. Aaron brauchte nicht erst das gelbe Rechteck zu sehen, um zu wissen, daß der Besitzer dieses Wagens in den von Ulmen beschatteten Straßen von Ivy Corners fremd war. Es war ein rotes Kabriolett; etwas annähernd Ähnliches gab es hier nicht.

Der Mann stieg aus.

»Sally«, sagte Aaron zu der gelangweilten jungen Dame am einzigen Tisch, der noch im Büro stand. Auf ihre Schreibmaschine hatte sie ein broschiertes Buch gestellt, und verträumt kaute sie vor sich hin.

»Ja, Mr. Hacker?«

»Anscheinend ein Kunde. Wir sollten uns lieber was zu tun machen.« Klingen tat es wie eine sanfte Frage.

»Sofort, Mr. Hacker!« Sie lächelte strahlend, legte das Buch weg und spannte einen leeren Bogen in die Maschine. »Was soll ich schreiben?«

»Irgendwas – irgendwas!« Aaron furchte die Stirn.

Tatsächlich schien es ein Kunde zu sein. Der Mann kam geradewegs auf die Glastür zu, und in seiner rechten Hand hielt er eine zusammengefaltete Zeitung. Aaron schilderte ihn später als massiv; in Wirklichkeit war er nur dick. Gekleidet war er in einen farblosen Anzug aus sehr leichtem Stoff, und der Schweiß hatte das Gewebe derart durchtränkt, daß sich unterhalb der Achseln große dunkle Kreise gebildet hatten. Er mochte etwa fünfzig sein, hatte jedoch volles Haar, das schwarz und lockig war. Die Haut seines Gesichtes war gerötet und heiß; die schmalen Augen dagegen blieben klar und eisig.

Er kam durch die Tür, blickte in die Richtung, aus der das Geklapper der Schreibmaschine kam, und nickte dann Aaron zu.

»Mr. Hacker?

»Ja, Sir.« Aaron lächelte. »Was kann ich für Sie tun?«

Der dicke Mann wedelte mit der Zeitung. »Ich habe Ihren Namen in der Rubrik Grundstückmarkt gefunden.«

»Stimmt. Jede Woche setze ich ein Inserat ein. Hin und wieder inseriere ich auch in der *Times*. Eine Menge Leute in der Großstadt interessieren sich für Städte wie unsere, Mr. ...«

»Waterbury«, sagte der Mann. Er zog ein weißes Taschentuch hervor und fuhr sich damit über das Gesicht. »Heiß heute.«

»Ungewöhnlich heiß«, erwiderte Aaron. »Hier bei uns ist es selten so heiß. Durchschnittstemperatur ist im Sommer rund fünfundzwanzig Grad Celsius. Wir haben nämlich einen See. Stimmt's, Sally?« Das Mädchen war viel zu beschäftigt, um ihn zu hören. »Naja. Wollen Sie nicht Platz nehmen, Mr. Waterbury?«

»Danke.« Der dicke Mann setzte sich auf den angebotenen Stuhl und seufzte. »Ich bin schon durch die Gegend gefahren. Wollte mir alles erst einmal ansehen, bevor ich herfuhr. Nette kleine Stadt.«

»Doch, uns gefällt sie auch. Zigarre?« Er klappte eine Kiste auf, die auf seinem Tisch stand.

»Nein, danke. Ich habe nicht allzuviel Zeit, Mr. Hacker. Einverstanden, wenn wir gleich zum Geschäftlichen kommen?«

»Ist mir recht, Mr. Waterbury.« Er blickte zu dem klappernden Geräusch hinüber und runzelte die Stirn. »Sally!«

»Ja, Mr. Hacker?«

»Hören Sie doch endlich mit dem verdammten Geklapper auf!«

»Sofort, Mr. Hacker.« Sie legte die Hände in den Schoß und starrte auf das sinnlose Durcheinander von Buchstaben, das sie auf den Bogen gehämmert hatte.

»Also?« sagte Aaron. »Ist es irgendein spezielles Grundstück, für das Sie sich interessieren, Mr. Waterbury?«

»Wenn Sie es genau wissen wollen – ja. Es handelt sich um ein Haus, das am Stadtrand liegt, genau gegenüber einem alten Bau. Was dieser Bau darstellt, weiß ich nicht – er steht leer.«

»Das Kühlhaus«, sagte Aaron. »Und war das andere vielleicht ein Haus mit Säulen?«

»Ja, das ist es. Wie steht es damit? Soweit ich mich erinnere, habe ich irgendwo eine Tafel ›Zu verkaufen‹ hängen sehen – aber hundertprozentig weiß ich es nicht.«

Aaron schüttelte den Kopf und kicherte trocken. »Doch, doch, Sie haben recht!« Er blätterte in einem Aktenordner und deutete dann auf einen mit Schreibmaschine beschriebenen Bogen. »Für längere Zeit kommt es wohl kaum in Frage, nicht?«

»Warum nicht?«

Er schob dem anderen den Ordner hin. »Lesen Sie selbst.« Das tat der Dicke.

Echter Kolonialstil. 8 Zimmer, 2 Bäder, automatische Ölheizung, geräumige Veranden, Bäume und Sträucher. Geschäfte und Schulen in der Nähe. $ 75 000.

»Immer noch interessiert?«

Unruhig rutschte der Mann hin und her. »Und warum nicht? Hat die Sache einen Haken?«

»Naja!« Aaron kratzte sich an der Schläfe. »Wenn es Ihnen hier bei uns wirklich gefällt, Mr. Waterbury – ich meine, wenn Sie sich tatsächlich hier niederlassen wollen, hätte ich jede Menge Häuser, die für Sie besser geeignet wären.«

»Einen Moment bitte!« Der Dicke machte einen unwilligen Eindruck. »Was soll das eigentlich bedeuten? Ich habe mich bei Ihnen nach diesem Kolonialhaus erkundigt. Wollen Sie es nun verkaufen oder nicht?«

»Habe ich gesagt, daß ich es verkaufen will?« Aaron kicherte. »Mein lieber Mann, dieses Grundstück habe ich jetzt seit fünf Jahren an der Hand. Und mir wäre sehr viel wohler, wenn ich die Kommission einstreichen könnte. Bloß habe ich dieses Glück bisher noch nicht gehabt.«

»Was wollen Sie damit sagen?«

»Damit will ich sagen, daß Sie es auch nicht kaufen werden. Mehr nicht. Den Auftrag habe ich allein der alten Sadie Grimes wegen übernommen. Sonst hätte ich nicht mal dieses Stück Papier dafür geopfert – das können Sie mir glauben.«

»Ich verstehe Sie immer noch nicht.«

»Dann werde ich es Ihnen erklären.« Er nahm eine Zigarre aus der Kiste, rollte sie jedoch nur zwischen den Fingern. »Vor fünf Jahren, als ihr Sohn starb, entschloß sie sich, das Haus zu verkaufen. Den Auftrag dazu gab sie mir. Ich wollte ihn gar nicht – wirklich nicht, Sir. Das habe ich ihr auch mitten ins Gesicht gesagt. Der alte Kasten ist doch niemals das Geld wert, das sie dafür fordert. Das können Sie mir glauben! Keine zehntausend ist er wert!«

Das Gesicht des Dicken rötete sich. »Keine zehn? Und sie will fünfundsiebzig haben?«

»Ja, stimmt. Aber fragen Sie mich nicht, warum. Das Haus ist nämlich wirklich alt. Aber nicht so wie die anderen, die solide wie ein Fels gebaut sind. Einfach alt ist es, nichts weiter. Gegen Termiten ist nie was getan worden. In den nächsten paar Jahren kommen bestimmt einige Balken von oben herunter. Die Kellerräume stehen die halbe Zeit unter Wasser. Die erste Etage ist auf der einen Seite um gut zwanzig Zentimeter abgesackt. Und das Grundstück ist der reinste Urwald.«

»Warum verlangt sie denn dann so viel?«

Aaron zuckte die Schultern. »Fragen Sie mich nicht. Vielleich aus Sentiment. Seit der Revolution ist das Haus im Familienbesitz – kann sein, daß das der Grund ist.«

Der Dicke betrachtete nachdenklich den Fußboden. »Das ist allerdings schlecht«, sagte er, »sehr schlecht!« Dann hob er den Kopf, sah Aaron an und lächelte einfältig. »Und dabei gefällt es mir so. Es war – ich weiß nicht, wie ich es erklären soll. Genau die richtige Art von Haus.«

»Ich weiß, was Sie meinen. Ein freundliches altes Haus. Und für zehntausend wäre es ein guter Kauf. Aber fünfundsiebzig?« Er lachte. »Trotzdem glaube ich, Sadies Gründe zu kennen. Viel Geld hat sie nicht. Ihr Sohn unterstützte sie und verdiente in der Stadt auch ganz ordentlich. Dann starb er, und sie wußte, daß es nur vernünftig wäre, wenn sie es verkaufte. Aber sie konnte es nicht über sich bringen, sich von dem alten Haus zu trennen. Und deswegen setzte sie den Preis so hoch, daß kein Mensch überhaupt auf die Idee kam, es zu kaufen. Aber ihr Gewissen hatte sie damit beruhigt.« Betrübt schüttelte er den Kopf. »Eine merkwürdige Welt ist das, nicht?«

»Ja«, sagte Waterbury zurückhaltend.

Dann stand er auf. »Ich will Ihnen was sagen, Mr. Hakker. Angenommen, ich führe mal hin und redete mit Mrs. Grimes? Angenommen, ich versuchte, ihr den Preis auszureden?«

»Machen Sie sich nichts vor, Mr. Waterbury. Genau das habe ich seit fünf Jahren versucht.«

»Wer weiß? Wenn ein völlig Fremder es versuchte...«

Aaron Hacker breitete die Hände aus. »Vielleicht haben sie recht. Wir leben schon in einer merkwürdigen Welt, Mr. Waterbury. Wenn Sie sich also dieser Mühe unterziehen wollen, bin ich gern bereit, Ihnen dabei behilflich zu sein.«

»Gut. Dann werde ich gleich hinfahren...«

»Großartig. Aber lassen Sie mich lieber noch bei Sadie Grimes anrufen. Ich werde ihr Bescheid sagen, daß Sie kommen.«

Langsam fuhr Waterbury durch die stillen Straßen. Die

schattigen Bäume, die die Straßen einsäumten, warfen friedliche gesprenkelte Schatten auf die Motorhaube des Kabrioletts. Der darunter liegende starke Motor lief leise flüsternd, so daß Waterbury das wellenweise Zwitschern der Vögel über sich hören konnte.

Das Haus der Sadie Grimes erreichte er, ohne einem anderen fahrenden Wagen begegnet zu sein. Er hielt vor dem verfallenen Holzzaun, der wie eine unordentliche Reihe von Wachtposten vor dem Haus stand.

Der Rasen war ein Gewirr aus Unkraut und Steppengras, und die Säulen, die auf der vorderen Veranda aufragten, waren von Kletterpflanzen umwickelt.

An der Tür befand sich ein Klopfer. Er ließ ihn zweimal gegen das Holz fallen.

Die Frau, die ihm öffnete, war klein und gedrungen. Ihr weißes Haar wirkte stellenweise leicht rosa, und die Falten ihres Gesichts verliefen abwärts in Richtung ihres kleinen störrischen Kinns. Trotz der Hitze trug sie eine dicke Wolljacke.

»Sie sind sicher Mr. Waterbury?« sagte sie. »Aaron Hakker hat mir Bescheid gesagt, daß Sie kommen.«

»Der bin ich«, sagte der Dicke lächelnd. Wie geht es Ihnen, Mrs. Grimes?«

»Ich bin zufrieden. Wahrscheinlich möchten Sie hereinkommen?«

»Schrecklich heiß hier draußen.« Er lachte leise.

»Na schön, dann kommen Sie. Ich habe schon Limonade in den Eisschrank gestellt. Nur bilden Sie sich bitte nicht ein, daß ich mich mit Ihnen auf einen Handel einlasse, Mr. Waterbury. Zu diesen Leuten gehöre ich nicht!«

»Das sieht man doch gleich«, sagte der Mann gewinnend und folgte ihr in das Haus.

Es war dunkel und kühl. Die Fensterläden waren undurchsichtig und heruntergelassen. Sie betraten ein viereckiges Wohnzimmer mit schweren barocken Möbeln, die phantasielos an den Wänden aufgereiht waren. Die einzige Farbe innerhalb des Zimmers kam von den verblichenen Farbtönen des Fransenteppichs, der in der Mitte auf dem kahlen Fußboden lag.

Die alte Frau ging sofort zu einem Schaukelstuhl und blieb dort regungslos sitzen, die runzligen Hände streng gefaltet.

»Also?« sagte sie. »Wenn Sie etwas zu sagen haben, Mr. Waterbury, schlage ich vor, daß Sie es gleich tun.«

Der Dicke räusperte sich. »Mrs. Grimes, ich habe mich gerade mit Ihrem Grundstückmakler unterhalten...«

»Das weiß ich bereits«, fuhr sie dazwischen. »Aaron ist ein Dummkopf. Und zwar schon deshalb, weil er Sie hierher fahren ließ mit der Absicht, meinen Entschluß zu ändern. Für solche Sachen bin ich aber zu alt, Mr. Waterbury.«

»Ich, äh – ich weiß gar nicht, ob das in meiner Absicht lag, Mrs. Grimes. An sich wollte ich – äh – wollte ich mich nur ein bißchen mit Ihnen unterhalten.«

Sie lehnte sich zurück, und der Schaukelstuhl ächzte. »Reden Sie nur immer frei von der Leber. Genieren Sie sich nicht.«

»Ja...« Er wischte sich wieder das Gesicht ab und steckte das Taschentuch nur zur Hälfte wieder in die Tasche. »Ja, dann will ich es mal folgendermaßen ausdrücken, Mrs. Grimes. Ich bin Geschäftsmann – Junggeselle dazu. Ich habe lange Zeit gearbeitet und dabei ein hübsches kleines

Vermögen zurückgelegt. Und jetzt möchte ich mich zur Ruhe setzen – am liebsten an einem Ort, wo es ruhig ist. Ivy Corners gefällt mir. Vor einigen Jahren bin ich einmal hier durchgekommen, und zwar auf dem Weg nach – äh, nach Albany. Und damals habe ich mir gesagt, daß ich mich hier einmal zur Ruhe setzen möchte.«

»Und?«

»Und als ich heute durch die Stadt fuhr und dieses Haus sah – da war ich begeistert. Es scheint für mich – genau richtig zu sein.«

»Mir gefällt dieses Haus auch, Mr. Waterbury. Deswegen verlange ich auch einen angemessenen Preis dafür.«

Waterbury zwinkerte mit den Augen. »Einen angemessenen Preis? Sie müssen doch zugeben, Mrs. Grimes, daß ein Haus dieser Art heutzutage nicht mehr als...«

»Jetzt ist aber Schluß!« rief die alte Frau. »Ich habe es Ihnen vorhin schon gesagt – ich habe keine Lust, den ganzen Tag hier herumzusitzen und mich mit Ihnen zu streiten. Wenn Sie meinen Preis nicht zahlen wollen, brauchen wir gar nicht mehr darüber zu sprechen.«

»Aber Mrs. Grimes...«

»Auf Wiedersehen, Mr. Waterbury!«

Sie stand auf und gab damit zu verstehen, daß sie von ihm dasselbe erwartete.

Das tat er jedoch nicht. »Noch einen Moment, Mrs. Grimes«, sagte er, »nur noch einen einzigen Moment. Ich weiß, daß es verrückt ist, aber – ich bin einverstanden. Ich zahle Ihnen, was Sie verlangen.«

Sie blickte ihn eine ganze Weile an. »Haben Sie es sich auch genau überlegt, Mr. Waterbury?«

»Das habe ich. Geld habe ich genug. Wenn Sie unbedingt Ihren Willen haben wollen – bitte, ich bin einverstanden.«

Sie lächelte dünn. »Die Limonade ist jetzt bestimmt kalt genug. Ich hole Ihnen ein Glas – und dann möchte ich Ihnen einiges über dieses Haus erzählen.«

Er wischte sich gerade die Stirn ab, als sie mit dem Tablett zurückkam. Gierig goß er die eiskalte gelbe Flüssigkeit in sich hinein.

»Dieses Haus«, sagte sie und setzte sich wieder bequem in den Schaukelstuhl, »befindet sich seit achtzehnhundertzwei im Besitz meiner Familie. Rund fünfzehn Jahre vorher war es gebaut worden. Mit Ausnahme meines Sohnes Michael wurde jedes Mitglied meiner Familie in dem oben liegenden Schlafzimmer geboren. Ich war die einzige, die eine Ausnahme machte«, fügte sie aufsässig hinzu. »Ich hatte neumodische Ideen im Kopf – mit Krankenhäusern und so weiter.« Ihre Augen zwinkerten.

»Ich weiß selbst, daß es nicht zu den solidesten Häusern von Ivy Corners gehört. Nachdem ich mit Michael nach Hause gekommen war, wurde der ganze Keller überschwemmt, und seitdem haben wir ihn nie mehr ganz trokken bekommen. Aaron meinte, Termiten wären ebenfalls im Hause, aber gesehen habe ich diese lästigen Biester noch nie. Und außerdem liebe ich dieses alte Haus – verstehen Sie mich?«

»Natürlich«, sagte Waterbury.

»Michaels Vater starb, als Michael neun war. Damals hatten wir es schwer. Ich übernahm Näharbeiten, und mein eigener Vater hinterließ mir die kleine Jahresrente, von der ich heute lebe – nicht gerade großartig, aber ich komme zurecht. Michael vermißte seinen Vater sehr, vielleicht sogar mehr, als ich es tat. Und im Laufe der Zeit wurde er – Gott ja, wild ist das einzige Wort, das einem dabei einfällt.«

Mitfühlend schnalzte der dicke Mann leise mit der Zunge.

»Als er das Examen an der High School gemacht hatte, ging er aus Ivy Corners weg und in die Stadt. Gegen meinen Willen, damit kein Irrtum ensteht! Aber er war genauso wie viele junge Leute, voller Ehrgeiz, wenn auch noch ohne jedes Ziel. Was er in der Stadt anfing, weiß ich nicht. Aber Erfolg muß er gehabt haben – er schickte mir nämlich regelmäßig Geld.« Ihre Augen verschleierten sich. »Neun Jahre lang sah ich ihn nicht.«

»Ach«, sagte der Mann betrübt.

»Ja, es war für mich nicht leicht. Aber noch viel schlimmer war es, als er wieder nach Hause kam – und zwar wegen irgendwelcher Schwierigkeiten.«

»Oh?«

»Ich hatte keine Ahnung, wie groß diese Schwierigkeiten waren. Mitten in der Nacht tauchte er plötzlich auf, und dazu sah er viel dünner und älter aus, als ich es jemals für möglich gehalten hatte. Gepäck hatte er keines bei sich, nur einen kleinen schwarzen Koffer. Als ich versuchte, ihm diesen Koffer abzunehmen, hat er mich fast geschlagen – mich, seine leibliche Mutter!

Ich brachte ihn gleich zu Bett, als wäre er wieder ein kleiner Junge. Und die ganze Nacht habe ich damals gehört, wie er weinte.

Am nächsten Tag schickte er mich aus dem Haus. Nur für ein paar Stunden – er hätte irgend etwas vor, sagte er. Was es war, verriet er nicht. Als ich dann aber gegen Abend heimkam, merkte ich, daß der kleine Koffer verschwunden war.«

Die Augen des Dicken, die über das Limonadenglas hinwegsahen, wurden groß.

»Was soll das heißen?« fragte er.

»Damals wußte ich es noch nicht. Aber gar nicht viel später bekam ich es heraus – schrecklich schnell. In jener Nacht kam ein Mann in unser Haus. Ich weiß gar nicht, wie er überhaupt hereingekommen ist. Merken tat ich es erst, als ich in Michaels Zimmer Stimmen hörte. Ich schlich an die Tür und versuchte zu lauschen, versuchte herauszufinden, in welchen Schwierigkeiten mein Junge steckte. Aber ich hörte bloß Schreie und Drohungen, und ...«

Sie verstummte, und ihre Schultern sanken hinab.

»Und einen Schuß«, fuhr sie fort, »einen Revolverschuß. Als ich ins Zimmer kam, stand das Schlafzimmerfenster weit offen, und der Fremde war verschwunden. Und Michael – der lag auf dem Boden. Er war tot.«

Der Stuhl knarrte.

»Das war alles vor fünf Jahren«, sagte sie. »Vor fünf langen Jahren. Und es dauerte eine ganze Weile, bis ich erfuhr, was passiert war. Die Polizei hat mir die ganze Geschichte erzählt. Michael und der andere Mann waren in Verbrechen verwickelt – in ein schweres Verbrechen. Viele, viele tausend Dollar hatten sie gestohlen.

Michael hatte das Geld genommen und war damit weggelaufen, weil er es für sich behalten wollte. Er versteckte es irgendwo in diesem Haus – wo, das weiß ich bis heute nicht. Dann kam der andere Mann zu meinem Sohn, um seinen Anteil abzuholen. Als er feststellte, daß das ganze Geld verschwunden war – brachte er meinen Jungen um.«

Sie blickte hoch. »Und deswegen habe ich dieses Haus zum Verkauf ausgeschrieben, für fünfundsiebzigtausend Dollar. Ich wußte, daß der Mörder meines Sohnes irgendwann hierher zurückkommen würde. Und irgendwann würde er dann dieses Haus zu jedem Preis kaufen wollen. Ich brauche nicht mehr zu tun, als zu warten, bis ich den Mann fände, der für das Haus einer alten Dame viel zuviel Geld zahlen wollte.«

Sanft schaukelte sie hin und her.

Waterbury stellte das leere Glas hin und leckte sich die Lippen ab; seine Augen konnten nichts mehr genau erkennen, und sein Kopf rollte willenlos von einer Seite zur anderen.

»Bah!« sagte er. »Die Limonade schmeckt aber bitter.«

An Sohnes Statt

Wenn man ihn von der anderen Straßenseite aus sah, war er ein alter Mann, der vor der Reihe der aus Sandstein gebauten Häuser auf und ab ging und versuchte, die abgeblätterten Hausnummern über den Türen zu entziffern. Wenn man jedoch aus der Dunkelheit trat und ihn um Feuer bat, war man erstaunt über das junge Gesicht, das von der Flamme beleuchtet wurde. Ein Junge war er, erst zwanzig Jahre alt.

Er stieg schnell die Treppe hinauf, strich sich das blonde Haar aus der Stirn und rückte den Knoten seiner Krawatte zurecht. Dann studierte er die Namen der Mieter und drückte schließlich auf den Knopf, der unmißverständlich zu dem Namen Collins gehörte.

Das Türschloß klickte, und er stieß die Tür auf. Von oben rief eine Männerstimme: »Wer ist da?«

»Ist Mrs. Collins zu Hause?«

»Ja. Aber wer ist denn da?« Der Junge schluckte, und seine Hand umklammerte den plumpen, hölzernen Schlußknauf des Treppengeländers. »Ich bin – ich bin ein Freund von Allie.«

Pause. »Okay. Komm 'rauf.«

Auf einmal stand er vor einer geöffneten Tür, hinter der es hell und warm war. Ein Mann mit mächtigem Brustkasten und in Hemdsärmeln sowie mit ganz kurzem schwarzem Haar ließ ihn ein.

»'rein mit dir«, sagte der Mann, rollte die Hemdsärmel herunter und knöpfte sie sorgfältig zu. »Ich bin Allies Bruder, Ralph heiße ich. Wahrscheinlich hat er dir von mir erzählt.«

»Ja.« Der Junge senkte den Blick. »Ich heiße Jackie Smith.« Dann blickte er wieder hoch und betrachtete das Gesicht des Mannes, suchte nach irgend etwas. Es war ein ruhiges Gesicht, mit roten und vollen Lippen. Vielleicht wäre es sogar fast weibisch gewesen – aber das verhinderte der dunkle Schatten des Stoppelbartes. »Ist Mrs. Collins da?«

»Ja, im Schlafzimmer.« Ralph nahm einen perlgrauen Schlips von der Lehne eines Stuhls und band ihn um. »Ich wollte gerade gehen«, sagte er. »Du bist genau zur richtigen Zeit gekommen. Ma fühlt sich ziemlich allein – für sie ist es bestimmt nett, daß sie jemanden hat, mit dem sie reden kann.« Aufmerksam sah er den Jungen an. »Wie alt bist du eigentlich, Jackie?«

»Zwanzig.« Er wurde rot.

»Und wieviel haben sie dir aufgebrummt?«

»Fünf Jahre. Aber nach dreien kriegte ich Bewährung.«

»Aha.« Vor einem alten Spiegel, der an der Wand hing, fuhr er sich über die Haare. »Und wofür, Jackie?«

»Bewaffneter Diebstahl.«

»Also Raub?«

»Nein! Das heißt – ich hatte nichts damit zu tun. Ich habe bloß den Wagen gefahren.«

»Pech, mein Lieber. Und die anderen brummen auch?«

»Ja – zwischen zehn und fünfzehn Jahre. Ich kam noch am besten weg. Einmal, weil ich noch nicht vorbestraft war, und dann war ich auch erst siebzehn...«

»Nicht schlecht.« Ralph grinste, und Jackie hatte keine Ahnung, ob das Grinsen dem Spiegel oder seinem Glück bei der Verurteilung galt.

Eine Tür öffnete sich hinter ihm, und eine kleine untersetzte Frau mit lockigem weißem Haar betrat das Zimmer. Zuerst sah sie Ralph und dann erst den Besucher an. Ihre Gesichtszüge waren zart und fein, ihre Wangen dagegen voll und gerötet wie von der Hitze eines Kochherdes.

»Ma«, sagte Ralph, »das hier ist Jackie Smith. Er ist ein Kumpel von Allie.«

»Ach – das ist aber eine Überraschung!« sagte die alte Dame. Sie kam so unerschrocken auf ihn zu, daß er einen Schritt zurückwich. Aber dann streckte sie beide Hände aus, und es war eine anmutige Bewegung; er ergriff die beiden Hände und erwiderte sogar ihren freundlichen Druck.

Ralph grinste bei dem Anblick, den die beiden boten, und ging zur Tür. »Bis später also«, sagte er und ging hinaus.

»So was!« Mrs. Collins führte ihn zu einem ausgesessenen Sofa. »Aber jetzt setzen wir uns erst einmal hin und erzählen. Ich möchte alles ganz genau wissen.«

Der Junge räusperte sich. »Ja – also Allie geht es gut, Mrs. Collins, wirklich. Er arbeitet jetzt in der Bibliothek – das ist ein prima Posten. Aber wahrscheinlich hat er Ihnen das alles schon geschrieben...«

»Ja, das hat er. Und über dich hat er mir auch alles geschrieben, und was für ein guter Freund du gewesen bist. Er mag dich sehr gern...«

»Unsinn, Mrs. Collins...«

»Da – da ist er!« sagte die alte Dame strahlend. »Dieser schüchterne Ausdruck. Genau wie Allie schrieb. Weißt du, Jackie, du erinnerst mich an Allie, ein bißchen wenigstens. Hast du das schon gewußt?«

»Ach – eigentlich nicht.«

»Aber das tust du wirklich. Oder vielleicht ist es auch nur dein Alter oder die Art, wir dir das Haar in die Stirn fällt.« Sie sah ihn an, und ihre Augen blickten sanft. Dann erhob sie sich unvermittelt. »Aber was rede ich denn nur! Bestimmt hast du noch nicht gegessen, nicht wahr?«

»Nein, noch nicht. Aber ich habe auch gar keinen Hunger.«

»Unsinn! Ein Junge wie du hat immer Hunger. Das hat sogar Ralph, und der ist immerhin schon fünfunddreißig. Und außerdem habe ich sowieso sicherlich nur noch ein einziges Stück Apfelkuchen im Ofen – nur ein einziges! Hättest du darauf Appetit, Jackie?«

»Also...«

»Kein Wort mehr! Ich werde mal nachsehen, ob dieser Scheunendrescher von Sohn etwa alles aufgegessen hat. Du bleibst so lange hier.«

Wie ein Wiesel lief sie in die Küche.

Zum erstenmal sah Jackie sich um. Es war ein gemütliches Zimmer mit einer wunderschönen Blumentapete. Die Möbel waren zwar alt, aber fleckenlos poliert. Unbestreitbar war es ein gemütliches Heim – ein richtiges Heim.

Mrs. Collins kam mit einem schwerbeladenen Tablett zurück. Der Apfelkuchen war das dickste und heißeste und knusprigste Stück, daß Jackie bisher gesehen hatte. Das große Glas Milch war so kalt, daß das Glas völlig beschlagen war. Dazu kamen eine weiche weiße Serviette mit einem in Blau gestickten *J* als Monogramm und eine schwere versilberte Gabel.

Die alte Dame sah zu, wie der Junge sich über den Kuchen hermachte, und ihre Augen wurden feucht. »Jetzt hast du es nicht einmal bemerkt«, sagte sie.

»Was denn, Ma'am?« Er blickte hoch, wobei ihm einige Kuchenkrümel aus dem Mund fielen.

»Die Serviette. Das Monogramm könnte deins sein, Jackie.«

Einfältig starrte er es an.

»Dabei ist es das von Allie«, sagte sie weich. »Mit richtigem Namen heißt er John Allan Collins. Aber seine – seine Freunde nannten ihn lieber Allie.« Sie biß sich auf die Lippen.

Aus irgendeinem Grund sagte er: »Das tut mir leid, Mrs. Collins.«

»Das ist nicht nötig. Inzwischen habe ich mich an diese Vorstellung gewöhnt. Vier Jahre sind es jetzt her, Jackie – vier Jahre ohne meinen Kleinen.«

Er schob den leeren Teller beiseite und machte ein schuldbewußtes Gesicht. »Anscheinend habe ich doch ziemlichen Hunger gehabt«, sagte er.

»Und mir hat es Spaß gemacht.« Die alte Dame tätschelte seine Hand. »Und wie sehr, das kannst du dir gar nicht vorstellen, Jackie.«

Wortlos blieb er einen Augenblick sitzen, bis er aufstand.

»Also ...«

»Willst du schon gehen?«

»Ich dachte – ich meine, ich kann doch nicht einfach hierbleiben, Mrs. Collins. Ich wollte doch bloß mal vorbeikommen und guten Tag sagen und Allies Grüße ausrichten. Ich meine, Allie hat immer eine Menge von Ihnen erzählt.«

»Wirklich? Hat er das wirklich?« Sie nahm die Serviette, die immer noch unbenutzt war, und knüllte sie in ihrer kleinen Hand zusammen. »Das ist so schön – wenn man weiß, daß er an seine Mutter denkt. Unter diesen vielen groben Kerlen, diesen schrecklichen Halsabschneidern ...«

Jackie blickte zu Boden.

»Oh, dich habe ich damit wirklich nicht gemeint, Jackie – dich nicht. Du bist mehr wie ein Junge: ein unschuldiges Kind, das in ein schreckliches Netz geraten ist. Und ich bin so froh, daß du das alles jetzt hinter dir hast, Jackie.«

Er rückte seinen Schlips gerade. »Also ...«

»Und wo willst du jetzt hin?«

»Keine Ahnung. Ich werde mir wohl irgendwo ein Zimmer suchen. Wo ich doch gerade erst in die Stadt gekommen bin ...«

Sie streckte ihre Hand aus. »Jackie ...«

»Ja, Ma'am?«

»Ach, nichts.«

Er ging zur Tür, drehte sich aber noch einmal um. »Mrs. Collins – darf ich gelegentlich mal wieder vorbeikommen – um Sie wiederzusehen?«

Sie ging zu ihm. »Jackie – hast du eigentlich Angehörige?«

»Nein, Ma'am.«

»Würdest du gern hierbleiben, Jackie? Bei mir? In Allies Zimmer?«

»Aber, Mrs. Collins ...«

»Nichts würde mich glücklicher machen, Jackie. Nichts!«

Er kaute auf der Lippe. »Warum eigentlich nicht«, sagte er, und plötzlich wirkte er noch jünger. »Vielleicht ist das gar keine so schlechte Idee, Mrs. Collins. Ich zahle dann natürlich auch Miete – sobald ich Arbeit gefunden habe ...«

»Darüber können wir später sprechen, Jackie. Jetzt brauchst du nur ja zu sagen. Mehr verlange ich nicht von dir – sage bloß ja.«

»Also gut, Mrs. Collins! In Ordnung – ja.«

Ralph half ihm, Arbeit zu finden, und sie machte ihm Spaß. Auf einem Holzlager in der Innenstadt wurde er Mädchen für alles, und der saubere Geruch der Bretter, das Geräusch, mit dem die Kreissäge sich in das gelbe Holz fraß, gefielen ihm sehr. Niemand schien zu wissen, daß er im Gefängnis gesessen hatte, oder sich etwas daraus zu machen; alle waren zufrieden, wie er die Arbeit tat, die man ihm auftrug.

Mrs. Collins hatte es ihm in seinem Zimmer sehr gemütlich gemacht; er merkte, daß er Allie richtig beneidete, und überlegte, warum der Freund eigentlich das Verbrechen begangen hatte, durch das er diese Behaglichkeit und warme Geborgenheit eingebüßt hatte.

Eines Abends fragte er sie danach.

Die alte Dame schaute eine ganze Weile ein zierlich gerahmtes und sehr altes Bild an, das an der gegenüberliegenden Wand hing, bevor sie antwortete.

»Genau weiß ich es auch nicht«, seufzte sie. »Mir wäre es lieber, ich wüßte es. Wahrscheinlich waren es seine Freunde. Diese Gegend ist eben nicht mehr so wie früher.« Sie streichelte seine Hand und lächelte dünn. »Und was war mit dir, Jungchen? Warum hast du getan, was du gemacht hast?«

Die Verblüffung verschlug ihm die Sprache. »Ach Gott, ja, Mrs. Collins, genau weiß ich es eigentlich auch nicht. Mir ging's wahrscheinlich genauso. Bloß daß ich die Jungens eigentlich gar nicht richtig kannte, die das Ding drehten – die den Raubüberfall durchführten. Einer meiner Freunde, ein Junge namens Willy Mybrow, machte mich mit den anderen bekannt. Er sagte, die Sache wäre völlig harmlos – ich hätte bloß den Wagen eine halbe Stunde lang zu fahren.«

Betrübt schnalzte sie leise mit der Zunge. »Jaja. Es sieht immer so schrecklich harmlos aus...«

»Ich wußte nicht mal, was sie vorhatten. Das heißt: Daß es eine krumme Geschichte war, wußte ich schon.« Er strich sich eine Strähne aus der Stirn. »Bloß daß ich keine Ahnung hatte, daß es eine so große Sache war – eine Bank, meine ich.«

»Du Armer! Wie alt warst du damals?«

»Siebzehn.«

Ihr Blick starrte in die Ferne. »Mein John war erst achtzehn, als sie kamen und ihn verhafteten.«

Sie erhob sich.

»Aber wir wollen jetzt nicht Trübsal blasen«, sagte sie mit gezwungener Höflichkeit. »Für solche Sachen habe ich keine Zeit. Ich habe jetzt einen großen Jungen, den ich satt bekommen muß.«

Sie ging in die Küche und summte leise vor sich hin.

An jenem Abend gab es eine riesige Schüssel Obstsalat mit großen Ananasstücken, dicke Scheiben Truthahn mit viel brauner Soße und Kartoffelbrei sowie Stachelbeertörtchen. Jackie machte sich mit sichtlichem Vergnügen über alles her, während Mrs. Collins am anderen Tischende saß, das Kinn auf die gefalteten Hände stützte und strahlte.

Nach dem Abendbrot bot er ihr an, das Geschirr abzuwaschen, aber mit drohend erhobenem Geschirrtuch scheuchte sie ihn aus der Küche. Er ging also in das Wohnzimmer, zündete sich die kurze gebogene Pfeife an, die Ralph ihm besorgt hatte, und setzte sich eine Weile vor den Fernsehapparat. Dann kam Ralph, und zu dritt spielten sie den Rest des Abends Rommé. Mrs. Collins gewann und freute sich darüber wie ein kleines Mädchen. Sie weigerte sich aber erbost, die vierzig Cent anzunehmen, die Ralph und Jackie an sie verloren hatten, und alle lachten herzlich über ihre naive Halsstarrigkeit.

Zwei Monate später erhöhte das Holzlager seinen Lohn auf fünfundfünfzig Dollar pro Woche. Das war mehr Geld, als er bisher jemals verdient hatte. Mit dieser Neuigkeit rannte er zu der Wohnung der Collins und teilte Allies Mutter gleichzeitig mit, daß er von nun an für Miete und Verpflegung zehn Dollar pro Woche zahlen wurde. Sprachlos sah sie ihn an, als er diesen Vorschlag machte, und ging mit ihm ins Wohnzimmer.

»Hör mal zu, Jackie«, sagte sie langsam. »Ich möchte gern, daß du mir einen Gefallen tust.«

»Jeden!«

»Viel Spaß wird dir dieser Gefallen allerdings nicht machen. Er wird deinen Stolz treffen. Aber ich möchte, daß du über solche Sachen wie Miete und Kostgeld nie mehr redest. Das gilt ein für allemal – zumindest so lange, bis Allie heimkommt...«

»Aber Mrs. Collins...«

»Du sollst Ma zu mir sagen«, unterbrach sie ihn. »Vergiß es nicht dauernd, Jackie. Du hast es mir versprochen.«

»Ma«, sagte er schüchtern, »das kann ich nicht. Ich koste doch eine Menge Geld. Das wäre von mir nicht anständig.«

»Das kannst du überhaupt nicht beurteilen, Jackie. Du gibst mir etwas sehr viel Kostbareres als Geld. Und wenn du anfingst, mich zu bezahlen – ja, dann weiß ich nicht. Vielleicht würde sich damit alles ändern. Verstehst du, was ich meine?«

»Ja«, sagte er unglücklich. Dann strahlte er auf. »Aber dann machen wir etwas anderes! Du mußt mir feiern helfen – das ist das mindeste. Ich gehe heute abend mit dir aus!«

»Was denn!«

»Das ist mein Ernst! Wir setzen uns am Broadway in ein Restaurant und lassen zur Abwechslung andere für uns kochen! Was meinst du dazu?«

Sie lachte. »Also gut, Jackie. Wenn es dich glücklich macht.«

»Das tut es, Ma – bestimmt.«

Sie zog ihre besten Sachen an und sah so süß und bezaubernd aus, wie es eine Frau ihres Alters und ihres Temperaments nur sein kann. Jackie hakte sie ein, als wäre er ein chevaleresker Beau, und bis zum Restaurant nahmen sie sogar ein Taxi. Das Essen war lange nicht so gut wie Mas Kochkünste, aber schließlich ging es bei allem nur um das Prinzip. Jedenfalls fanden die beiden es wunderbar.

An einem drückenden Nachmittag anfangs August sagte der Besitzer des Holzlagers, ein Grieche mit einem gewaltigen Bart: »Zu heiß, viel zu heiß, Jackie. Was meinst du? Du und ich – wir machen zu und nehmen uns frei. Ha?«

»Prima! Das wäre großartig, Mr. Demitrios!«

Er ging so eilig nach Hause, daß er den ganzen Weg beinahe trabte. Dann beschloß er jedoch, noch schnell beim Supermarkt hineinzugehen, bevor er die Treppen hoch lief. Prüfend drückte er auf die größten und grünsten Wassermelonen auf dem Ladentisch, bis er eine fand, die ihm gefiel, und stolpernd unter ihrem Gewicht nach Hause ging; Ma würde ihre Freude daran haben.

Auf Zehenspitzen schlich er die Treppe hoch, um sie zu überraschen. Wäre er nicht so geräuschlos gekommen, hätte die Stimme in der Collinsschen Wohnung wahrscheinlich nicht so dreist geredet. Es war eine Frauenstimme, wegen der Hitze schrill und unzufrieden. Jackie vermutete, daß es Mrs. Holman war, die unter ihnen wohnte.

Gerade sagte sie: »Aber woher wollen Sie denn das wissen, Mrs. Collins? Das würde mich wirklich interessieren. Woher wollen Sie das so genau wissen? Der Junge ist ein überführter Verbrecher, ein Bankräuber!«

Darauf Mas Stimme: »Mrs. Holman – bitte!«

Fast hätte Jackie die Wassermelone fallen lassen. Der Schweiß auf seiner Stirn wurde plötzlich kalt und unangenehm.

»Sie sind ein harmloser Mensch, Mrs. Collins. Ich finde es im übrigen reizend, damit wir uns nicht mißverstehen. Aber eine Frau wie Sie – und so vertrauensselig! Manchmal sollte man Ihnen tatsächlich die Augen öffnen, bevor es zu spät ist.«

»Aber Mrs. Holman, Sie kennen Jackie doch gar nicht.«

»Ich und ihn nicht kennen? Jetzt hören Sie mir einmal genau zu. Diese Jackies kenne ich genau. In der ganzen Gegend laufen sie herum, mit einem Klappmesser in der Hosentasche – jawohl, Ihre Jackies. Aber dann noch einen Jackie unter dem eigenen Dach und gleich neben dem eigenen Schlafzimmer zu haben...« Es folgte ein Geräusch, als hätte eine Hand auf einen Schenkel geschlagen.

»Er ist ein anständiger Junge«, sagte Ma. »Und er arbeitet schwer.«

»Er ist ein geduldiger Junge, meinen Sie wohl«, antwortete die Frau. »Gerissen, aber geduldig. Er wartet ab, Mrs. Collins. So dumm ist er nicht. Er weiß genau, daß Sie sich ein paar Dollar zusammengespart haben. Glauben Sie denn, daß er blind ist? Der weiß doch genau Bescheid. Nirgends bekommt man etwas geschenkt.«

Jackie ließ den Kopf hängen, bis seine Stirn die kalte

Oberfläche der Melone berührte. So blieb er stehen, keuchend, aber immer noch genau zuhörend.

»Sehen Sie, Mrs. Collins – Sie kennen mich doch. Ich rede nicht viel. Und wenn ich einmal etwas Merkwürdiges beobachte, halte ich meistens den Mund. Aber wenn ich dann eine reizende alte Dame sehe wie Sie, die sowieso schon genug Ärger und Kummer hat...«

Jackie holte tief Luft. Er hatte das Gefühl, daß man es hören müsse, und deswegen beschloß er, sich bemerkbar zu machen. Er räusperte sich nachdrücklich und klopfte dann an die angelehnte Tür.

»Wer ist da?«

»Ich bin's, Ma – Jackie.«

»Pst!« hörte er Mrs. Collins flüstern.

Als er eintrat, lächelte Mrs. Holman ihn süß an und verließ die Wohnung mit einem bedeutungsvollen Blick für die alte Dame.

Am gleichen Abend packte er.

Allzuviel brauchte er nicht in den kleinen Koffer aus imitiertem Leder zu stopfen: zwei Hemden, Sportzeug, Unterwäsche und Socken, einen mit Perlen bestickten Gürtel, den Ralph ihm geschenkt hatte, und ein paar Kleinigkeiten.

Dann schrieb er mühselig einen kurzen Brief.

Liebe Ma,
es ist vielleicht richtig, wenn ich jetzt weiterziehe. Ich bin schon zu lange hier. Bestelle Ralph einen schönen Gruß und ...

Die Feder hakte, und ein Tintenfleck breitete sich über dem Geschriebenen aus. Er fluchte und schleuderte den Federhalter auf den Boden. Vielleicht war es dieses Geräusch, das Mrs. Collins weckte, denn schon nach einer Minute klopfte sie leise an die Tür.

»Jackie?«

»Moment, Ma.«

Schnell klappte er den Kofferdeckel zu und schob alles unter das Bett. Dann öffnete er die Tür. »Ja, Ma?«

»Jackie...« Ihre Hand hielt den Kragen ihres Nachthemds krampfhaft zu. »Was geht hier vor, Jackie?«

»Nichts, Ma. Ich – ich habe bloß einen Brief geschrieben.«

»Einen Brief? An wen denn?«

»An – an Allie. Ja. Ich habe Allie gerade geschrieben, wie prima du zu mir bist.«

Ihre Augen durchforschten das Zimmer. »Jackie, sagst du mir auch die Wahrheit? Es klang wie...« Plötzlich sah sie die halb herausgezogenen Schubladen der Kommode. »Jackie, du wolltest weg!«

»Ach, Ma...«

»Stimmt es oder nicht? Du wolltest einfach wegrennen!«

»Na ja – langsam wird es doch auch Zeit, oder? Du kannst mich nicht für ewig hier behalten!«

»Jackie, so etwas darfst du nie sagen! Warst du denn hier nicht glücklich?«

Ihm war ganz elend. »Doch. Das weißt du selbst. Aber jetzt muß ich weg. Ich muß einfach!« Er griff unter das Bett und holte den Koffer hervor.

»Das kannst du nicht! Du kannst mich nicht allein lassen!« Ihre Stimme schwankte.

»Bitte, Ma. Mach es doch nicht noch schlimmer. Das ist etwas, das ich einfach tun muß – wirklich. Und ich schreibe dir auch.«

»Aber ich brauche dich, Jackie! Du bist alles, was ich noch besitze...«

»Und Ralph?« sagte er eigensinnig und meinte es gar nicht so.

»Ralph...« Sie sah ihn merkwürdig an. »Ja, Ralph – richtig. Warte einen Augenblick, Jackie. Bitte. Geh nicht weg...« Sie drehte sich um und verließ das Zimmer. Eine Weile blickte er die geschlossene Tür an, bis er den Rest in den Koffer packte. Dann ließ er die Schlösser einschnappen, machte sorgfältig sein Bett und brachte das Zimmer in Ordnung – genauso, wie es am ersten Tag ausgesehen hatte, als er hierherkam.

Den Koffer in der Hand, ging er in das Wohnzimmer, und es tat ihm richtig weh, als er die einsame Frau im Sessel sitzen sah.

»Ma, bitte. So ist es am besten. Bestimmt.«

»Geh nicht«, sagte sie wieder.

»Ich werde auch nie vergessen, was du für mich getan hast. Du hast mir so geholfen. Ich...« Er rang nach Worten. »Sieh mal, Ma, ich war ein Nichts, ein Niemand. Und du...« Sein Wortschatz steckte dank seiner Rührung in einer Zwangsjacke. Seine Augen wurden trübe, und er ging zur Tür.

Sie öffnete sich, bevor er seine Hand auf die Klinke gelegt hatte. Ralph kam herein, verschlafen und verstört aussehend.

»Was ist denn bloß los?« sagte er mürrisch. »Was ist hier eigentlich los, Jackie?«

»Nichts ist los, Ralph. Ma hat sich nur aufgeregt.«

»Das brauchst du mir nicht erst zu erzählen! Mitten in der Nacht bei mir anzurufen...« Er blickte die alte Dame an. »Was ist los?«

»Er verläßt uns!« sagte sie kläglich. »Jackie verläßt uns!«

»Stimmt das?«

»Ja. Was ist denn Schlimmes dabei? Ich habe lange genug bei euch herumgesessen. Und jetzt gehe ich!« Er nahm den Koffer hoch und wollte hinaus.

Ralphs harter Griff hielt ihn fest. »Einen Moment noch. Darüber wollen wir erst mal in Ruhe reden.«

»Darüber gibt es gar nichts zu reden.«

»Sag es ihm!« jammerte die alte Frau. »Erzähl ihm die Sache mit der Operation!«

Jackie war verdutzt. »Operation? Was für eine Operation?«

»Hör doch mit der Operation auf!« Ralph langte nach dem Griff des Koffers. »Für diese Schwindelgeschichte haben wir jetzt keine Zeit mehr, Ma. So, wie es jetzt aussieht, haben wir sowieso schon zu lange gewartet...«

»Ralph!« Mrs. Collins stand auf.

»Hast du kapiert?« Ralphs unrasiertes Gesicht war plötzlich dicht vor Jackies Gesicht. »Wir haben mit diesem Lockvogel schon viel zu lange geturtelt. Jetzt wird nicht mehr um irgendwas gebeten – jetzt werden wir es uns einfach nehmen.«

»Ralph, du machst einen Fehler!« Die alte Frau rang die Hände.

»Halt die Klappe!«

»He!« sagte Jackie. »So redet man nicht mit ihr!«

»Was geht denn dich das an, du Zuckerjunge? Bist du etwa in alte Damen verliebt?« Ralph lachte mit einem häßlichen Unterton.

»Was soll das alles?« Jackie starrte ihn an und fuhr dann zu Mrs. Collins herum. »Ma, was meint er eigentlich?«

»Das weißt du verdammt genau, du Giftzwerg!« Ralphs Hand krallte sich um den Knoten seines Schlipses. »Du stinkendes Muttersöhnchen...«

»Ma!«

»Laß ihn los, Ralph!« Die Stimme der alten Dame klang auf einmal um eine ganze Oktave höher. »Um Gottes willen – doch nicht so!«

»Weißt du eine bessere Möglichkeit?« fauchte Ralph. »Meine Methode ist im Moment die beste, Ma. Kapiert? Und du, du Goldengel – jetzt red doch mal, los.«

»Worüber?« sagte Jackie und zitterte unter dem Griff des größeren Mannes.

»Über das Geld!« Worüber denn sonst? Über das Geld, das du dir unter den Nagel gerissen hast...«

»Das stimmt nicht. Du irrst dich!«

Ralph schob ihn rückwärts, bis Jackie über die Lehne eines Polstersessels fiel. Ralph beugte sich über ihn, und Jackie legte eine Hand in einer instinktiv abwehrenden Bewegung über die Augen.

»Spiel bloß nicht zu lange den dreimal Gescheiten, Jungchen. Allie hat uns nämlich haargenau Bescheid gegeben. Du und deine Freunde – ihr habt ganz schön was von der Banksache auf die Seite gebracht. Einen nach dem anderen hat die Polente von euch geschnappt – bloß das Geld hat keiner gefunden. Folglich muß doch irgendwer wissen, wo es steckt, was?«

»Allie?« flüsterte Jackie. »Das hat Allie gesagt?«

Langsam kam Mrs. Collins näher; ihre Augen blickten freundlich und mütterlich. »Jackie«, sagte sie schmeichelnd. »Sei doch vernünftig. Sei hübsch vernünftig, Jakkie. Sag uns, wo das Geld ist. Wir teilen es dann ganz redlich. Auch mit dir, Jackie...«

Entsetzt sah er sie an.

»Nein«, sagte er.

Ralph traf ihn mit harter, geballter Faust. Der Schlag landete genau unterhalb seines rechten Auges, und er spürte, wie das Fleisch fast im selben Augenblick anschwoll. Zuerst fiel er in den Sessel zurück und rutschte dann auf den Fußboden. Als er aufstand, war sein Blick immer noch auf die alte Frau gerichtet.

»Nein«, sagte er.

Wieder traf ihn ein Schlag; dieses Mal landete er allerdings in seiner Magengrube. Vor Schmerz schrie er auf und umklammerte seinen Leib mit beiden Armen, um den Schmerz zu mildern.

»Schluß, Ralph!« rief die alte Dame. »Schluß!«

Aber noch war nicht Schluß. Durch einen grauen und roten Nebel sah er, wie Ralphs verzerrtes Gesicht sich ihm näherte, und diesmal durchzuckte es schneidend seine Schulter. Er wurde herumgewirbelt, wobei Ralph plötzlich hinter ihm stand; seine linke Hand wurde hoch auf den Rücken gedreht, das Fleisch schmerzte, und die Muskeln wurden fast bis zum Zerreißen gedehnt. Wieder schrie er, und die Tränen liefen ihm aus den Augen.

»Nein!« kreischte er. »Nein, nein, nein!«

Er machte einen verzweifelten Versuch, sich zu befreien, und daß er es überhaupt konnte, war für ihn ein Vorteil. Er keilte nach hinten aus, und der Absatz seines Schuhes traf auf Knochen. Ralph stieß einen Fluch aus und ließ ihn los. Mit einem Satz war Jackie an der Tür, aber Ralph war vor ihm dort, und seine langen Arme umklammerten ihn wie eine Peitschenschnur aus Schlangenhaut. Hin und her schoben sich die beiden, bis eine gußeiserne Stehlampe umfiel. Der Krach ließ den Älteren zusammenfahren, und für einen Augenblick lockerte sich sein Griff. Jackie riß sich los, griff nach unten und hob dann die Lampe hoch – nicht gegen Ralph, sondern gegen die kauernde Gestalt der alten Frau.

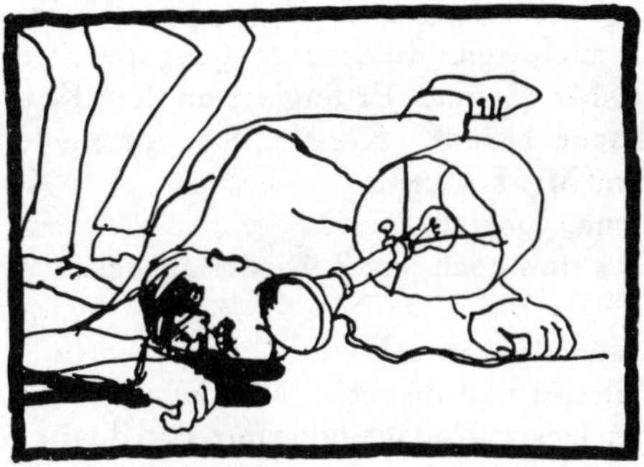

»Noch einen Schritt!« sagte er. »Noch einen Schritt, und ich schlag' sie tot!«

Ralph zögerte. Dann verzerrte er das Gesicht und sprang auf den Jungen los.

Jackie drehte sich in der Hüfte, und die Lampe kam gerade noch rechtzeitig herunter, um Ralphs Angriff abzuwehren. Das Krachen, mit dem das Gußeisen den Knochen traf, hallte förmlich durch das plötzliche stille Zimmer. Die Frau stieß einen leisen kehligen Laut aus; Ralph fing an zu taumeln und stürzte hin.

»Mein Junge«, schluchzte Mrs. Collins, »mein Junge, mein Junge...«

Später überlegte Jackie immer wieder, wen sie damit wohl gemeint hatte.

Mr. Foster, der für ihn zuständige Bewährungsbeamte, hatte einen genauso unglücklichen Gesichtsausdruck, wie Jackie es von ihm schon erwartet hatte. Sein rundes, freundliches Gesicht hinter dem trennenden Gitter war ein Abbild der Niedergeschlagenheit, und Jackie sah in seinen Augen das unermeßliche Gefühl, vollständig versagt zu haben.

»Es tut mir leid, Jackie. Mehr kann ich dazu nicht sagen.«

»Ich weiß, Mr. Foster, Ihre Schuld ist es nicht.«

»Ich vertraue dir, Jackie. Das weißt du. Und ich glaube,

daß du irgendeinen Grund hattest, den Mann niederzuschlagen – auch wenn du darüber nicht sprechen willst.«

»Danke, Mr. Foster.« Er fingerte an dem Kragen seiner Häftlingsjacke herum. »Können Sie mir vielleicht noch eines sagen, Mr. Foster?«

»Was denn, Jackie?«

»Wohin komme ich jetzt? Wieder zurück?«

»Ja.«

Er seufzte. »Das ist schön.«

»Ja, vielleicht hast du recht. Man kennt dort deine Vorgeschichte, Jackie. Und ich hoffe nur, daß du dir dort nichts verderben wirst. Du hast immer noch dein ganzes Leben vor dir...«

Der Aufseher gab ein Zeichen.

»Also vielen Dank«, sagte Jackie, »für alles.«

»Versprich mir noch eines, Jackie: Benimm dich anständig. Habe Geduld. Und vor allem: Werde nicht verbittert.«

»Bestimmt nicht, Mr. Foster.« Er rutschte vom Stuhl. »Ich komme schon durch. Vergessen Sie nicht, daß ich da drinnen ein paar Freunde habe – gute Freunde sogar. Und um ganz ehrlich zu sein: Ich freue mich schon auf die anderen, und besonders auf einen...«

Er ging weg, den langen grauen Korridor entlang, begleitet von dem Aufseher. Von weitem sah er wie ein alter Mann aus.

Und was bieten Sie?

Die Bettücher, die noch vor wenigen Stunden kühl und einladend gewesen waren, fühlten sich plötzlich heiß und klamm an. Mort Bonner stieß sie mit den Füßen vom Bett und knurrte ärgerlich. Der Mond schien; rund und hell stand er genau in der Mitte seines Schlafzimmerfensters, und unbarmherzig fiel das Licht auf seine stämmige Gestalt. Er warf einen Blick auf den Bauch, der sich hochwölbte, und rollte sich mit einem Stöhnen auf die Seite. Guter Gott, jetzt wurde er auch noch dick. Und dabei beklagte er sich immer über sie.

Das Kissen war mit importierten Gänsedaunen gestopft und hatte eine ganze Menge gekostet. Aber der Druck seines Kopfes hatte es hart und unbequem werden lassen. Wütend schüttelte er es wieder auf.

Als er anfing, mit den Fingern auf den neben seinem Bett stehenden Tisch zu trommeln, wußte er, daß er endgültig hellwach war. An der Zimmertemperatur konnte es jedoch nicht liegen. Sein Schlafzimmer war, wie das von Jocelyn, mit einer Klimaanlage ausgestattet. Nein, an der Temperatur lag es sicher nicht. Irgend etwas anderes hatte ihn aus seinen Träumen gerissen.

Und dann wußte er, was es war. Ein Geräusch war es – unten.

Er stützte sich gerade so weit hoch, daß sein Ohr von dem Kopfkissen frei war. Es konnte natürlich Jocelyn sein, die in der Küche im Eisschrank herumkramte und irgendein kalorienreiches Beruhigungsmittel für ihre berüchtigten Nerven suchte. Es klang zwar so, als schliche unten jemand heimlich herum, aber auch das konnte Jocelyn sein, die wie eine schwergewichtige Ballerina auf Zehenspitzen herumwanderte und nicht wollte, daß ihr nächtlicher Hunger offenkundig würde.

Mort setzte sich auf die Bettkante. Seine Zehen tasteten sich in die Pantoffeln, die auf dem Bettvorleger standen, und unter dem Protest der Sprungfedern erhob er sich.

Dann ging er zu der Tür, die die beiden Schlafzimmer trennte, und öffnete sie einen winzigen Spalt.

Er konnte sich kaum mehr erinnern, wann und wieso sie zu dem Entschluß gekommen waren, getrennt zu schlafen. Als Mort jedoch die welligen Hügel der Bettdecke sah, die die plumpe Gestalt seiner Frau faltenreich bedeckte, war er über den damaligen Entschluß doch sehr froh. Du guter Gott! Was wird nur nach fünfzehnjähriger Ehe aus einer Frau! Schuldbewußt blickte er auf sein eigenes wabbeliges Fleisch hinunter.

Aber wenn Jocelyn immer noch schlief – was bedeutete dann das Geräusch unten?

Er schob den Brustkasten heraus, ohne daß sich an seiner Haltung irgend etwas auffällig veränderte, wand sich den rosaroten Bademantel um den Körper und begab sich an den Treppenabsatz.

Dort blieb Mort stehen, um zu lauschen.

Es waren bumsende Geräusche.

Der Gedanke, Angst haben zu müssen, kam ihm erst, als er die Treppe bereits halbwegs hinunter war. Dann aber erinnerte er sich eines beiläufigen Hinweises, den er im Bus gehört hatte – irgend etwas von einem Einbrecher. Wer hatte es denn erwähnt? Hoffman? Irgendwer hatte sich noch Gedanken darüber gemacht. Und irgend jemand hatte sich sogar neue Türschlösser einbauen lassen. Er versuchte, sich diese Unterhaltung ins Gedächtnis zurückzurufen, aber die Einzelheiten waren ihm entfallen.

War es etwa ein Einbrecher, und ausgerechnet in seinem Haus?

Er dachte daran, sich treppauf wieder zurückzuziehen, konnte sich dann aber doch nicht dazu entschließen. Einbrecher trugen manchmal Revolver bei sich. Konnte er es sich also leisten, ihm den Rücken zuzukehren?

Er fing an zu schwitzen.

Dann wurde es stiller, und er folgerte daraus, daß die Geräusche irgendeinem natürlichen Ereignis zuzuschreiben waren. Vielleicht senkte sich das Haus; davon hatte er schon einmal gehört. Aber das Haus war jetzt zehn Jahre alt. Wie lange dauerte es wohl, bis ein Haus sich endgültig gesetzt hatte?

Trotzdem hatten die Geräusche aufgehört. Er vollendete also den Ausflug nach unten und blieb in der Tür zum Wohnzimmer stehen. Der Mondschein reichte hier gerade aus, um einen hellen Schimmer auf die Möbel zu werfen.

Er holte tief Luft und betrat das Zimmer.

»Ist dort jemand?«

Irgend etwas raschelte.

»Wer ist da?« Mort trat einen Schritt zurück.

Dann blendete ihn der Lichtstrahl.

»Stehenbleiben«, sagte die Stimme hinter dem Licht. »Eine einzige Bewegung, und es knallt.«

Es war eine ungehobelte Stimme, und sie klang sehr geschäftsmäßig. Mort erstarrte in dem Scheinwerferstrahl wie ein überraschtes Kaninchen, und die Schweißtropfen auf seiner Stirn glitzerten. Automatisch gingen seine Hände hoch; immerhin war anzunehmen, daß der Mann in der anderen Hand einen Revolver hatte.

»Kommen Sie 'rein!« befahl die Stimme.

Er machte ein paar Schritte in das Wohnzimmer und versuchte, seine trockenen Lippen dahin zu bringen, etwas zu sagen.

»Setzen Sie sich, Freundchen.

»Was?«

»Setzen Sie sich. Hinsetzen sollen Sie sich. Es ist gar nicht nötig, daß Sie sich aufregen.«

Der Lichtstrahl der Taschenlampe begleitete ihn zum Sofa. Er setzte sich auf die Kante des ersten Sitzkissens, das seine Hand berührte, und sagte laut: »Nehmen Sie sich, was Sie wollen! Nehmen Sie, was Sie wollen, und verschwinden Sie!«

»Daß ich Gesellschaft bekomme, hatte ich eigentlich nicht erwartet. Aber wo Sie nun schon einmal hier sind, Freundchen, könnten Sie mir eigentlich helfen, nicht? Wo zum Beispiel ist das Silber...«

»Im Büffet«, sagte Mort verzweifelt. »Nehmen Sie, was Sie wollen. Mir ist es völlig egal – wirklich. Ich meine: Schließlich sind wir gegen derartige Dinge versichert...«

»Stimmt das?« Die Stimme verriet wahres Interesse. »Das ändert den Fall aber erheblich, was? Ich will Ihnen mal was sagen, Freundchen. Angenommen, wir machen Licht und reden vernünftig miteinander.«

»Vernünftig reden?«

»Klar.«

Hatte er eine andere Möglichkeit? »Also gut«, sagte Mort.

Das grelle Licht auf seinem Gesicht wurde abgeschaltet. Dann knipste eine Hand die Porzellanlampe an, und Mort Bonner sah seinen Einbrecher.

Der Mann war klein, schmalhüftig und trug eine blaugefärbte Militärjacke, außerdem dreckige Segeltuchschuhe und Arbeitshandschuhe, und sein verkniffenes Gesicht hatte einen gespannten und interessierten Ausdruck. Er hätte auch ein pensionierter Jockey sein können.

»So«, sagte der kleine Mann munter. Er legte Taschenlampe und Revolver – ein dickes, stumpfnasiges Ding mit einer klaffenden Mündung, die Mort eine Gänsehaut nach der anderen über den Rücken rieseln ließ – auf den Tisch unter die Lampe.

»Was wollen Sie hier?« sagte Mort.

»Was ich hier will?« Der Einbrecher lachte glucksend. »Was glauben Sie wohl? Möglichst viel herausschlagen will ich aus dieser Geschichte, Freundchen! Und vielleicht wird es auch für Sie ein ganz nettes Geschäft...«

»Für mich?«

»Klar! Sie brauchen mir bloß ein bißchen helfen, daß die Sache sich für mich auch rentiert, und anschließend können Sie von Ihrer Versicherung eine schöne Stange Geld abholen. Das ist kein Witz. In Flushing habe ich mal ein Haus ausgeräumt – einfach doll war es eingerichtet. Und dann ging dieser Kerl doch tatsächlich hin und gab für zweitausend Dollar mehr an, als ich mitgenommen hatte. Sie können es glauben oder nicht – aber er kriegte das Geld! Deswegen habe ich eben gesagt, mein Freund, daß es auch für Sie ein gutes Geschäft sein kann.«

»Wie Sie meinen«, sagte Mort. »Aber jetzt nehmen Sie sich endlich, was Sie wollen, und verschwinden Sie.«

»Sie scheinen immer noch nicht kapiert zu haben, Freundchen. Ich versuche, mit Ihnen ein Geschäft zu machen. Das heißt, daß Sie aus dieser Geschichte auch noch einiges herausschlagen können. Und wahrscheinlich können Sie es sogar von der Einkommenssteuer absetzen.«

»Bitte...«

Der Einbrecher machte ein verstörtes Gesicht. »Hören Sie – ich versuche doch bloß, Ihnen behilflich zu sein. Ich möchte ein Geschäft mit Ihnen machen. Sie können mir ruhig trauen. Wir beide sollten doch sehen, daß sich die Geschichte auch lohnt.«

»Ich habe keine Lust, mit Ihnen ein Geschäft zu machen!«

»Nicht? Aber ich vielleicht.« Gereizt trat der kleine Mann von einem Fuß auf den anderen. »Und da habe ich gedacht, daß in dieser Stadt angeblich lauter gescheite Kerle wohnten – lauter Goldwänste von der Madison Avenue.« Vorwurfsvoll hob er beide Hände. »Wissen Sie, ich habe nämlich keine Lust, mit einem Haufen Löffel und solchem Zeugs abzuziehen. Die Hehler sind auch nicht mehr so wie früher. Und wenn Sie mir helfen, werde ich Ihnen auch helfen. Was meinen Sie dazu?«

Morts Angst begann langsam zu verschwinden. Die Argumente des Einbrechers waren seinen Ohren irgendwie vertraut; es klang gar nicht so viel anders wie das, was er beim Mittagessen mit irgendwelchen Geschäftsleuten zu hören bekam. Eine Hand wäscht die andere. Sie helfen mir, und ich helfe Ihnen. Wischen wir den fetten Bonzen einmal eins aus. Sie übernehmen eine Ladung beschädigter Ware zu meinem Preis und setzen ihn dann einfach von der Steuer ab...

Er räusperte sich. »Na schön – vielleicht können wir uns irgendwie, äh – einig werden.«

»Warum auch nicht?«

»Aber vielleicht paßt Ihnen mein Vorschlag nicht...«

»Das können wir abwarten, Freundchen. Ich bin für jeden Vorschlag empfänglich.«

Mort rieb sich das Kinn.» Mit den Löffeln und diesem Zeug haben Sie völlig recht. Vor fünfzehn Jahren bekamen wir zur Hochzeit einen ganzen Silberladen – von meiner Schwiegermutter. So was Scheußliches haben Sie bestimmt noch nicht gesehen. Aber Geld haben wir nicht viel im Haus – fünfzig Dollar vielleicht. Meine Frau besitzt zwar einen Pelzmantel, aber der ist zur Zeit beim Kürschner eingelagert. Schmuck hat sie auch, aber selbst ich habe nicht die geringste Ahnung, wo zum Teufel sie ihn aufbewahrt...«

»Aha. Und?«

Mort kratzte sich den Kopf. »Ich versuche gerade zu überlegen. Der einzige Betrag, der sich lohnt, liegt auf dem Konto...«

»Ach so!« Das hagere Gesicht verhärtete sich. »Das kenne ich schon. Faule Schecks nehme ich aber nicht!«

»Moment. Sie wissen doch noch gar nicht, wohin ich will.«

»Okay. Und das wäre?«

»Wenn Sie mir einen Gefallen täten, könnte ich eventuell bereit sein, einen Scheck auszuschreiben, der hundertprozentig in Ordnung ist.«

»Quatsch!«

»Nein, wirklich! Ich kann es so arrangieren, daß ich gar keine Möglichkeit hätte, ihn zu sperren – nicht, ohne selbst in die Klemme zu kommen.«

Der Einbrecher sah ihn von der Seite an. »Klingen tut es interessant. Und worum geht es?«

Mort lehnte sich auf dem Sofa zurück und hätte jetzt brennend gern eine Zigarre gehabt. »Es besteht natürlich die Möglichkeit, daß die Angelegenheit Sie nicht interessiert. Dazu gehört nämlich etwas mehr als ein kleiner Einbruch. Ich habe schon oft daran gedacht, einen *professional* dafür zu engagieren...«

»Das bin ich schließlich auch«, sagte der Einbrecher vorbeugend. »Seit meinem sechzehnten Lebensjahr bin ich in dieser Branche tätig. Viermal hat man mich geschnappt, und ein Jahr war ich in Leavenworth.«

»Schön und gut... Aber mit *professional* meinte ich keinen Einbrecher – sondern eine Tätigkeit, die ein bißchen weiter geht.«

»Ich habe schon eine ganze Menge getan! In Jersey habe

ich als Fälscher gearbeitet, und in der Parkway habe ich auch schon ein paar Dinger gedreht. Sie können fragen, wen Sie wollen...«

»Sie verstehen mich nicht.« Mort faltete die Hände unter dem Kinn. »Ich denke an jemanden, der einen Revolver bei sich hat und ihn auch gebraucht.«

Es folgte eine Pause. Dann sagte der Einbrecher: »Ach so. Sie meinen jemanden, der einen anderen wegschafft. Ich will zwar nicht groß angeben...« Er verstummte, und seine Augen wurden schmal. »Sie sind verheiratet?«

»Genau.«

Der kleine Mann machte ein zweifelndes Gesicht. »Ich nicht. Ich habe auch schon ein paar Leute aus dem Wege geschafft – aber noch keine Dame. Das fällt an sich nicht in mein Gebiet.«

»Ich sagte schon, daß Sie vielleicht nicht interessiert sind...«

»Nein gesagt habe ich aber noch nicht, oder? Ich warte jetzt bloß auf die Bedingungen, kapiert? Solche Sachen übernimmt man schließlich nicht Hals über Kopf.«

»Natürlich nicht«, sagte Mort rasch. »Übrigens – wie sind Sie hereingekommen?«

»Durch das Fenster.«

»War es offen?«

»Nein. Aber ich habe es aufgemacht. Habe ein Loch in die Scheibe geschnitten und die Hand durchgestreckt. Warum? Gehört haben Sie es doch nicht, oder?«

»Nein – gehört habe ich es nicht.«

Der Einbrecher lächelte stolz. »Das habe ich auch nicht angenommen.«

»Demnach war es also in der Art eines *professional*? Ich meine: Wenn die Polizei kommt und Nachforschungen anstellt, wird jeder überzeugt sein, daß es ein *professional* gewesen ist?«

»Das hoffe ich!« Die schmalen Lippen verzogen sich mißbilligend.

»Gut. Ich möchte nämlich nicht, daß irgend jemand auf falsche Ideen kommt. Der Rest ist dann ganz einfach. Das Schlafzimmer meiner Frau ist oben, erste Tür links. Sie hat einen gesunden Schlaf. Es dürfte also eine Kleinigkeit sein, das Schlafzimmer zu betreten, zu zielen und ...«

»Nun mal langsam!« Der Mann schüttelte den Kopf. »Viel zu riskant, einfach loszuknallen. Und außerdem...« Er blickte zu Boden und sah irgendwie betreten aus. »Der Revolver ist gar nicht geladen. Bei so einfachen Geschichten wie hier lasse ich es erst gar nicht darauf ankommen. Es lohnt nicht.«

»Aha. Naja, dann müßten Sie eine andere Möglichkeit suchen. Ersticken könnte man sie zum Beispiel. Sie schläft auf einem dicken Daunenkissen. Würde das gehen?«

»Schon«, sagte der Einbrecher nachdenklich. »Ein Kissen ist nicht schlecht. Dann gibt es auch kein Geschrei und kein Gekreische...«

»Fein. Anschließend kommen Sie wieder hierher und fesseln mich oder hauen mir eins über den Schädel – aber nicht zu kräftig. Und dann nehmen Sie ein paar Sachen mit, die sich für Sie lohnen. Was Sie mitnehmen, ist mir egal.«

Der Einbrecher wanderte hin und her, die kleinen Hände in die Hüften gestützt.

»Ich weiß nicht. Klingen tut das alles nicht schlecht. Aber die ganze Geschichte macht es mir dann unmöglich, jemals wieder in dieser Gegend zu arbeiten. Kapieren Sie, was ich meine? Ihr Viertel hier ist nämlich verdammt günstig.«

»Mit einem entsprechenden Scheck dürfte es sich trotzdem lohnen. Meinen Sie nicht auch? Und außerdem können Sie jederzeit in eine andere Gemeinde überwechseln. Wie wäre es zum Beispiel mit Scarsdale? Die Leute, die dort wohnen, sind noch reicher als wir...«

»Scarsdale ist ein heißes Pflaster«, sagte der Einbrecher und schüttelte den Kopf. »Kommt für mich nicht in Frage. Und was bieten Sie?«

»Wie wäre es mit tausend Dollar?«

»Das ist doch wohl ein Witz! Tausend für eine solche Geschichte? Wieviel erben Sie denn, Freundchen? Hat die alte Dame einiges auf der Kante?«

»Keinen Cent«, knurrte Mort. »Das kann ich beschwören. Geheiratet habe ich sie bloß wegen ihres Aussehens...«

»Ein Tausender ist witzlos. Mit etwas Glück kriege ich das in einem Monat auch anders zusammen.«

»Schön – sagen wir also zweitausend. Schließlich habe ich dafür gesorgt, daß es für Sie ganz einfach ist. Eigentlich müßte ich noch Prozente kriegen.«

»Fünftausend kämen dem Ganzen schon näher.«

»Fünf?« Mort schnappte nach Luft. »Das ist doch wohl nicht Ihr Ernst...«

»Doch, es ist mein Ernst. Sehen Sie, Freundchen – schließlich muß ich doch auch leben. Die Preise steigen ständig. Und was glauben Sie wohl, wieviel Steuern ich letztes Jahr bezahlt habe?«

»Sie zahlen Steuern?«

»Klar! Glauben Sie etwa, ich will die Bundespolizei auf dem Hals haben?«

»Dreieinhalbtausend«, sagte Mort matt. »Aber das ist mein letztes Angebot.«

Der Einbrecher schien im Kopf irgend etwas zusammenzurechnen.

»Wenn wir annehmen, ich kriege für das Silber und das übrige Zeugs dreihundert – nein, sagen wir lieber hundertfünfzig. Damit käme ich auf dreitausendsechshundertfünfzig...« Plötzlich blickte er mißtrauisch hoch. »Habt ihr eigentlich ein Gemeinschaftskonto oder so was?«

»Bestimmt nicht. Meine Frau hat ihr eigenes Konto. Mein Scheck ist hundertprozentig in Ordnung. Das muß er schließlich auch. Sonst könnten Sie mich jederzeit in Schwierigkeiten bringen wegen Nichteinhaltung eines Vertrages.«

»Okay, okay«, sagte der kleine Mann.

Unterhalb des Fensters lehnte eine kleine Ledertasche an der Wand. Er nahm sie hoch und brachte sie zum Tisch; dann legte er die Taschenlampe hinein. Den Revolver steckte er in die rechte Hosentasche.

»Übernehmen Sie es?« sagte Mort Bonner und hielt den Atem an.

»Ja, ich übernehme den Auftrag.« Mit einer Kopfbewegung deutete er auf die Tür. »Ist die Treppe da draußen?«

»Ja«, sagte Mort eifrig. »Gehen Sie einfach nach oben – erste Tür links.«

Er begleitete den Einbrecher in die Diele.

Der Mann in der kurzen Jacke stellte die Tasche auf die unterste Stufe und ging dann die mit einem Läufer belegte Treppe hinauf. Umsehen tat er sich nicht.

Mort wartete, bis der Einbrecher vor der besagten Tür angekommen war, ehe er die Diele wieder verließ. Dann kehrte er in das Wohnzimmer zurück und öffnete den Zigarrenschrank. In einem Halbkreis lagen die Zigarren vor ihm. Er nahm eine heraus, brannte sie an und ließ sich in dem Sessel vor dem Kamin nieder. Er rauchte genußvoll und unterbrach sich nur gelegentlich, um zu hören, ob irgendwelche Geräusche über ihm auf gewisse Tätigkeiten hindeuteten. Es herrschte jedoch völlige Stille.

Die Zigarrenasche war bereits mehr als einen Zentimeter lang, als er unruhig wurde.

Er erhob sich, klopfte die Asche im Kamin ab und trat an das Fenster. Der Mond war nach rechts gewandert, trotzdem jedoch immer noch rund und sehr eindrucksvoll. Er versuchte, das Gesicht zu erkennen, das die Merkmale auf seiner Oberfläche angeblich darstellen sollten, und entdeckte dabei eine deutliche Ähnlichkeit mit Jocelyns fleischigen Zügen. Er lächelte ein wenig und zog kräftig an der Zigarre.

Sie war wiederum mehr als einen Zentimeter kürzer geworden, als seine Unruhe sich in Sorge verwandelte.

›Warum braucht er denn bloß so lange?‹ fragte er sich.

Als er die Treppe hinaufging, wurde es ihm klar: Untüchtigkeit! Und wütend kaute er auf seiner Zigarre.

Vor der Tür zu Jocelyns Schlafzimmer blieb er stehen und lauschte. Er hörte, daß sich drinnen etwas bewegte.

Mort stieß die Tür auf.

Sehr hell war es nicht. Aber trotzdem konnte er die Gestalt des Einbrechers erkennen, der neben dem Bett stand und auf das wellige Gebirge der Bettdecke hinunterblickte; und in der Hand hielt er ein weißes Kissen.

»Was ist passiert?« flüsterte Mort.

»Alles okay«, sagte der Einbrecher.

Mort betrat das Zimmer. Er blickte auf die regungslose Gestalt seiner Frau hinunter. Dann beugte er sich über sie und sagte sanft: »Jocelyn?«

Der Blitz kam schnell und kräftig. Jocelyns Mond von Gesicht zerplatzte. Mort erkannte gerade noch den bunten Vorleger vor ihrem Bett, bevor sein Gesicht auf den Boden schlug. Dann wurde er von irgendeiner groben Hand umgedreht, und ein neuer weißer Mond senkte sich auf ihn, bis er grau und schwarz wie die tiefsten Tiefen des Meeres wurde und wie eine lautlose Welle über ihm zusammenschlug.

Die Frau richtete sich auf.

»Fertig?« fragte sie keuchend.

»Ja, Madam.« Der kleine Mann ließ das Kissen zu Boden fallen. »Bin ich froh, daß wir alles vorher besprochen haben.«

»Ich auch«, sagte Jocelyn ernsthaft.

Dann ging sie zur Kommode, zog die oberste Schublade auf und holte ihr Scheckheft heraus.

Der letzte Auftritt

Sie legten die dicke, geflochtene Schnur um Ferlinis Handgelenke und schnürten sie fest zusammen. Der kleinere der beiden Männer war zugleich der aggressivere: Er zog und zerrte, bis die Schnur tief in die Haut einzuschneiden schien. Ächzend legten sie dann die Fußeisen um seine Knöchel, ließen die schweren Metallschlösser einschnappen und vergewisserten sich, daß sie sich nicht öffnen ließen. Keuchend vor Anstrengung standen sie schließlich über ihrem Opfer und schienen mit seiner Hilflosigkeit äußerst zufrieden zu sein.

Dann schob die Frau den Wandschirm vor Ferlinis gefesselten Körper. Es war jedoch noch keine Minute vergangen, als Ferlini selbst ihn beiseite schleuderte; Schnur und Eisen hielt er triumphierend in den hochgereckten Händen.

Das Publikum des kleinen Lokals brach in tosenden Applaus aus. Ferlini strahlte auf. Er war hellhäutig, fast ein Albino, und selbst die Wüstensonne konnte seine Hautfarbe nicht ändern; die Anerkennung des Publikums dagegen ließ die Röte befriedigter Eitelkeit in seine Wangen steigen.

Die beiden Freiwilligen aus dem Publikum kehrten kopfschüttelnd und einfältig grinsend zu ihren Tischen zurück, während die sechsköpfige Kapelle zu einer neuen Melodie überwechselte. Wanda, Ferlinis Frau und Partnerin, bewegte sich mechanisch über die Bühne, um den Wandschirm wegzubringen. Aus dem Publikum kamen ein paar Pfiffe und flüchtiger Beifall; aber sie wußte, daß er einzig und allein ihrem Kostüm und ihren Beinen galt. Sie war über vierzig, und die passable Schönheit ihres Gesichts hing zunehmend von dicken Make-up-Schichten ab; ihre Beine dagegen waren immer noch lang, schlank und makellos.

Auf ihrem Weg zur Garderobe stand plötzlich Baggett vor ihr und schaute sie mit seinen seelenvollen Augen an.

»Laß mich das tragen«, sagte er und legte seine Hand auf den Wandschirm.

»Es geht schon«, flüsterte Wanda. »Laß es lieber, Tommy.«

»Heute abend hat er Erfolg gehabt, oder?«

Sie krauste die Stirn, so daß Risse in dem dicken Make-up entstanden. »Das kommt von dieser Art Publikum«, sagte sie achselzuckend. »Bei denen hast du auch Erfolg.«

»Danke«, sagte Baggett, ein alternder Schlagersänger, trocken.

»Aber so habe ich es doch gar nicht gemeint.« Sie lehnte den Wandschirm gegen die Betonwand und drehte sich zu ihm um, die Augen verträumt. »Du weißt doch, was ich von dir halte, Tommy – von deinem Singen, meine ich.«

»Und mehr meinst du nicht?«

»Ich gehe lieber«, sagte Wanda.

Als sie die Garderobe betrat, fand sie ihren Mann in bester Laune, und gerade diese Stimmung mochte sie am wenigsten. Er starrte in den Spiegel und frottierte seine Schultern heftig mit einem Handtuch, während sein Gesicht von einem breiten Lächeln gespalten war, bei dem jeder einzelne seiner großen, starken Zähne sichtbar war. »Jaja, heute abend klappte es prima – ganz prima«, sagte er glücklich. »Heute abend wäre ich auch aus einer Stahlkiste herausgekommen; so war mir wenigstens zumute. Hast du diesen kleinen Kerl beobachtet?« Er lachte wiehernd und schlug mit der flachen Hand auf den Garderobentisch. »Der Zwerg glaubte doch tatsächlich, er könne mich fertigmachen! Hast du gesehen, wie er sich mit der Schnur abmühte? Eins sage ich dir: Diese Kleinen sind die schlimmsten! Deswegen macht es richtig Spaß, sie an der Nase herumzuführen.«

Er drehte sich um und sah seine Frau an, die vor sich hin starrte; er ballte seine großen Hände und ließ seine ungewöhnlich kräftigen Muskeln spielen, während sich sein Brustkorb wölbte und die unglaubliche Ausdehnung zeigte, die für seinen Beruf so wichtig war. »Sieh dir das mal an – los, guck dir das an! Glaubst du, die Leute würden mich für sechsundvierzig halten? Na, was meinst du?«

»Du bist ein griechischer Gott«, sagte Wanda verbittert. »Und da wir gerade von den Griechen reden: Wir sind heute abend eingeladen – von Roscoe.«

»Also bei diesem Phil vergeht mir richtig der Appetit«, sagte Ferlini, immer noch mit einem Grinsen. »Wenn man ihn bloß reden hört, daß die Entfesselungskunst tot sei. Er hätte sich lieber heute abend die Leute ansehen sollen, mehr sage ich nicht darüber. Wahrscheinlich würde er dann anders reden.«

»Immerhin hat er dir dieses Engagement verschafft, oder? Folglich müßte er eigentlich wissen, ob diese Sache tot ist oder nicht!« Sie gähnte und begann, sich umzuziehen. Dann fiel ihr irgend etwas ein, und während sie ihr Make-up abwischte, trat sie an den Garderobentisch ihres Mannes. »Hör mal – wenn wir nachher mit Phil zusammen sind, fang bitte nicht wieder mit dieser Unterwassergeschichte an. Ich kann es einfach nicht mehr hören.«

»Ach!« sagte Ferlini mit einer Handbewegung. »Du wirst langsam alt, Wanda – daran liegt es.«

»Und das sagst ausgerechnet du! Du bist auch kein Küken mehr, Joe; vergiß es nicht!«

Er drehte sich um, blickte sie an und grinste tückisch. »In der letzten Woche habe ich zehn neue Falten bei dir entdeckt, Süße. Du solltest dich lieber mal ganz genau ansehen! Los – sieh dich an. Du hast doch einen Spiegel!«

»Ach, scher dich zum Teufel!«

»Los, sieh dich an!« brüllte Ferlini plötzlich. Dann schnellte sein muskulöser Arm vor, und er packte ihr Handgelenk; er zwang sie, sich zu dem erleuchteten Spiegel auf seinem Tisch vorzubeugen und hineinzuschauen. Sie blickte ihr Spiegelbild an, sah das streifige, orangefarbene Make-up auf ihrer Stirn und am Kinn, die Falten um den Mund und die Säcke unter ihren Augen. Sie wandte den Kopf zur Seite, aber Ferlinis Griff wurde härter und grausamer.

»Hör auf, Joe! Laß mich los!«

»Wer hat mich eben einen alten Mann genannt, was? Ich bin jünger als du, kapiert, weil ich mich in Form halte! Nenn mich nicht noch einmal einen alten Mann, hast du gehört?«

»Ja – ja doch!«

Mit einem angewiderten Knurren ließ er sie los. Seine gute Laune war verschwunden. Während Wanda vor Tränen kaum etwas sehen konnte, ging sie auf die andere Seite des Zimmers und zog sich an.

»Nicht jeder hält mich für alt«, flüsterte sie. »Nicht jeder, Joe.«

»Halt den Mund und mach dich fertig. Wenn wir schon eingeladen werden, gehen wir auch hin. Und noch eins«, sagte er, stand auf und klatschte sich auf den flachen Bauch. »Ich werde diese eine Sache mit Roscoe besprechen – diesen Unterwassertrick.«

Wanda sagte nichts.

Das Restaurant, das Roscoe ausgesucht hatte, glich Phil Roscoe fast aufs Haar: bereits etwas verblüht, leicht schäbig, anheimelnd und hell erleuchtet. Galant hielt Roscoe den Stuhl, bis Wanda sich hingesetzt hatte, während Ferlini sich schwer auf den nächstbesten Stuhl fallen ließ, nach einem Brötchen griff und es in zwei Hälften riß. Mit vollgestopftem Mund sagte er: »Heute abend hättest du mich erleben sollen, Phil. Mordsmäßig in Form war ich. Sag es ihm doch, Wanda – stimmt es etwa nicht?«

Wanda lächelte schwach. »Das Publikum war wirklich gut.«

»Gut? Drei Vorhänge habe ich gehabt!« sagte Ferlini und vergaß, daß er ohne Vorhang und ohne Zugaben gearbeitet hatte. »Eins will ich dir sagen, Phil – die Entfesselungskunst ist wieder ganz groß im Kommen. Und wenn es erst einmal soweit ist, bin ich ganz oben! Besonders dann, wenn wir den Unterwassertrick machen...«

»Jetzt fängt er schon wieder davon an!« stöhnte Phil. »Menschenskind, wir haben noch nicht einmal einen einzigen Drink gehabt, und da redest du von Wasser!«

Ferlini brüllte vor Lachen und rief nach dem Kellner.

Für Wanda war das Essen vom ersten bis zum letzten Gang ermüdend. Es redeten Ferlini und der Manager, und was sie sagten, kannte sie bereits.

»Hör mal genau zu, Joe«, sagte Roscoe, »du weißt doch

genausogut wie ich, daß die Zeiten sich geändert haben. Noch vor wenigen Jahren konnte ein guter Presseagent einen Entfesselungskünstler mit ein bißchen Rummel gleich auf die erste Zeitungsseite lancieren. Aber Houdini ist tot, Joe – vergiß das nicht.«

»Stimmt genau: Houdini ist tot. Aber ich lebe noch!« Er pochte auf seinen Brustkasten. Ich, Joe Ferlini!«

»Eines muß man dir lassen, Joe: An falscher Bescheidenheit hast du eigentlich noch nie gelitten.«

»Jetzt hört mal zu«, sagte Ferlini wütend, »hat Houdini irgendwas gemacht, was ich nicht auch kann? Ich arbeite mit Stricken, Ketten und Eisen. Ich komme aus Säcken, Kisten, Körben und Kästen 'raus. Die Geschichte mit den Handschellen ist für mich ein Kinderspiel – genauso die Sache mit dem Festschnallen auf ein Brett. Ich arbeite mit armdicken Seilen und mit Zwangsjacken. Ich führe Entfesselungstricks vor, an die Houdini nicht einmal im Traum gedacht hat. Abgesehen davon weißt du selbst, daß Houdini mit einer ganzen Menge ziemlich übler Tricks gearbeitet hat...«

»Du etwa nicht?« sagte Wanda grob.

»Doch – manchmal. Ich meine, ich habe auch meinen Dietrich und präparierte Scharniere und ähnliche Sachen. Aber du kennst mich doch, Phil; die besten Sachen mache ich allein mit meinen Muskeln. Habe ich recht?«

»Klar, klar«, sagte der Manager müde. »Du bist der Größte, Joe.«

»Weil ich immer in Form bin. Da kannst du Wanda fragen. Eine Stunde arbeite ich pro Tag mit Hanteln. Meinen Brustkasten kann ich immer noch so ausdehnen, daß dir die Luft wegbleibt. Und diese Unterwassernummer schaffe ich leicht, Phil. Das wird eine ganz große Sache!«

»Aber sie ist nicht mehr neu, Joe – das versuche ich dir schon die ganze Zeit klarzumachen. Heutzutage regen sich die Leute über so was nicht mehr auf.«

Ferlini stieß einen verächtlichen Laut aus. »Du trinkst zuviel, Phil. Dein Gehirn wird langsam weich. Sicher – die Nummer ist schon mal gemacht worden. Aber wie lange ist das schon her? Heute lebt doch eine ganz neue Generation. Stimmt's? Und wenn du die Dinge in die Hand nimmst, wird es eine ganz große Sache. Was meinst du?«

Roscoe seufzte, und es war ein Seufzer der Ergebung.

»Okay, Joe – wenn du wirklich glaubst. Wie willst du die Nummer aufziehen?«

Ferlini strahlte. »Ich glaube, ich kriege sie ganz schön zusammen. Erstens lasse ich mir Handschellen anlegen. Dann ein Strick, vielleicht fünfzehn Meter, um den Körper, und dazu die Fußeisen. Dann lasse ich mich in einen Sack stecken und zuschnüren. Das Ganze kommt dann in eine große Stahlkiste, und dann lasse ich mich im Truscan-See versenken. Was meinst du?«

»Das sieht ziemlich nach plötzlichem Tod aus. Wieviel ist davon Muskelarbeit und wieviel Trick?«

»Die Sache mit dem Strick ist reine Muskelangelegenheit; wenn ich meinen Brustkasten soweit wie möglich ausdehne, rutscht der Strick einfach 'runter. Im doppelten Saum der Hosentasche habe ich einen Dietrich für die Handschellen. Sobald ich die los bin, nehme ich eine Rasierklinge und schlitze den Sack auf. Die Kiste hat natürlich einen präparierten Boden; ich stoße ihn einfach durch und schwimme an die Oberfläche. Das ganze Zeug sackt ab, und ich komme nach oben und strahle wie eine Rose.« Mit seinem Siegerlächeln sah er Phil an.

»Kannst du denn gut schwimmen?«

»Prima! Darüber brauchst du dir keine Gedanken zu machen. Als Junge wollte ich sogar den Ärmelkanal durchschwimmen – so gut war ich damals schon.«

»Wir könnten dich von einem Motorboot aus absetzen und genauso wieder herausholen. Dann ist das Risiko nicht so groß.«

»Dann ist es ein Kinderspiel. Wenigstens hast du es jetzt kapiert, Phil.«

»Kapiert habe ich es schon«, sagte der Manager. »Aber gefallen tut es mir trotzdem nicht. Hallo, Ober! Wo bleibt der Whisky?«

Von dem Hotelzimmer im dritten Stock konnte Wanda aus dem Fenster hinausblicken und ihren Mann sehen, der mit schnellen Stößen durch das im Freien liegende Schwimmbecken schwamm. Wie ein Hai bewegte er sich durch das Wasser. Das ergrauende Haar lag glatt nach hinten und wellte sich an den Enden, die dicken Muskeln seines Rückens und seiner Schultern spielten bei jeder geschmeidigen Bewegung seiner Arme. Früher, vor fünfzehn Jahren, hatte die Bewunderung sie hingerissen. Heute dagegen war sie nüchterner. Der große Ferlini brauchte nur einen einzigen Bewunderer, und diesen Bewunderer erblickte er Tag für Tag in seinem Rasierspiegel.

Mit einem Seufzer trat sie in das Zimmer zurück, setzte sich und blätterte gleichgültig die Seiten der Zeitschrift *Variety* durch. Wenige Augenblicke später klopfte es schüchtern an der Tür, und sie forderte den Klopfenden laut auf, doch hereinzukommen. Als sie Baggett in der Tür stehen sah, hielt sie vor Überraschung und Angst den Atem an.

»Tommy! Was tust du denn hier?«

»Ich mußte dich sehen, Wanda. Ich wußte, daß Joe im Schwimmbecken ist, und deshalb glaubte ich, der Augenblick wäre günstig. Es sieht so aus, als bliebe er den ganzen Tag draußen...«

»Wahrscheinlich hast du recht.«

Sie war verwirrt, versuchte jedoch, es nicht zu zeigen. Sie bot ihm einen Drink an, den er allerdings ablehnte. Sie versuchte, sich mit ihm über Belanglosigkeiten zu unterhalten, für die er jedoch kein Interesse zeigte. In der nächsten Minute lag sie in seinen Armen. Da es für sie dort unbequem war, machte sie sich bald wieder los und begann, über ihren Mann zu sprechen.

»Du kannst dir gar nicht vorstellen, wie er ist. Jahr für Jahr wird es schlimmer mit ihm – beinahe Tag für Tag. Denken tut er immer nur an seine Nummer, Tag und Nacht immer nur das eine: Entfesselung. Manchmal glaube ich schon, ich werde verrückt, Tommy – wirklich! Als wir letztes Jahr in Louisville waren, bin ich eine Zeitlang tatsächlich zu einem Psychiater gelaufen; hast du das schon gewußt? Drei Monate lang bin ich hingegangen, und dann bekam Ferlini das Engagement in Las Vegas, und damit war Schluß.«

»Wenn du mich fragst«, knurrte Baggett, »dann ist allein er verrückt – nach allem, wie er dich behandelt.«

»Weißt du, daß er manchmal sogar im Schlaf seine Nummern vorführt? Das ist kein Witz. Mitten in der Nacht wacht er plötzlich auf, wirft die Bettdecke ab und verbeugt sich!« Sie lachte, ohne daß ihr Ausdruck sich veränderte, und dann flossen die Tränen. Baggett nahm sie wieder in die Arme. »Manchmal wünsche ich mir, er würde so zusammengeschnürt, daß er einfach nicht freikommen kann. Nie mehr...«

»Was meinst du damit?«

Sie sah zu ihm hoch.

»Kennst du seine Unterwassernummer, bei der er in einen See geworfen wird? In einigen Wochen will er sie vorführen. Weißt du, an was ich immer denken muß, seit er sich dazu entschlossen hat?«

Sie trat an das Fenster und blickte zum Schwimmbecken hinunter, in dem Ferlini hartnäckig immer noch das Wasser durchpflügte.

»Ich habe daran gedacht, daß irgend etwas nicht klappen könnte. Ferlini ist gut – das weiß ich selbst. Es gibt fast nichts, aus dem er sich nicht befreien könnte. Aber wenn nun in der Nummer eine Winzigkeit nicht richtig klappt – dann würde er ertrinken. Findest du mich sehr entsetzlich, weil ich solche Gedanken habe?«

»Nicht einen Augenblick würde ich dir die Schuld daran geben!« sagte Baggett voller Ergebenheit.

Langsam ging Wanda zu der Kommode und zog die zweite Schublade auf. Aus einem Durcheinander von Gegenständen zog sie ein Paar stählerner Handschellen und zwei kleine metallene Gegenstände hervor. Die Handschellen brachte sie Baggett und sagte: »Willst du mir einen Gefallen tun, Tommy? Darf ich sie dir anlegen?«

Er sah sie verstört an. »Ist das dein Ernst?«

»Bitte.«

Bereitwillig hielt er ihr die Hände hin, und sie legte die Handschellen um seine Handgelenke und ließ sie zuschnappen.

»Jetzt versuche, wieder herauszukommen.«

Baggett, ein dünner romantischer Typ, strengte sich gewaltig an, bis sein Hals sich dunkelrot färbte.

»Ich kann es nicht!« sagte er schwer atmend.

»Natürlich kannst du es nicht. Keiner kann es, nicht einmal Ferlini – es sei denn, er hätte dieses Ding zufällig irgendwo bei sich.« Sie hielt einen kleinen Schlüssel hoch und gab ihn dann Baggett. »Jetzt versuche es«, sagte sie.

Mit verrenktem Finger, die Zunge in einem Winkel seines Mundes, gelang es Baggett, den winzigen Schlüssel in das Schlüsselloch zu stecken. Er drehte ihn um, aber passieren tat nichts.

»Es klappt nicht«, sagte er. »Der Schlüssel paßt nicht.«

»Nein, er paßt nicht«, sagte Wanda verträumt. »Er paßt wirklich nicht, oder?«

»Aber warum denn nicht? Was ist denn verkehrt?« Eine Spur von panischer Angst lag in Baggetts Stimme.

»Es ist der falsche Schlüssel«, sagte Wanda. »Das ist das einzige Problem. Dieser hier ist der richtige.« Sie hielt einen zweiten Schlüssel hoch, kam dann zu Baggett und steckte den Schlüssel selbst in das Schloß. Das Schloß sprang auf, und die Handschellen gaben die Hände wieder frei. Baggett rieb seine Gelenke und blickte sie fragend an.

»Ich glaube, du gehst jetzt lieber«, sagte Wanda.

Phil Roscoe war mit dem Erfolg seiner Publicity-Kampagne zufrieden. Im Gebiet von Denver machten vier Lokalblätter Reklame für das Ereignis, und eines der größeren Nachrichtenbüros hatte sogar eine entsprechende Meldung weitergegeben. Aber so leicht war der große Ferlini nicht zufriedenzustellen; er hatte vielmehr von Fernsehübertragungen, Zeitschriftenreportagen und Hollywood-Angeboten geträumt. An diese Trauben hatte Roscoe jedoch nicht heranreichen können.

»Um Himmels willen«, sagte Roscoe zu ihm, »erwarte bitte nicht zu viel von dieser Geschichte. Seit Houdini die Nummer vorgeführt hat, bringt sie keine Schlagzeilen mehr. Sei mit dem zufrieden, was dabei für dich herausspringt.«

Ferlini knurrte zwar, war dann jedoch einverstanden.

Am Tage des Ereignisses sah Wanda beim Aufwachen älter und verhärmter aus als je zuvor. Es war eine schlechte Nacht gewesen: Zweimal hatte ihr Mann sie mit seinen wilden Träumen von unerhörten Nummern aus dem Schlaf geschreckt. Aber es war nicht nur Schlaflosigkeit, die ihre Augen hatte stumpf und ihre Antworten langsam werden lassen. Es war vielmehr eine Vorahnung – die Angst, daß irgend etwas nicht klappen würde.

Roscoe hatte für dieses Ereignis einen offenen Cadillac mit Chauffeur gemietet; dem Anlaß entsprechend fuhren sie zum Schauplatz von Ferlinis Abenteuer. Wanda, die neben Roscoe auf dem Rücksitz saß, trug ihr bestes Kleid und hatte noch nie so unscheinbar ausgesehen. Roscoe mit seinem von Aufregung und Whisky geröteten Gesicht hielt ihre Hand umklammert. Ferlini, der neben dem Chauffeur auf der Lehne saß, winkte der Menge mit beiden Armen zu; er trug einen normalen Anzug mit weißer Krawatte, und seine muskulösen Schultern spannten den glänzenden Stoff so, daß die Nähte beinahe platzten.

Wenn Ferlini noch weitere Klagen über die Art hatte, wie Roscoe seine Publicity aufgebaut hatte, gerieten sie jetzt in Vergessenheit. Die Menge am Ufer des Truscan-Sees ging in die Hunderte. Roscoes Versuche, den Bürgermeister in sein Programm einzuspannen, waren zwar fehlgeschlagen; aber immerhin waren ein Stadtrat, der Polizeichef, der stellvertretende Leiter der Feuerwehr und zwei führende Geschäftsleute der Stadt erschienen. Ein Club hatte seine sechsköpfige Kapelle vollzählig beigesteuert, und ihren musikalischen Bemühungen war es zu verdanken, daß das Ereignis festlicher und bedeutungsvoller wirkte, als es in Wirklichkeit war. Den Höhepunkt bildete jedoch das Dutzend Zeitungsleute und Fotografen.

Roscoe hatte alles zwar genau geplant, aber dennoch gab es einige Enttäuschungen. Die Lautsprecheranlage gab nur ein grelles Quietschen von sich, das ihre Verwendung unmöglich machte; die einführenden Ansprachen fielen daher aus. Am frühen Morgen war das Wetter noch ideal gewesen; um halb zwei war jedoch eine dunkel geränderte Wolke heraufgezogen. Wanda Ferlini erschauerte, als sie es sah. Roscoe, der geschäftig hin und her lief, versuchte, den Programmablauf zu beschleunigen, bevor ein Regenschauer Ferlinis Entfesselungsversuch noch mehr erschwerte.

Um zwei Uhr waren die Vorbereitungen beendet.

Zuerst wurden Ferlini vom Polizeichef die Handschellen angelegt; er schien dafür besonders geeignet. Der Chef, ein derber Mann mit gezwungenem Lächeln, begutachtete die Handschellen sorgfältig, bevor er sie um Ferlinis Handgelenke legte, und verkündete, daß sie echt seien.

Die beiden Geschäftsleute waren ausersehen, den dicken Strick um Ferlinis Körper zu wickeln. Er legte das Jackett ab, entledigte sich der weißen Krawatte und zog das Oberhemd aus; schließlich streifte er auch noch die Schuhe ab. Sein muskulöser Brustkasten, der in dem sportlichen Unterhemd sichtbar wurde, löste bei dem weiblichen Teil der Menge bewundernde Ausrufe aus. Die beiden Geschäftsleute waren untersetzt und feist, und als sie die fünfzehn Meter Strick um Ferlinis Körper gewickelt hatten, atmeten sie schwer.

»Fester ziehen – noch fester!« ermunterte Ferlini sie und zeigte dabei sein Gebiß, das durch das Zerren und Zerbeißen der Stricke im Laufe der Jahre kräftig und scharf geworden war. Sie verschnürten ihn mit merkwürdigen dicken Knoten, die seinen Körper schließlich von Kopf bis Fuß bedeckten, und waren so damit beschäftigt, daß weder sie noch die Zuschauer merkten, wie Ferlini seine Lungen mit Luft vollpumpte und den Umfang seines Brustkorbes dadurch um fast zwanzig Zentimeter vergrößerte. Selbstgefällig lächelte er, als sie endlich fertig waren – überzeugt, sich binnen weniger Sekunden von seinen Fesseln befreien zu können.

Der stellvertretende Leiter der Feuerwehr hatte die Aufgabe bekommen, Ferlini beim Hineinsteigen in den Sack zu helfen. Er legte den Sack auf die Erde, und Ferlini wurde hochgehoben; dann zog der Beamte den Sack hoch, bis Ferlini vollständig in ihm verschwunden war. Die Menge murmelte, als die Sacköffnung über Ferlinis Kopf fest zugeschnürt wurde.

Der Anblick der riesigen Stahlkiste rief bei den Zuschauern jedoch die schärfste Reaktion hervor. Irgendwo in der Menge kreischte eine Frau auf, und Roscoe grinste vor Vergnügen. Das war wahre und große Schaustellerkunst. Er suchte Wandas Blick, um diesen Augenblick mit ihr zu teilen, sah jedoch, daß ihr Gesicht blaß und erschöpft war, während sie die Augen geschlossen hatte und ihre Lippen sich lautlos bewegten.

Dann wurde Ferlini in die Kiste gelegt, die von dem Stadtrat geschlossen und verriegelt wurde. Eine Abordnung überprüfte sie, erklärte sie für ausbruchssicher und trat zurück, als ein Quartett muskulöser Männer, das eigens dazu bestellt war, die Kiste anhob und sie auf dem Heck des Motorbootes abstellte, das am Quai vertäut war.

Die Clubkapelle stimmte einen Trauermarsch an und spielte die getragene Melodie mit großem Schwung. Roscoe stieg als erster in das Boot und half dann Wanda hinein, die einer trauernden Witwe ähnelte. Der Steuermann des Bootes, ein vergnügter und eleganter junger Mann, winkte der Menge zu und machte die Leinen los. Dann ließ er den Motor an und steuerte das Boot langsam auf den immer tiefer werdenden See hinaus.

»Wie fühlst du dich?« fragte Roscoe die Frau.

Wanda murmelte irgend etwas und griff nach seiner Hand.

Als sie etwa fünfhundert Meter vom Ufer entfernt waren, stellte der junge Mann den Motor ab.

»Langt es so, Mr. Roscoe?«

»Doch, das wird reichen.« Roscoe richtete sein Doppelglas auf das Seeufer, um zu sehen, was die Zeitungsleute täten; sie beobachteten ihn genauso gespannt; die Fotografen, deren Kameras zum Teil mit Fernobjektiven ausgerüstet waren, arbeiteten schwer.

»Also dann los«, sagte Roscoe.

Wanda schrie leise auf, und der Bootsführer grinste, legte seine Hände gegen die Stahlkiste und kippte sie über Bord. Aufklatschend fiel sie in das Wasser, so daß alle naßgespritzt wurden, und verschwand dann, während die Wellen bis zum Ufer liefen.

Dann warteten sie.

Roscoe blickte auf die Uhr. Als dreißig Sekunden vorüber waren, sah er Wanda an und lächelte beruhigend.

Dann warteten sie weiter.

Nach Ablauf der ersten Minute verschwand das Grinsen des Bootsführers, und er begann, mißtönend vor sich hinzupfeifen. Wanda schrie ihn an, ruhig zu sein, und er hörte auf.

Nach Ablauf der zweiten Minute konnte Roscoe die schreckliche, kalkweiße Blässe von Wandas Gesicht nicht mehr ansehen; er hob daher wieder das Doppelglas und betrachtete das Ufer. Die Menge stand mittlerweile ganz dicht am Wasser und bewegte sich wie ein dunkles, wellenförmiges Tier.

»Mein Gott«, sagte der Bootsführer. »Er kommt nicht hoch, Mr. Roscoe,«

»Er muß hochkommen! Er muß!«

Drei Minuten verstrichen, aber von dem großen Ferlini war nichts zu sehen.

Nach Ablauf von sechs Minuten stöhnte Wanda auf, schwankte und fiel in Ohnmacht. Roscoe konnte sie noch auffangen, bevor sie auf dem Boden des Bootes aufschlug. Fünf Minuten später befahl er dem Bootsführer, zum Ufer zurückzufahren.

Am späten Abend bargen sie Ferlinis mit Handschellen gefesselte Leiche.

Baggett versuchte, Wanda am Tag des Begräbnisses zu sprechen, aber Phil Roscoe war es, der ihm jeden Zutritt verwehrte. Wandas Liebesleben interessierte Phil nicht; er hatte selbst allzu viele Probleme. Er war jedoch immer noch Geschäftsmann, und Wanda war immer noch, selbst ohne ihren berühmten Ehemann, seine Klientin. Es war einfach nicht klug, daß Wanda etwas anderes als eine tragische Witwe war.

Wanda spielte ihre Rolle gut. Dank irgendeiner seltsamen kosmetischen Alchimie hatte der Kummer sie scheinbar jünger gemacht. Ihr weiß gepudertes Gesicht und der helle Lippenstift bildeten einen ausgezeichneten Kontrast zu der Trauerkleidung.

Roscoe erledigte die Vorbereitungen für die Beisetzung, die beinahe so gelungen war wie Ferlinis letzter Auftritt. Der Trauerzug war lang und wurde von der Presse genau registriert. Eine Horde von Angehörigen des Show-Gewerbes, die nichts dagegen hatten, gesehen zu werden, war bereit, den Hingang des großen Entfesselungskünstlers zu betrauern. Der Leichenzug bewegte sich langsam durch die Straßen der Stadt und brauchte eine halbe Stunde von einer Kreuzung bis zur nächsten; als jedoch Ferlinis Sarg jenen Punkt erreicht hatte, von dem es keine Rückkehr gibt, hatten die Trauergäste sich zu einem beträchtlichen Teil bereits verlaufen. Nur eine Handvoll Menschen wohnte den Beisetzungsfeierlichkeiten auf dem Friedhof bei.

Wanda schluchzte, an Roscoes Schulter gelehnt, und er tätschelte sie tröstend.

»Genauso hat er es sich gewünscht«, sagte er einfallslos.

»Ich weiß – ich weiß«, hauchte Wanda.

Die Lobesrede, die der prominenteste Geistliche der Stadt hielt, war kurz. Er sprach von Ferlinis Mut, von seiner Hingabe an seine Kunst und von der Freude, die er so vielen Menschen zeit seines Lebens geschenkt hätte. Während er redete, glänzten Wandas Augen merkwürdig, und für einen Augenblick glaubte Roscoe schon, sie könnte wieder ohnmächtig werden.

Sie brachten Ferlinis Sarg an den Rand des Grabes. Der vorderste Träger, ein Kellner aus dem Club, schien über irgend etwas erstaunt zu sein und flüsterte dem neben ihm stehenden Mann etwas zu. Roscoe trat hinzu, sprach kurz mit ihnen und beriet sich dann aufgeregt mit dem Geistlichen. Die Unterhaltung erregte die Neugierde des einzigen Reporters, der anwesend war und ebenfalls nach vorn kam, um sich zu erkundigen, was passiert sei.

»Keine Ahnung«, sagte Roscoe und kratzte sich am Kopf. »Freddy meint, hier stimme was nicht. Er sagt, der Sarg sei so merkwürdig.«

»Was soll das heißen – merkwürdig?«

Der Kellner zuckte die Schultern. »Leicht ist er, das meine ich. Er ist viel zu leicht.«

»Bitte«, flüsterte der Geistliche, »Ich glaube kaum...«

»Er hat aber recht«, sagte ein anderer Träger. »Der wiegt doch fast nichts! Und Sie kennen doch Ferlini: Ein großer, schwerer Bursche war das.«

Sie sahen den Sarg an und warteten darauf, daß irgend jemand einen Vorschlag machte, was Roscoe schließlich auch tat.

»Es geht mir zwar gegen den Strich«, sagte er, »aber ich glaube, wir sollten ihn lieber öffnen.«

Der Geistliche protestierte, aber sie machten sich bereits am Sargdeckel zu schaffen.

»Was ist passiert?« fragte Wanda. »Was geht hier vor, Phil?«

»Komm nicht so dicht 'ran«, bat er. »Ich möchte nicht, daß du es siehst, Wanda...«

Sie hatte jedoch keine Möglichkeit, dem zu entgehen. Der Deckel wurde geöffnet, und die Wahrheit wurde allen Anwesenden enthüllt. Sie bedeutete für alle einen Schock, der genauso spürbar wie ein Schlag war.

Der Sarg war leer, und Wanda Ferlini schrie, daß es wie das Pfeifen des Windes in den Baumwipfeln klang.

Dr. Rushfield rollte einen Bleistift über die Schreibunterlage des Tisches und sagte: »Weiter, Mr. Roscoe. Ich möchte alles erfahren.«

Phil Roscoe fuhr sich mit der Zunge über die ausgetrockneten Lippen und sehnte sich nach einem Drink.

»Sie müssen verstehen, wie es in meinem Beruf nun einmal zugeht, Doktor. Alles und jedes ist Schaustellerei – alles! Deswegen hat Ferlini auch diese Abmachung mit mir getroffen, vor zehn oder auch zwölf Jahren.«

»Und um was handelt es sich bei dieser Abmachung?«

»Keiner hat etwas davon gewußt, nur er und ich. Es war völlig verrückt, und das habe ich ihm damals auch gesagt. Aber Sie können sich wahrscheinlich gar nicht vorstellen, wie dickköpfig ein Mann wie Ferlini sein kann. Ich mußte ihm jedenfalls versprechen, daß ich, falls ihm jemals irgend etwas zustoßen sollte – ich meine: falls er sterben würde –, alles für einen letzten großen Auftritt arrangieren sollte: einen Auftritt, durch den man sich seiner noch länger erinnern würde als Houdinis. Darum ging es, Doktor.«

»Also ein Trick?«

»Ein ganz einfacher. Ich habe dem Leichenbestatter heimlich fünfzig Dollar zugesteckt, und der hat dann dafür gesorgt, daß Ferlini ganz unauffällig irgendwo beerdigt wurde. Auf den Leichenwagen hat er dann einen leeren Sarg gestellt, und damit war der Fall erledigt. Sie verstehen, was ich meine, nicht? Ein richtiger und ehrlicher Trick war es.«

»Ich verstehe«, sagte Rushfield und zog die Stirne kraus. »Ich fürchte nur, daß diese Geschichte bei Mrs. Ferlini eine ziemlich böse Wirkung ausgelöst hat. Soweit ich orientiert bin, befand sie sich vor diesem Ereignis in keiner

allzu guten Verfassung, und jetzt...« Er seufzte und erhob sich. »Also schön, Mr. Roscoe. Sehen können Sie sie, aber daß Sie mit ihr sprechen, kann ich leider nicht erlauben. Es tut mir leid...«

Roscoe folgte dem Arzt den Korridor entlang. Vor einer Tür mit einem kleinen vergitterten Fenster blieben sie stehen, und Roscoe blickte hindurch. Erschrocken fuhr er zurück, als er Wanda erblickte: ihre Augen waren aufgerissen, ohne etwas zu erkennen, und vergeblich versuchten ihre Arme, sich von dem harten und unnachgiebigen Griff der Zwangsjacke zu befreien.

Der Mann mit den zwei Gesichtern

Mrs. Wagner lächelte vor sich hin, als sie mit dem Lippenstift ihren Mund gerade so weit nachzog, daß es vornehm wirkte. Was würden die Damen im Park morgen wohl sagen, wenn sie erführen, wo sie am vorigen Abend gewesen wäre? Bei der Polizei!

Sie griff nach dem Parfüm, das Mabel und ihr Schwiegersohn ihr letztes Weihnachten geschenkt hatten. Auf jedes Ohrläppchen tat sie einen Tropfen, und dann zog sie die Glacéhandschuhe an. Sie war eine hübsche Frau, noch nicht ganz sechzig, und das sorgfältige Make-up verbarg die dunkelrote Schramme auf ihrer linken Wange. Ein kleiner marineblauer Hut, eine silberne Nadel auf dem Revers ihres Kleides, einige Striche mit der Bürste über die Schultern, und sie war fertig.

Sie ging in das Wohnzimmer. Mabel las in einem Magazin, und Leo – Mabels Mann – hatte sein dunkles gutaussehendes Gesicht hinter der Abendzeitung versteckt.

»Na? Wie sehe ich aus?«

Mabels Lippen wurden schmal. »Aber Mutter – man könnte fast glauben, du gingst auf eine Party oder was weiß ich.«

Achtlos zuckte Mrs. Wagner mit den Schultern; aber enttäuscht war sie doch. Schock und Entsetzen, die der Überfall vor zwei Abenden für sie bedeutet hatten, hatte sie überwunden, und heute verspürte sie nur eine unbekannte, wenn auch angenehme Art von Erregung.

»Großartig siehst du aus«, knurrte Leo. »Viel zu gut für ein dreckiges Polizeirevier.«

»Ich finde immer noch, daß du einen Fehler begehst«, sagte Mabel. Mit einer nervösen Bewegung zündete sie sich eine Zigarette an. »Ehrlich – die bringen dich noch völlig durcheinander, wenn du dir die vielen Fotografien ansehen mußt...«

»Überall würde ich das Gesicht dieses Mannes wiedererkennen«, sagte ihre Mutter nachdrücklich. »Ich habe ihn ganz genau gesehen, und wenn ich der Polizei helfen kann, ihn zu finden, und dadurch vielleicht meine Handtasche zurückbekomme...«

Leo kicherte. »Wie du dir das so denkst«, sagte er. »Ich gehe jede Wette ein, daß er die Handtasche schon lange weggeworfen hat. Wieviel Geld war denn schon drin? Neun Dollar und Kleingeld! Meiner Ansicht nach ist das alles bloß Zeitverschwendung.«

Mrs. Wagner war wie vor den Kopf geschlagen. Ihre kleine Gestalt schrumpfte innerhalb des eleganten Schneiderkostüms zusammen, und zum erstenmal an diesem Tag fing die Schramme auf ihrer Wange plötzlich an zu pochen. Natürlich klang das alles sehr vernünftig. So viel Aufregung wegen neun Dollar und einer Lederhandtasche...

»Soll ich dich wirklich nicht begleiten?« Mabel sah besorgt aus. »Schließlich hast du einen ziemlichen Schock bekommen, Mutter. Ich finde wenigstens, daß es für dich noch viel zu früh ist, um allein auszugehen.«

»Mir geht es wieder großartig«, sagte Mrs. Wagner mit tonloser Stimme. »Und vielleicht ist es für mich das beste, diese Geschichte schnell hinter mich zu bringen.« Sie zögerte. »Findest du, daß ich zuviel Rouge aufgelegt habe?«

»Ach wo, du siehst prima aus.«

»Na schön. Zum Abendbrot bin ich wieder zurück. Soll ich noch irgend etwas mitbringen?«

»Ich gehe nachher selbst einkaufen«, sagte Mabel. Sie sah zu ihrem Mann hinüber. »Leo, hol für Mutter ein Taxi.«

Leos Gesicht verzog sich; er stand jedoch von seinem Stuhl auf. Mrs. Wagner sagte schnell: »Mach dir nicht die Mühe. Mir geht es wirklich wieder gut – ehrlich.«

»Ganz bestimmt?«

»Ja. Ich kann schon wieder selbst für mich sorgen.«

»Schön – aber denke daran, daß du vor Einbruch der Dunkelheit wieder zurück bist. Dieser eine Überfall genügt.«

Mrs. Wagner machte ein gequältes Gesicht. »Bitte, Mabel. Sprich nicht so. Du weißt, daß ich es nicht leiden kann.«

Mabel stand auf und berührte den Arm ihrer Mutter.

Dann strich sie leicht über die Schramme. »Gut. Aber paß auf und laß dich nicht einschüchtern.« Sie warf ihrem Mann einen schnellen Blick zu. »Leo!«

»Was denn? Ach so – auf Wiedersehen, Mutter.« Dann beschäftigte er sich wieder mit seiner Zeitung.

Es war das erste Mal in ihrem ganzen bisherigen Leben, daß Mrs. Wagner ein Polizeirevier betrat, und beinahe verstohlen stieg sie die Steintreppe hoch und hoffte, daß niemand sie dabei sähe. Der Beamte in der Anmeldung war sehr höflich. Er forderte sie auf, noch etwas zu warten, und so setzte sie sich auf die einzige Bank, die sich in dem Raum befand, und wo sie gezwungen war, sich in ihrem Kostüm aus teurem Stoff zwischen wirklich widerliche Leute zu zwängen. Schließlich erschien dieser nette Lieutenant – hieß er nicht Meadows? – und begrüßte sie, und dann führte er sie in ein stilles Büro, das im hinteren Teil des Gebäudes lag und ganz normal aussah.

»Nehmen Sie Platz, Mrs. Wagner«, sagte er. »Hoffentlich erkennen Sie mich noch wieder. Ich bin Lieutenant Meade.«

«Meade – ja, natürlich«, sagte Mrs. Wagner.

»Allem Anschein nach geht es Ihnen wieder besser«, sagte er lächelnd. »Sie sehen großartig aus.«

»Mir geht es auch großartig. Wahrscheinlich war es nur ein Schock. Er – richtig verletzt hat er mich gar nicht so sehr. Sie wissen sicher noch, was ich Ihnen erzählt habe. Er kam plötzlich aus dem Hauseingang und griff nach meiner Handtasche. Offengestanden wollte ich sie ihm eigentlich überlassen, aber sie verhakte sich an meinem Regenschirm…«

»Ich weiß«, sagte der Lieutenant. »Und dann muß er es plötzlich mit der Angst bekommen haben.«

»Das haben wir wahrscheinlich beide«, gab Mrs. Wagner zu. »Schließlich entriß er mir die Handtasche, und in dem Handgemenge muß er sie mir ins Gesicht geschlagen haben…« Mit ihren behandschuhten Fingern strich sie leicht über ihre Wange. »Dafür habe ich ihn mit dem Griff meines Regenschirms getroffen – ganz zufällig. Aber ich glaube bestimmt, daß er jetzt noch mit einer geschwollenen Backe herumläuft.« Sie lachte unsicher.

»Sein Gesicht haben Sie jedenfalls gesehen«, sagte der Lieutenant.

»Ja. Und ich bin überzeugt, daß ich ihn wiedererkenne.«

Meade schlug sich auf den Oberschenkel. »Fein«, sagte er fröhlich. »Es passiert nur selten, daß wir einen guten Zeugen wie sie haben, Mrs. Wagner.« Er ließ sich in dem hölzernen Drehstuhl nieder und legte Bleistift und Notizblock vor sich hin. »Nur noch einige Fragen, und dann werden wir uns ein paar Fotografien ansehen.«

»Wie Sie wünschen«, sagte die Frau.

»Die wichtigsten Angaben habe ich bereits. Jetzt wüßte ich nur noch gern einiges über Sie selbst, Mrs. Wagner. Sagten Sie, Sie lebten allein?«

»Nein. Ich wohne mit meiner Tochter und deren Mann zusammen.«

»Aha. Aber die Wohnung läuft auf Ihren Namen?«

»Ich wohne doch schon seit Jahren dort«, erklärte Mrs. Wagner. »Genaugenommen schon seit Lebzeiten meines Mannes und seit Mabel – das ist meine Tochter – geboren wurde. Wohnen tun sie bei mir seit – es muß inzwischen rund ein Jahr her sein, seit sie aus Kalifornien zurückkamen.« Sie verstummte, und plötzlich fiel ihr sogar ihr eigenes Parfüm auf. Irgendwie wirkte es unangenehm unpassend. »Meine Tochter ging vor sieben Jahren nach Kalifornien. Sie hatte eine Stellung bei irgendeiner Filmgesellschaft. Und dabei hat sie dann auch Leo, ihren Mann, kennengelernt.«

»Kannten Sie – eh, Leo – schon vorher?«

»Nein. Kennengelernt habe ich ihn eigentlich erst letztes Jahr, als sie nach New York zurückkamen. Ihm war irgendeine Stellung angeboten worden. Dann war es aber doch nicht ganz das richtige, und deswegen sind sie bei mir geblieben, bis sich seine Lage wieder bessert.«

»Ich verstehe.« Der Lieutenant kritzelte irgend etwas auf den Notizblock und stand dann auf. »Aber es hat keinen Sinn, Ihnen unsere Hauptattraktion noch weiter vorzuenthalten, Mrs. Wagner«, sagte er scherzhaft. »Wir wollen jetzt in das Archiv gehen, und dann haben Sie Gelegenheit, sich unsere Familienalben gründlich anzusehen. Hoffentlich bekommen Sie davon keine Alpträume.«

Sie lachte. »Das glaube ich kaum.«

»Warten wir es ab! Wir werden Ihnen jetzt Bilder von verschiedenen Verbrechertypen zeigen, von denen wir annehmen, daß sie jetzt hier im Osten arbeiten. Einige von ihnen sind Spezialisten für Dinge, wie Sie sie erlebt haben; aber andere sind natürlich auch darunter. Sie werden also nie wissen, um welche Art von Leuten es sich handelt. Können wir anfangen?«

»Meinetwegen schon«, sagte Mrs. Wagner.

Nach zwei Stunden brannten ihre Augen und der Kopf tat ihr weh, sogar die Schramme auf ihrer linken Wange pochte und schmerzte von neuem.

Aufmerksam betrachtete sie die fotografischen Aufnahmen von Trinkern, Räubern, Dieben, Sexualverbrechern, Einbrechern und Süchtigen. Auch ein noch beachtlicheres Album mußte sie durchsehen: Fälscher, Falschmünzer, Hochstapler und Betrüger. Ein weiteres Album erfüllte sie mit Entsetzen und Ekel, als sie merkte, worum es sich hierbei handelte: Perverse und Triebsüchtige – das Laster also in seinen vielen Spielarten. Ganz schlecht wurde ihr beim Betrachten manchmal hübscher und unschuldiger junger Gesichter, deren Strafregister unglaublich lang und grausam war. Sie sah Gesichter, Gesichter und nochmals Gesichter – bis alles vor ihr verschwamm und sie sich erschöpft zurücklehnte.

»Es tut mir leid«, sagte sie zu dem Lieutenant, der sie aufmerksam beobachtete, »aber anscheinend kann ich den Mann doch nicht finden.«

»Wir erwarten keine Wunder«, sagte der Kriminalist. »Es ist gut möglich, daß er bei uns noch gar nicht geführt wird. Vielleicht war es ein Anfänger. Aber wenn ich Ihre Gutmütigkeit noch für weitere zehn Minuten in Anspruch nehmen dürfte – nur um ganz sicherzugehen, daß wir nichts versäumt haben...«

Er legte ein neues Buch vor sie auf den Tisch.

»Das ist ganz bestimmt das letzte«, versprach er.

Sie lächelte schwach. »Natürlich«, sagte sie.

Seite für Seite blätterte Mrs. Wagner um. Die ersten sechs Seiten waren bedeutungslos. Als sie die siebente aufgeschlagen hatte, verhielt sie.

»Ist was?« fragte der Lieutenant.

Sie starrte auf die drei nebeneinander gedruckten Aufnahmen: der jugendliche dunkle Mann mit dem unrasierten Kinn, der scharfen Nase und den vollen Lippen, den langen Wimpern und dem glatten, schwarzen Haar; das hübsche, zynische Profil.

»Erkennen Sie ihn wieder, Mrs. Wagner?«

Sie hörte die Frage gar nicht. Ihr Blick wanderte zum unteren Rand der Seite und suchte nach der Beschriftung. Sie fand sie, und dort stand: *Name: Will Draves alias Willie the Weeper alias Louis Jones. Geboren: San Francisco, California, 1925. Gesucht wegen Diebstahl in Fresno, California, wegen Raubüberfall in Burbank, California, wegen...*

»Mrs. Wagner!«

Sie hob den Kopf erschrocken. »Ja?«

»Ist das der Mann?«

Bestürzt blickte sie den Kriminalbeamten an. »Nein«, sagte sie laut, »nein. Ich habe doch schon gesagt, daß der Mann blond war, beinahe aschblond. Er hatte keine Ähnlichkeit mit diesem – diesem Mann.« Hastig blätterte sie die Seite um.

Lieutenant Meade sah sie scharf an, und dann seufzte er. »Machen wir weiter«, sagte er, und seine Stimme klang leicht ungeduldig. »Es sind nur noch ein paar, die Sie sich ansehen müssen!«

Mrs. Wagner überflog auch noch die letzten Seiten und nahm kaum eines der restlichen Bilder von gejagten und verzweifelten Männern, die die Seiten füllten, in sich auf.

»Es tut mir leid«, sagte sie leise, als sie das Buch zuklappte. »Wahrscheinlich kann ich aber den Mann doch nicht herausfinden, Lieutenant.«

»Das macht nichts, Mrs. Wagner. Sie haben getan, was Sie konnten. Und wir sind Ihnen für Ihre Hilfsbereitschaft sehr dankbar.«

»Bitte.« Sie streifte die Handschuhe über und ging zur Tür. »Vielen Dank, Lieutenant«, sagte sie.

»Wir haben Ihnen zu danken, Mrs. Wagner«, sagte er. »Und wir bleiben mit Ihnen in Verbindung, falls sich irgend etwas ergeben sollte.«

Langsam stieg sie die Steintreppe hinunter. An der Ecke winkte sie ein Taxi heran, und als sie einstieg, spürte sie, wie ihr ein eiskalter Schauer über den Rücken lief, als sie an ihre Heimkehr dachte.

Mabels Mann verließ das Haus am folgenden Vormittag gegen zehn Uhr. Er hatte eine »Verabredung« mit einem »Makler« wegen einer »Transaktion«. Mabel verabschiedete sich an der Tür mit einem flüchtigen Kuß von ihm und hockte sich dann mit einer Flasche Nagellack gemütlich in eine Ecke des Wohnzimmersofas. Mrs. Wagner, die nach einer unruhig verbrachten Nacht verhärmt aussah, kam ebenfalls in das Wohnzimmer und setzte sich neben sie.

»Mabel...«, begann sie. Ihre Tochter machte ein ärgerliches Gesicht; als sie ihre Mutter ansah, besänftigte es sich jedoch wieder.

»Du siehst gar nicht gut aus, Mutter. Tut die Schramme weh?«

»Ach wo. Ich habe gerade nachgedacht – über Leo.«

»Über Leo?« Kritisch betrachtete das Mädchen seine Fingernägel. »Was ist denn mit ihm?« Als die Mutter keine Antwort gab, verdüsterte sich Mabels Gesicht. »Meinst du – wegen seiner Stellung?«

»Mir ist Verschiedenes durch den Kopf gegangen. Als du ihn damals in Kalifornien kennenlerntest – als was hat er da eigentlich gearbeitet?«

»Ach, Mutter, das habe ich dir doch schon hundertmal erzählt! Leo war Börsenmakler. Und es ging ihm gut. Um Himmels willen, woher sollten wir denn wohl sonst unseren Wagen haben? Und meine Pelze? Es handelt sich nur darum, daß hier im Osten alles anders ist...«

»Ja, das weiß ich, Liebling – das hast du mir schon gesagt. Ich verstehe eben nichts von diesen Dingen. Ich meine, von dem, was dein Vater tat, habe ich eigentlich auch nie etwas verstanden. Er hat mir nie so viel darüber erzählt, daß ich einigermaßen Bescheid wußte. Er war ein altmodischer Mann, dein Vater.«

»Ja, Mutter, ich weiß.«

»Es ist so schwer, die Menschen richtig zu kennen, verstehst du? Ihre Herkunft und alles. Sogar bei Harry gab es Dinge, die ich erst erfuhr, als er gestorben war...«

»Mutter, Leo und ich sind jetzt seit fast sechs Jahren verheiratet. Wenn du glaubst, es gäbe Dinge, die ich bis heute nicht von ihm wüßte...«

Mrs. Wagner preßte die Hände zusammen und stand vom Sofa auf. Ganz schlecht hatte sie es angefangen; wenn sie ihr Mißtrauen zeigte, würde es zu einer Szene kommen. Und Mabel war so empfindlich.

»Ich meine doch auch nichts Schlimmes, Mabel. In erster Linie möchte ich doch nur, daß du glücklich bist – das vor allem. Ich mag Leo – wirklich!«

»Danke«, sagte Mabel trocken.

»Ich bin überzeugt, daß er sehr gescheit ist«, sagte Mrs. Wagner. »Und ich kann mir genau vorstellen, daß es nicht einfach ist, sich an eine neue Stadt und das alles zu gewöhnen...«

Mabel schraubte den langstieligen Pinsel in die Flasche. »Worauf willst du eigentlich hinaus, Mutter?«

»Auf nichts, Liebling, wirklich. Für mich ist es wunderbar, dich bei mir zu haben. Gott weiß, daß Platz genug da ist...«

»Möchtest du, daß wir ausziehen?«

Mrs. Wagner war erschrocken. »Aber natürlich nicht!«

Mit einem Knall stellte Mabel das Fläschchen wieder auf den Tisch. »Du brauchst es nur zu sagen, Mutter«, erklärte sie mit harter Stimme. »Leo und ich möchten dir nicht zur Last fallen. Wir können auch ebensogut irgendwo in einer kleinen Wohnung leben. Du brauchst es nur zu sagen.«

»Mabel...« Mrs. Wagner setzte sich wieder hin und legte die Arme um die Schultern des widerstrebenden Mädchens. »Bitte, mißverstehe mich nicht, Mabel. Du bedeutest mir alles, was ich in meinem Leben noch habe, Liebling. Das weißt du doch.«

»Ja, das weiß ich, Mutter.«

»Wahrscheinlich kommt es nur daher, daß ich in dieser Woche diese Geschichte erlebt habe. Ich bin mir selbst ganz fremd. Und dann gestern diese fürchterlichen Bilder...«

Das Mädchen tätschelte ihre Hand. »Du mußt versuchen, das alles wieder zu vergessen.«

»Dauernd sehe ich diese Gesichter vor mir«, sagte Mrs. Wagner. »Hunderte von Gesichtern. Und darunter so viele junge gutaussehende Burschen. Und dann diese schrecklichen Verbrechen...«

»Soll ich dir die Nägel lackieren?«

»Was?« fragte Mrs. Wagner.

»Deine Nägel! Sie sehen nicht mehr hübsch aus, Mutter. Ich lackiere sie dir schnell. Es ist eine neue Tönung...«

Mrs. Wagner blickte auf ihre Hände hinunter. Sie zitterten.

»Meinetwegen«, sagte sie seufzend.

Mabel machte sich an die Arbeit, ruhig und völlig vertieft, und die Mutter betrachtete prüfend ihr Gesicht, während sie den leuchtend roten Lack auftrug.

»Über Leo brauchst du dir keine Gedanken zu machen«, sagte ihre Tochter ruhig. »Mit Leo ist alles in Ordnung. In Kalifornien hat er gut verdient – sehr gut sogar.«

Nachmittags um vier war Mrs. Wagner zu einer Entscheidung gekommen. Sie verschwand in ihrem Schlafzimmer und nahm den Hörer ihres Nebenanschlusses ab, wählte die Nummer des Polizeireviers in der 57th Street und wartete ängstlich, bis Lieutenant Meade sich am anderen Ende der Leitung meldete.

»Hallo?«

»Lieutenant Meade?«

»Am Apparat. Wer spricht, bitte?«

»Hier ist Mrs. Wagner. Erinnern Sie sich? Ich war gestern bei Ihnen und habe die Fotografien durchgesehen. Wegen des Handtaschenräubers.«

»Ja, richtig. Wie geht es Ihnen, Mrs. Wagner? Wieder gut?«

»Doch – mir geht es gut.«

»Ist irgend etwas nicht in Ordnung? Ist Ihnen noch irgend etwas eingefallen?«

»Nein – das nicht. Es handelt sich nur darum, daß ich – daß ich Sie gern wegen einer Sache gesprochen hätte.«

»Eine Sekunde, Mrs. Wagner.« Darauf folgte eine Pause, und dann war der Kriminalbeamte wieder am Apparat. »Also erzählen Sie, Mrs. Wagner.«

»Es handelt sich um eine Sache, über die ich am Telefon nicht sprechen kann. Und deshalb hätte ich gern gewußt, ob wir uns – ob wir uns nicht irgendwo treffen können?«

»Im Augenblick, Mrs. Wagner, ist das etwas schwierig für mich. Warum kommen Sie nicht einfach noch einmal hierher zum Revier?«

Die Frau legte ihre Hand auf die Kehle. »Offengestanden hatte ich gehofft, ich brauchte es nicht. Es hat nämlich – eigentlich hat es nämlich mit dem Handtaschenräuber gar nichts zu tun. Es handelt sich um etwas anderes.«

»Ich verstehe. Na ja – ich könnte einen Beamten bei Ihnen vorbeischicken.«

»O nein«, sagte sie schnell. »Damit ist mir auch nicht geholfen. Vielleicht komme ich dann doch lieber zu Ihnen.«

»Wie Sie meinen, Mrs. Wagner.«

»Sind Sie heute den ganzen Nachmittag da?«

»Bestimmt bis sechs, vielleicht auch noch länger. Wir bei der Polizei haben keine festen Bürozeiten.«

»Also gut. Ich werde dann gleich losgehen. Gegen halb fünf bin ich bei Ihnen. Würde Ihnen das passen?«

»Selbstverständlich, Mrs. Wagner.«

Sie legte den Hörer auf und begann sofort, sich fertig zu machen, bevor sie Zeit hatte, noch einmal zu überdenken, was sie getan hatte.

Als sie an der Wohnungstür stand, rief sie Mabel zu: »Mabel? Ich gehe noch einmal kurz weg.«

Aber Mabel, die völlig in einen Fortsetzungsroman versunken war, hörte nicht. Mrs. Wagner verließ die Wohnung und schloß leise die Tür hinter sich.

Unten begegnete sie ihrem Schwiegersohn, der gerade

das Haus betrat; sein dunkles hübsches Gesicht war vom Märzwind gerötet, sein glattes schwarzes Haar leicht zerzaust. Er murmelte etwas zur Begrüßung, und sie gab seinen Gruß mit leiser Stimme zurück. Dann fuhr sie mit einem Taxi zum Revier und ging zum zweitenmal binnen zwei Tagen die Steintreppe hinauf.

Lieutenant Meade beobachtete sie mit verkniffenen Augen.

»William Draves? Ist das der Kerl, den Sie meinen?«

»Ja«, sagte Mrs. Wagner. »So hieß er, glaube ich.«

»Ich sah gestern, wie Sie zögerten, als sie die Alben durchblätterten. Dann werde ich den Band noch einmal heraussuchen lassen.« Er drückte irgendwo auf seinen Tisch, und ein hemdsärmeliger Mann betrat den Raum. Der Kriminalbeamte sagte, was er wollte, und der Mann verschwand wieder.

»Es kann natürlich auch nur eine merkwürdige Ähnlichkeit sein«, sagte Mrs. Wagner. »Aber als ich dieses Gesicht sah...«

»Fangen wir lieber ganz von vorne an«, sagte Meade. »Wo haben Sie dieses Gesicht schon einmal gesehen?«

»Mein Gott...« Mrs. Wagner schlug die Augen nieder und starrte den Fußboden an. »Erinnern Sie sich, daß ich Ihnen erzählte, meine Tochter hätte in Kalifornien gearbeitet? Sie war Sekretärin bei einem Filmproduzenten, der später seinen Beruf aufgab. Und im ersten Jahr, das sie dort war, lernte sie diesen Mann kennen. Wie er hieß, habe ich allerdings vergessen.« Sie zögerte.

»Erzählen Sie weiter, Mrs. Wagner. Dieser Mann war also Will Draves?«

»Beschwören kann ich es nicht. Sie schickte mir damals eine Fotografie. Soviel ich weiß, war sie auf Catalina Island aufgenommen – die beiden zusammen. Er war ziemlich groß und dunkel. Ich fand ihn ganz gut aussehend. Nicht wie ein Filmstar oder ähnliche Leute, aber doch mit einem – mit einem einprägsamen Gesicht. Mit einem besonderen Aussehen, meine ich.«

»Ich verstehe Sie schon«, sagte der Kriminalbeamte.

»Und als ich gestern die Aufnahme sah... Wissen Sie:

Ich glaube, ich habe noch nie zwei Menschen gesehen, die sich im Aussehen so ähnelten. Vielleicht drücke ich mich nicht ganz klar aus...«

»Doch, doch«, sagte Meade. »Und was wurde aus diesem Mann?«

»Das weiß ich nicht genau.« Mrs. Wagner faltete die Hände. »Wahrscheinlich hat Mabel sich von ihm getrennt, als sie Leo kennenlernte. Kurz nachdem ich das Foto bekam, heirateten die beiden in Fresno. Ungefähr sechs Monate später.«

»Und Sie wissen nicht mehr, wie der Mann hieß?«

»Meine Tochter wird es wahrscheinlich wissen. Aber natürlich habe ich sie nicht gefragt. Das verstehen Sie sicher. Ich meine, sie hätte sich bestimmt wahnsinnig aufgeregt, wenn sie erfahren hätte, mit welcher Art von Mann sie damals befreundet war. Und schließlich ist der Fall abgeschlossen... Wenn Sie verstehen, was ich meine.«

»Ich verstehe Sie genau«, sagte der Kriminalbeamte. »Eine Fotografie, die vor so vielen Jahren aufgenommen wurde, wird uns aber wahrscheinlich kaum helfen, Draves heute zu finden. Wir wissen, daß er Kalifornien verlassen hat und hierher in den Osten gekommen ist. Aber wo er jetzt steckt – das ist natürlich eine andere Frage.«

Mrs. Wagner befeuchtete ihre Lippen. »Ja«, sagte sie, »das begreife ich.«

Der hemdsärmelige Mann kam wieder zurück und legte das dünne Buch vor den Lieutenant. Dieser blätterte die Seiten durch und ließ sie bei der siebenten Aufnahme aufgeschlagen.

»Ist es der hier?« fragte Meade.

»Ja. Das ist der Mann, der ihm zumindest ähnlich sieht.« Mrs. Wagner sah das Bild an und wandte sich dann ab.

»Haben Sie noch die Fotografie von damals, Mrs. Wagner? Von Catalina?«

»Ja.« Sie suchte in ihrer Handtasche – in ihrer alten Handtasche – herum. »Ich habe sie mitgebracht. Sie ist zwar nicht besonders scharf...«

Der Lieutenant ließ sich den Abzug geben. Er hatte das

Format vier mal vier, schwarzweiß Hochglanz, und zeigte einen Mann und eine Frau am Strand. Beide trugen Badeanzüge. In einer Ecke des Abzugs war deutlich der Abdruck eines Daumens zu erkennen, der dort gar nichts zu suchen hatte.

»Gut ist er nicht zu erkennen«, sagte der Kriminalbeamte. »Aber Ihre Tochter ist wirklich ein hübsches Mädchen.«

»Danke«, sagte Mrs. Wagner. Sie beobachtete, wie der Kriminalbeamte ein rechteckiges Vergrößerungsglas aus der Schublade seines Schreibtisches holte. Er hielt es über den Abzug und verglich das Gesicht des Mannes mit den von der Polizei angefertigten Portraits, die vor ihm lagen.

»Eine gewisse Ähnlichkeit ist zweifellos vorhanden«, sagte er. Nachdenklich sah er einen Augenblick vor sich hin, und dann entschuldigte er sich. »Ich bin in einer Minute wieder zurück«, sagte er zu Mrs. Wagner.

Immerhin verstrichen fünf Minuten, ehe er zurückkehrte. Mit geschlossenen Augen wartete Mrs. Wagner, da sie das Bild von William Draves nicht ansehen mochte. Als der Lieutenant wieder hereinkam, klappte er das Buch zu, lehnte sich in seinem Sessel weit zurück und betrachtete die Frau.

»Haben Sie – irgend etwas gefunden?« fragte sie.

»Nicht viel, Mrs. Wagner. Ich glaube allerdings, daß Sie kaum einen Grund zur Besorgnis haben.«

»Was soll das heißen?«

Er lächelte. »Na ja – ich gebe ohne weiteres zu, daß zwischen den beiden Aufnahmen eine gewisse Ähnlichkeit besteht. Ein Fotoapparat ist jedoch immer ein ziemlich heimtückisches Ding. Wer nämlich behauptet, Fotografien täuschten nicht, hat keine Ahnung, worüber er redet. Ich habe selbst Aufnahmen gesehen, auf denen die Leute sich wie Zwillinge glichen – bis man sie persönlich nebeneinander stellte.«

»Dann glauben Sie also, daß ...«

»Ich glaube, daß es sich in Ihrem Fall um eine zufällige Ähnlichkeit handelt, Mrs. Wagner. Der Mann, den Ihre Tochter in Kalifornien kennenlernte – na, vielleicht war es tatsächlich Willie Draves, aber genausogut können es auch fünf andere Kerle sein. Ich würde mich also wirklich nicht darüber aufregen.«

Mrs. Wagner seufzte vor Erleichterung. »Dem Himmel sei Dank«, sagte sie. »Sie können sich gar nicht vorstellen, wie sehr mich diese Sache bekümmert hat.«

»Das habe ich gemerkt, Mrs. Wagner. Und dabei hatten Sie in dieser Woche sowieso schon Kummer genug, was?«

Sie lächelte schwach. »Das glaube ich beinahe auch.«

»Und was ist nun wirklich mit diesem – Freund Ihrer Tochter? Ich glaube, jetzt können Sie mir doch die Wahrheit sagen.«

»Was meinen Sie damit?«

Er lachte gewinnend. »Ich bin mittlerweile seit mehr als zwanzig Jahren bei der Polizei, Mrs. Wagner. Ich habe in dieser Zeit mit unzähligen Leuten über ihre Befürchtungen und Sorgen gesprochen. Aus diesem Grund kann ich kaum glauben, daß Sie sich über einen Mann, den Ihre Tochter vor sechs Jahren für kurze Zeit kannte, so viel Gedanken machten.«

Ihr Gesicht verfiel. »Das stimmt«, sagte sie.

»Wer ist dieser Mann also wirklich, Mrs. Wagner?«

»Mein Schwiegersohn, Leo. Ich habe Ihnen doch schon von ihm erzählt. Und ich gebe zu, daß diese Ähnlichkeit mich verblüffte. Aber ich hätte mir eigentlich gleich denken können, daß meine Tochter sich niemals – daß meine Tochter einen Mann wie den niemals lieben könnte.« Mit einer Handbewegung deutete sie auf das zugeklappte Buch.

Mabel saß am Tisch, als Mrs. Wagner die Wohnung betrat. Ihr Haar war ordentlich frisiert und gekämmt, und sie trug ihr gutes Seidenkleid. Leo saß auf seinem üblichen Platz am Kopfende des Tisches, rasiert und gestriegelt. Beide lächelten, als Mrs. Wagner hereinkam, und Mrs. Wagner gab dieses Lächeln mit Wärme zurück.

»Du kommst gerade rechtzeitig, Mutter«, sagte Mabel.

Mrs. Wagner zog den Mantel aus. »Wie schön«, sagte sie. »Und ihr beide seht heute abend richtig hübsch aus. Geht ihr irgendwohin?«

»Wir wollten nachher in die Stadt, ins Kino«, sagte Mabel.

Mrs. Wagner trat an den Tisch. »Hört mal zu«, sagte sie unvermittelt. »Ich habe eine Idee. Wenn ich nun Mrs. Buchalter, meine Freundin bei der Theaterkasse, anriefe? Vielleicht hat sie noch ein paar schöne Plätze für irgendeine Theatervorstellung? Was meint ihr dazu?«

Mabel und Leo sahen sich an. »Das wäre allerdings ganz prima«, sagte ihr Schwiegersohn dann höflich.

»Schließlich ist heute ein Wochentag«, sagte Mrs. Wagner begeistert. »Allzu schwierig wird es also nicht sein. Und Mrs. Buchalter scheint immer ein paar schöne Plätze übrig zu haben. Warum sollte ich nicht einmal nachfragen?«

»Zur Zeit laufen ein paar gute Musicals«, sagte Mabel.

»Hört mal zu: Ich rufe sie schnell an, bevor es zu spät ist.« Mrs. Wagner stand von ihrem Stuhl auf.

»Das ist wirklich ganz prima von dir«, sagte Leo.

Die Frau ging zum Telefon, und ein glückliches Gefühl ergriff von ihr Besitz. Sie wählte die Nummer der Theaterkasse und wartete, bis das Freizeichen ertönte.

Noch ehe Mrs. Buchalter sich gemeldet hatte, läutete die Wohnungsklingel. Mrs. Wagner legte den Hörer auf die Gabel zurück und öffnete die Wohnungstür.

Der Mann, der vor der Tür stand, war Lieutenant Meade. Mrs. Wagner erkannte ihn kaum wieder – trotz der Tatsache, daß sie erst vor einer Stunde bei ihm gewesen war. Dann aber lächelte sie vor Freude.

»Lieutenant Meade!« sagte sie. »Sie haben meine Handtasche gefunden!« Für sie schien dieser Tag vollkommen zu sein.

»Nicht ganz, Mrs. Wagner.«

Sie wich zurück, und er betrat die Wohnung. Die beiden Männer von der Funkstreife, die hinter ihm standen, folgten ihm; ihre Gesichter waren gespannt, ihre Augen sahen sich sofort gründlich um.

»Ist Ihr Schwiegersohn zu Hause?«

Aus dem Eßzimmer rief Mabel: »Wer ist denn da?«

Mrs. Wagner hielt den Ausschnitt ihres Kleides zusammen. »Ja«, sagte sie. »Leo ist zu Hause. Warum? Was ist passiert?«

»Wir haben den Fall noch weiter verfolgt, Mrs. Wagner.«

Leo erschien selbst in der Diele, eine Serviette in komischer Weise umgebunden; er kaute sogar noch. »Was ist denn hier los?« fragte er. Verwirrt starrte er die Polizeibeamten an. »Was wollen Sie?«

Lieutenant Meade deutete mit einer Kopfbewegung auf ihn. »Willie Draves, ich verhafte Sie.« Betrübt sah er die Schwiegermutter des Mannes an. »Es tut mir wirklich leid, Mrs. Wagner.«

Mit offenem Mund blickte sie ihn an. »Aber Sie haben doch gesagt...«

Mabel kam ebenfalls in die Diele. Ihre Hände zerknüllten ängstlich den Saum ihrer Schürze. »Was soll denn das?« fragte sie. »Was sind das für Leute, Mutter?«

»Mabel...« Mrs. Wagner griff nach dem Arm ihrer Tochter. Lieutenant Meade trat zwischen die beiden und trennte sie freundlich.

»Sie sind ebenfalls verhaftet, Mrs. Draves«, sagte er. »Ich muß Sie bitten, uns zu begleiten.«

»Mrs. Draves?« Mrs. Wagner schien über irgendein unsichtbares Hindernis gestolpert zu sein. Ihre Hand griff ins Leere, bis sie an der Wand der Diele einen Halt fand. »Nein – Sie irren sich«, sagte sie aufgeregt. »Mabel hat nichts davon gewußt. Verstehen Sie? Sie hat nichts gewußt. Das habe ich Ihnen doch schon gesagt, Lieutenant... Ich habe Ihnen doch gesagt...«

»Es tut mir leid, Mrs. Wagner. Das müssen Sie mir glauben.« Der Kriminalbeamte machte ein gequältes Gesicht. »Ich fürchte aber, daß sie genau Bescheid gewußt hat. Rund fünf Jahre lang haben die beiden in Kalifornien zusammengearbeitet. Als ihnen dann der Boden langsam zu heiß wurde, verschwanden sie dort und kamen hierher.«

»Nein!« schrie Mrs. Wagner. »Sie wissen gar nicht, wovon Sie reden! Er war es! Er ist es gewesen, den ich gesehen habe.«

»Ich bin heilfroh, daß es ein *Mann* war, der Ihnen die Handtasche wegnahm, Mrs. Wagner«, sagte der Kriminalbeamte. »Es wäre schrecklich für Sie gewesen – wenn Sie das Bild Ihrer Tochter entdeckt hätten!«

Der Mann mit dem aschblonden Haar blickte sich blitzschnell um und schaute in beide Richtungen der Straße. Dann lüftete er den Deckel der Aschentonne und warf die braune Lederhandtasche hinein. Mit schnellen Schritten ging er weiter und rieb sich die Kinnlade.

»Neun Dollar«, sagte er angewidert. »Das hat die ganze Aufregung nicht gelohnt...«

Die Sache mit der freundlichen Kellnerin

Trotz des ständigen Hin und Her zwischen Küche und Speisesaal des Hotel Gordon Restaurant behielt Thelma Tompkins den freien Ecktisch besorgt im Auge. Das war auch der Grund, daß ein Teller dampfender Tomatensuppe einmal gefährlich bis zum Rand des Tabletts rutschte, das sie gerade durch den Saal trug, so daß Marian, die Wirtin, ihr aus feindseligen Augen einen warnenden Blick zuwarf. Aber in den elf Jahren, die Thelma Tompkins jetzt als Kellnerin arbeitete, hatte sie nicht einen einzigen Teller fallen gelassen, und auch jetzt ließ ihr Instinkt sie nicht im Stich. Dennoch konnte Marian sich eine mürrische Frage nicht verkneifen. »Was plagt dich eigentlich?« fragte sie.

»Mrs. Mannerheim«, erwiderte Thelma und blickte wieder zu dem verwaisten Tisch hinüber. »Sie hat sich jetzt schon fast eine halbe Stunde verspätet. Ob etwas mit ihr ist?«

Marian wurde grob. »Nun hör bloß auf, andere Leute zu bemuttern. Die alte Dame wird schon noch kommen. Das ist sie bisher immer noch.«

Aber Thelma machte weiterhin einen besorgten Eindruck, und die Stirnfalten verschönerten ihre mürrischen Züge nicht gerade. Ihr strähniges braunes Haar, dessen Wellen durch die Hitze in der Küche und die Kühle des klimatisierten Speisesaals ausgegangen waren, wurde noch unordentlicher, je später es wurde. Als Mrs. Mannerheim schließlich ihren gewohnten Platz am Ecktisch einnahm, sah Thelma fast genauso elend aus wie die alte Dame.

Aber doch nicht ganz. Mrs. Mannerheim, deren winzige, hagere Gestalt in dem lose gearbeiteten schwarzen Seidenkleid selbst in Umrissen nicht erkennbar war, sah auffallend blaßgesichtig und geisterhaft aus. Sie war tatsächlich eine ausgesprochen alte Dame – weit über neunzig, wie Thelma annahm. Und an diesem Abend konnte man fast glauben, der Tod wäre ihr Gesellschafter.

»Wie geht es Ihnen, Mrs. Mannerheim?« Thelma stützte

beide Hände auf den Tisch und brachte ihren Mund dicht an die tauben alten Ohren. »Ich habe mir schon Gedanken gemacht, als Sie nicht erschienen. Dasselbe wie sonst?«

»Ja, Liebes, bitte«, sagte die alte Frau und faltete mit gichtigen Händen die Serviette auseinander. »Dasselbe wie sonst, Thelma. Und machen Sie sich meinetwegen keine Gedanken.«

»Haben Sie sich vielleicht nicht gut gefühlt?«

»Nur ein wenig«, sagte Mrs. Mannerheim lächelnd, »nur ein wenig.«

»Ja – aber soll ich dann nicht doch lieber einen Arzt holen? Sie sehen wirklich gar nicht gut aus.«

»Sie müssen nicht dauernd vom Arzt reden. Seit dreißig Jahren war keiner mehr bei mir – seit damals, als Leverett, dieser alte Dummkopf, mir weismachte, ich müßte sterben.« Sie streichelte Thelmas Hand. »Aber vielen Dank, daß Sie sich meinetwegen Gedanken machen, Thelma. Es ist schön, wenn sich jemand um einen kümmert.«

Die Kellnerin versuchte, die aufsteigenden Tränen zurückzuhalten – dieselben Tränen, die auch durch traurige Filme, hungernde Katzen oder ihren jüngeren Bruder ausgelöst werden konnten. Sie ging in die Küche, fuhr sich mit dem Handrücken über die Augen und sagte Jeff, dem Koch, Bescheid, daß Mrs. Mannerheim gekommen wäre. Jeff brauchte keine weiteren Einzelheiten; in den acht Jahren, die Mrs. Mannerheim jetzt im Gordon Hotel wohnte, war ihr Abendessen immer dasselbe gewesen: ein Glas Tomatensaft, eine dünne Scheibe Roastbeef, eine gekochte Kartoffel, Karotten und Milch. Als Thelma alles auf den Tisch gestellt hatte, versuchte Mrs. Mannerheim tapfer, das Fleisch auf ihrem Teller zu zerschneiden. Wie üblich übernahm Thelma freiwillig diese Aufgabe, und widerstrebend wie immer nahm die alte Dame ihre Hilfe an.

»Sie sind ein gutes Kind«, sagte sie weich und schaute Thelma zu.

Thelma lachte. »Ich bin vierundvierzig, Mrs. Mannerheim. Ein Kind bin ich wirklich nicht mehr. Möchten Sie noch etwas Butter zu der Kartoffel?«

»Können Sie sich nicht ein Weilchen zu mir setzen und sich ein bißchen mit mir unterhalten, Thelma?«

»Aber Mrs. Mannerheim, gerade jetzt geht es wirklich nicht. Wir haben viel zu tun.«

»Später vielleicht? Ich hätte gern etwas mit Ihnen besprochen.«

»Später geht es bestimmt, Mrs. Mannerheim.«

Um halb elf leerte sich das Restaurant, und Marian nickte ihr zu. Bevor Thelma sich jedoch umzog, ging sie zum Tisch der alten Dame und setzte sich.

»Worüber wollten Sie mit mir sprechen, Mrs. Mannerheim?«

»Über Sie selbst, Thelma. Oder haben Sie etwas dagegen?«

»Über mich?« Die Kellnerin lachte und strich sich befangen über ihre unordentlichen Haare. »Über mich gibt es nicht viel zu reden, Mrs. Mannerheim.«

»Ich hätte gern gewußt, wie Sie zurecht kommen, Thelma.«

»Ach – wie üblich, Mrs. Mannerheim.«

»Und Ihr Bruder, von dem Sie einmal erzählten? Wie geht es ihm?«

»Arthur? Ach danke, ihm geht es gut. Zum Millionär wird er es mit seinem Laden zwar nicht bringen, aber sonst reicht es.« Sie blickte zur Seite, und ihre Lippen wurden weiß.

»Sie haben also immer noch Kummer mit ihm, nicht wahr? Als wir uns zum letztenmal unterhielten, machten Sie sich Gedanken, weil er so unglücklich darüber war, den Drugstore leiten zu müssen.«

Thelma schwieg.

»Sie lieben Ihren Bruder sehr – nicht wahr?«

»Wahrscheinlich. Seit Pop tot ist, habe ich nur noch ihn, Mrs. Mannerheim. Ich meine, was ich damals alles über ihn gesagt habe – ich habe es gar nicht so gemeint. Er ist eben noch jung; und da kommt es schon vor, daß man hin und wieder Schwierigkeiten hat. Sie wissen sicher, wie das ist.«

»Natürlich.« Die alte Dame hüstelte, und innerhalb des leeren Seidenkleides klang es dumpf und hohl.

»Möchten Sie ein Glas Wasser haben?«

»Nein, danke – mit mir ist alles in Ordnung. Das heißt: Ganz stimmt es nicht.« Sie versuchte zu lachen. »Nicht richtig in Ordnung, Thelma. Zum erstenmal fühle ich mich tatsächlich alt. In letzter Zeit ist es mir so schlecht gegangen... Manchmal glaube ich, daß die Zeit gekommen ist...«

»Aber Mrs. Mannerheim.« Die Tränen kamen schon wieder.

»Sie brauchen sich darüber nicht zu grämen. Wenn man so alt ist wie ich, denkt man über den Tod ganz anders. Aber was ich eigentlich sagen wollte, Thelma – ich meine, falls mir etwas zustoßen sollte – ist, daß ich sehr viel von Ihnen halte und Ihnen helfen möchte. Können Sie sich vorstellen, wovon ich spreche?«

»Nein.«

»Ich spreche von Geld, Thelma. Ich bin, was man eine reiche alte Witwe nennt, mit mehr Geld als Verstand. In Kalifornien wohnt eine Nichte von mir, die auch etwas bekommen wird, weil sie nun einmal zur Familie gehört; aber kümmern tut sie sich keinen Deut um mich. Dagegen möchte ich, daß Sie jedenfalls wissen, daß ich mich Ihrer angenommen habe.«

Halb aus Verwirrung, halb in plötzlicher Erwartung hob Thelma den Kopf.

»Daß Sie sich meiner angenommen haben?«

»In meinem Testament. Sie waren für mich eine gute Freundin, Thelma – in den letzten Jahren. Dafür bin ich Ihnen dankbar. Wenn ich sterbe, werden Sie in der Lage sein, diese Stellung aufzugeben und zu tun, was Sie wollen. Und Ihr Bruder...«

Thelma griff sich mit zitternder Hand an die Kehle. Arthur!

»Aber Mrs. Mannerheim, das brauchen Sie doch nicht...«

»Ich möchte es aber, Thelma; ich möchte es wirklich. Es geht dabei um eine beträchtliche Erbschaft – glauben Sie mir. Ich weiß selbst nicht, weshalb ich so reich bin; aber seit dem Tode meines Mannes scheint das Geld sich von selbst zu vermehren. Bisher habe ich es auf diese Weise schön gehabt, und jetzt möchte ich Sie glücklich machen.«

Sie schien Schwierigkeiten beim Atmen zu haben, preßte die Hände gegen ihren Leib und schloß die Augen.

»Mrs. Mannerheim...«

»Es ist gleich vorüber, Thelma – es ist gleich vorbei...«

Als die Augen sich wieder öffneten, waren sie ruhig und strahlend.

»Ich habe nicht mehr lange zu leben, Thelma«, sagte sie. »Manchmal träume ich von meiner Mutter, die ein langes weißes Kleid mit Blumen trägt. Glauben Sie an Träume?«

»Ich weiß nicht«, flüsterte Thelma Tompkins und hätte nur zu gern gewußt, ob auch dieser Augenblick nur ein Traum war.

Es war erst zehn nach elf, als Thelma nach Hause kam, aber Arthur saß bereits mit untergeschlagenen Beinen vor dem Fernsehapparat; so zerzaust und müde, wie er aussah, mußte er schon seit Stunden dort hocken. An jedem anderen Abend wäre sie böse gewesen; diesmal hielt sie es jedoch für angebracht, ihn sanfter anzufassen.

»Um Himmels willen, Arthur! Wann hast du denn das Geschäft geschlossen?«

»Erst vor kurzem«, erwiderte ihr Bruder mit finsterem Gesicht.

»Du darfst nicht so zeitig zusperren, Arthur. Du kannst es dir einfach nicht leisten! Du weißt doch selbst, was Pop immer gesagt hat: Nach zehn geht das Geschäft erst richtig los...«

Er antwortete nicht. Vielmehr vergrub er sein bartloses Kinn in dem offenstehenden Kragen seines Hemdes, bis auch sein schmollender Mund nicht mehr zu sehen war; mit gefurchter Stirn saß er da und fuhr sich mit der Hand durch das dichte blonde Haar. Wenn er schmollte, sah er noch jungenhafter aus als sonst. Thelma konnte kaum glauben, daß er beinahe fünfunddreißig war.

»Arthur, ich muß dir etwas erzählen.«

»Schreib mir einen Brief.«

»Nun sei doch nicht so ungezogen. Diesmal ist es wichtig. Viel wichtiger als Fernsehen.«

»Was ist denn los? Haben sie dich ’rausgeschmissen?«

»Arthur, diesmal geht es auch dich an.«

Das Personalpronomen erweckte sein Interesse. Er stellte den Apparat leiser und drehte sich zu seiner Schwester um.

Sie erzählte ihm die Neuigkeiten. Er hörte ihr mit einer Aufmerksamkeit zu, wie er sie bisher nur selten gezeigt hatte, wenn sie etwas zu sagen hatte, und versagte es sich sogar, sie mit spitzen Fragen zu unterbrechen. Als sie fertig war, wich bei ihm die Spannung wie von einer unbelasteten Feder, und er sackte im Sessel in sich zusammen.

»Wieviel glaubst du wohl?« sagte er träumerisch. »Wieviel, Thelma?«

»Ich habe keine Ahnung. Man erzählt sich alles mögliche über sie. Ihr Mann war in der Konservenindustrie, starb jedoch – ach, das muß schon Jahre her sein. Aber das Geld muß sie irgendwie angelegt haben, und deshalb ist es jetzt so viel. Dabei sieht sie so krank aus, die Arme...«

»Und da steckt der Wurm drin«, murmelte ihr Bruder. »Wenn sie bald stürbe, etwa in den allernächsten Monaten, hätte ich ein paar Sachen, für die ich mich interessiere...«

»Arthur!«

»Reg dich bloß nicht auf. Ich wünsch’ deiner Freundin schon nichts Böses. Aber wenn sie wirklich so krank ist...«

»Nicht einmal denken möchte ich an solche Sachen. Mir genügt es bereits zu wissen, daß ich eines Tages...«

»Ja, sicher – eines Tages«, sagte Arthur Tompkins. »Wie alt soll sie jetzt sein?«

»Genau weiß ich es nicht. Neunzig, vielleicht auch etwas älter.«

Der Mann lächelte, und sein Gesicht war das eines Jungen. Mit der einen Hand stellte er den Apparat zwar ab, aber trotzdem starrte er weiter auf den Bildschirm, als sähe er dort immer noch Bilder.

Zwei Monate lang behielt Thelma Tompkins den Ecktisch im Auge, und Abend für Abend erschien die alte

Dame, die schon lange die Rechte eines Stammgastes erworben hatte, wenn auch zu verschiedenen Zeiten. Die letzten Reste von Farbe wichen langsam aus ihren Wangen, und ihr schleppender Gang wurde immer mehr zu einem Schwanken. Marian, die Wirtin des Restaurants, beobachtete ebenfalls den Verfall der alten Mrs. Mannerheim und war voller Mitgefühl, jedoch nicht für die alte Frau, sondern für ihren eigenen Ordnungssinn.

»Nun sieh dir das nur an!« sagte sie. »Ich habe wirklich Angst, daß sie mitten beim Essen tot umfällt. Frauen wie sie sollten wirklich sehen, daß sie in einem Heim – oder wo weiß ich – unterkommen.«

Thelma schwieg. Der alten Dame gegenüber war sie noch aufmerksamer geworden als früher, breitete die Serviette auf ihrem Schoß aus, schnitt das Roastbeef besonders klein und goß selbst Wasser in das Glas. Aber während sie ihre Bemühungen verdoppelte, um der alten Mrs. Mannerheim eine Freude zu machen, wußte sie genau, daß das Motiv reiner Menschenfreundlichkeit seit jener Mitteilung getrübt worden war.

Sie wußte selbst, daß es heute mehr war als nur Menschenfreundlichkeit, daß ihre Besorgtheit jetzt auch selbstsüchtige Zwecke verfolgte. Aber Thelma verspürte weder Scham noch Schuld; bei allem mußte sie jetzt auch an Arthur denken. Für wen ihre Liebe sich verantwortlich fühlte, war klar.

Aber der nächste Schritt war unvermeidlich. Als Monat auf Monat folgte und die winzige Gestalt der Mrs. Mannerheim immer ätherischer wurde, konnte nichts verhindern, daß das, was früher eine Befürchtung gewesen war, zu einem unausgesprochenen Wunsch wurde: Warum stirbt die alte Dame nicht?

Mrs. Mannerheim starb nicht. Nacht für Nacht hatte es den Anschein, daß das Feuer des Lebens in ihrem ausgezehrten Körper erlösche, aber irgendwie blieb die Glut erhalten und brannte weiter. Einmal sank sie, wie Marian befürchtet hatte, am Tisch in sich zusammen, aber auch dieser Ohnmachtsanfall ging schnell vorüber. Eine Woche lang war sie zu elend, um die Reise von ihrem Zimmer, das im dritten Stock lag, in das unten befindliche Restaurant zu machen, und so brachte Thelma jeden Abend das Tablett nach oben, wobei sie, sobald sie die Zimmertür öffnete, immer damit rechnete, die alte Dame nicht mehr atmend und endlich zur Ruhe gekommen vorzufinden. Aber Mrs. Mannerheim war immer am Leben gewesen; es war ihr zwar nicht gerade gut gegangen, aber immer hatte sie leise gelächelt, während ihr kleiner Kopf reglos auf dem Kopfkissen ihres Bettes lag.

Der Frühling verging, auch der Sommer verstrich, und dann kehrte die Winterkälte in die Stadt zurück, wo sie den Alten das Mark in den Knochen gefrieren ließ und jenen, die in ihren Hotelzimmern und Pensionen lebten, Krankheit und Tod brachte. Aber Abend für Abend war der Ecktisch besetzt.

»Von der ewigen Warterei ist mir schon ganz übel«, sagte Arthur eines Morgens.

»Arthur!«

»Sag bloß nicht dauernd ›Arthur‹ zu mir, Thelma. Dir geht es doch genauso! Du fängst doch auch schon an, die alte Frau zu hassen!«

»Hassen? Wovon redest du eigentlich? Ich jedenfalls habe die alte Dame ausgesprochen gern...«

»Sicher, das redest du dir ein.« Er lachte unvermittelt. »Aber du erzählst von ihr nicht mehr so wie früher. Als hättest du dazu keine Lust mehr. Und ich wette, daß sie dir das Leben ziemlich sauer macht.«

»Sei doch nicht lächerlich.« Sie konnte ihn nicht ansehen. Woher er es nur wußte? Tatsächlich empfand sie der alten Dame gegenüber eine gewisse Spannung. Mrs. Mannerheim hatte angefangen, sich ständig zu beklagen, am Essen herumzumäkeln und Thelma zu beschuldigen, nicht ordentlich zu sein und sogar die Rechnung falsch auszustellen. Eines Abends war sie mit der Kellnerin so böse gewesen, daß sie darüber sogar die üblichen fünfundzwanzig Cent Trinkgeld vergessen hatte. Aber das alles war nach Thelmas Meinung nur natürlich; wenn die Leute alt und krank werden, werden sie meistens auch unzufrieden...

»Ich sehe es doch deinem Gesicht an«, sagte Arthur und beugte sich schmeichelnd vor. »Von Tag zu Tag haßt du die alte Frau mehr. Sie braucht zum Sterben ziemlich lange, was?«

»Ich habe keine Lust, mir dein Gerede anzuhören!«

»Acht Monate dauert es jetzt schon. Wie kommst du eigentlich darauf, daß sie nicht noch hundert Jahre alt wird?«

»Aber wo sie so krank ist...«

»Warum ist sie denn dann noch nicht tot?«

»Arthur!«

»Warum sollte man eigentlich nicht ein bißchen nachhelfen, Thelma?

Ganz von selbst kamen diese Worte plötzlich aus ihm heraus, und seinem überraschten Gesichtsausdruck nach waren sie offensichtlich auch ganz unbeabsichtigt. Aber der Gedanke mußte schon lange dagewesen sein, bevor er ausgesprochen wurde. Thelma war zu betäubt, um darauf eine Antwort zu geben; er aber hielt ihr Schweigen für Interesse und sprach weiter.

»Es wäre einfach – ganz einfach«, sagte er. »Und es wäre nicht einmal unrecht, Thelma – das ist das Beste daran. Denk doch nur mal, wie die alte Dame leiden muß, wo sie so krank ist. Glaubst du, eine alte Frau wie sie wäre nicht heilfroh, wenn sie endlich Ruhe hätte? Und du kannst ihr doch dazu verhelfen, Thelma, so leicht!«

»Ich will nie mehr etwas davon hören!« sagte sie aufgebracht, schloß jedoch nur die Augen.

»Für dich wäre es ganz einfach, und kein Mensch würde es jemals merken. Ich würde dir auch dabei helfen, Thelma. Ich würde dir zeigen, wie einfach es ist. Und wer die alte Frau kennt, glaubt bestimmt, daß es bald mit ihr zu Ende ist. Kein Mensch wird irgend etwas ahnen.«

»Hör auf!«

Er lächelte sie an. »Und weißt du, wie wir es machen könnten, Thelma? Mit dem Essen. Das du ihr jeden Abend an den Tisch bringst. Sie wird es gar nicht merken, so alt, wie sie ist, und bei solchen Leuten ist es mit dem Geschmack auch nicht mehr so doll. Bloß immer eine Prise

Pulver unter das Essen, Thelma, nur eine ganz kleine Prise, Abend für Abend, bis sie...«

»Du bist wahnsinnig! Du bist vollständig verrückt, Arthur!«

»Klar, sicher – bloß hör weiter zu, was ich zu sagen habe. Ich habe von diesem Zeug genügend auf Lager, Thelma, mehr als wir brauchen. Und jeden Abend tust du ihr eine winzige Prise in das Essen. Einfacher geht es doch nicht, oder? Nun sag schon!«

Sie zwang sich, von ihrem Stuhl aufzustehen, atmete schwer, als kämpfte sie verzweifelt gegen einen Strudel, und rannte aus dem Zimmer.

Arthur blieb sitzen. Er schaltete den Fernsehapparat ein und blieb den Rest des Vormittags schweigsam. Nachmittags ging er zum Drugstore und kam erst nach Mitternacht zurück. Kurz bevor sie zu Bett gingen, sagte er: »Die arme alte Dame, und dazu noch so krank. Eine Gnade wäre es, Thelma.«

Dann verschwand er in seinem Schlafzimmer.

Einen ganzen Monat lang erwähnte Arthur seine Idee nicht mit einem einzigen Wort. Thelma wartete immer darauf, daß er davon anfangen würde, aber das tat er nicht. Schließlich war sie gezwungen, selbst davon zu reden.

»Die arme Mrs. Mannerheim«, sagte sie.

»Was ist denn?«

»Sie sieht so schlecht aus. Sie kann kaum mehr gehen. Wenn ich sie so leiden sehe, kommt mir manchmal der Gedanke, daß du recht hast, Arthur, von wegen Gnade. Ich meine...«

Arthur besaß Fingerspitzengefühl. Weder lächelte er, noch machte er ein zufriedenes Gesicht. Er nickte nur ernst und voller Mitgefühl, und dann wartete er noch einige Minuten, ehe er sagte: »Wenn ich es nun heute abend vom Geschäft mitbringe, Thelma? Für Mrs. Mannerheim.«

»Wie du meinst«, sagte Thelma verträumt und beinahe so, als hätte sie gar nicht hingehört.

Jeff, der Koch, nickte kaum, als Thelma die Küche betrat; er wußte bereits, daß Mrs. Mannerheim gekommen war, reichte Thelma das Tablett, und sie stellte es auf den Wagen.

In der winzigen Anrichte neben der Treppe, die zum Gesellschaftszimmer des Restaurants hinunter führte, blieb sie einen Augenblick stehen und lüftete den Deckel, der auf dem Teller lag. Aus ihrer Schürzentasche holte sie eine kleine braune Tüte und streute eine winzige Prise des Pulvers über das Roastbeef. Dann legte sie den Deckel wieder auf den Teller und rollte den Wagen durch den Gang zu dem Ecktisch.

Während der Durchführung ihres Vorhabens war sie nicht nervös gewesen; als die jedoch neben Mrs. Mannerheims Tisch wartete und die alte Dame sich mühte, ihrem schwachen Körper die Nahrung zuzuführen, waren ihre Finger so zitterig, daß sie sie unter ihrer Schürze verbarg.

Die alte Frau zeigte keinerlei Reaktion. Sie aß das Fleisch genauso mechanisch und interesselos, wie sie es immer tat.

Als Mrs. Mannerheim den Saal verließ, ließ Thelma das Trinkgeld in die Tasche gleiten, wo es neben der kleinen Gifttüte lag.

Am nächsten Abend war es genauso einfach.

Am dritten und vierten Abend war es nicht anders.

Aber Mrs. Mannerheim starb nicht.

»Das verstehe ich nicht«, sagte Arthur. »Sieht sie denn nicht einmal schlechter aus? Ist ihr übel? Oder irgend so was?«

»Nein. Aber irgendeine Veränderung ist bei ihr auch nur sehr schlecht zu merken, Arthur. Ich meine: Sie sieht immer fürchterlich elend aus.«

»Nun reg dich nicht unnötig auf. Aber nimm lieber weiter die kleine Dosis; wir müssen jedes Risiko vermeiden.«

»Ja, Arthur.«

»Sieh mal, was ich dir mitgebracht habe«, sagte ihr Bruder grinsend. »Ein Geschenk.«

Sie nahm das Päckchen und strahlte vor Freude. Es

stammte aus dem Drugstore, und es enthielt Parfüm; der Preis stand noch auf dem Karton.

Am nächsten Abend erschien Mrs. Mannerheim nicht zum Abendessen, und Thelma wiegte sich plötzlich in der Hoffnung, daß die Prüfung nun vorüber wäre. Später tauchte sie jedoch auf und meinte nur, sie hätte das Abendbrot verschlafen und von ihrer Mutter geträumt, die ein langes weißes Kleid getragen hätte.

Eine ganze Woche verging, und Mrs. Mannerheim starb nicht.

»Bist du dir mit dem Gift auch ganz sicher?« sagte Thelma zu ihrem Bruder und hatte keine Angst mehr, dieses Wort auszusprechen, da sie jetzt selbst auf den Erfolg wartete.

»Natürlich bin ich mir sicher! Aber vielleicht sollten wir die Dosis doch etwas vergrößern. Eigentlich müßte es sie bald...«

»Aber das tut es doch nicht! Es scheint ihr nicht einmal schlechter zu gehen als vorher, Arthur. Manchmal glaube ich, sie lebt ewig...«

»Das kommt gar nicht in Frage. Vergrößere die Dosis«, sagte Arthur grimmig.

Thelma vergrößerte sie. Allabendlich tat sie das Pulver in das Essen der alten Dame. Nach weiteren zwei Wochen und damit vierzehn Abendessen, die mit Gift gewürzt waren, schien Mrs. Mannerheim einen Teil ihrer Gesundheit zurückzuerlangen – so daß die Träume von einer wohlhabenden Zukunft in immer größere Ferne und Verschwommenheit zu rücken schienen und Arthur die Bedenken aussprach, die auch ihre eigenen Gedanken beschäftigten.

»Und wenn sie ihre Absicht nun ändert? Wenn sie ihr Testament ändert?«

»Sag doch so etwas nicht, Arthur!«

»Aber es ist doch immerhin möglich! Du hast mir selbst erzählt, wie gemein sie jetzt manchmal zu dir ist. Wenn sie nun plötzlich auf die Idee kommt, daß du doch nicht so ein anständiger Kerl bist? Wenn ihr euch plötzlich in die Haare geratet? Und was kann nicht alles noch passieren!«

»Es darf nichts passieren! Es darf einfach nicht!« schluchzte Thelma.

»Alles kann passieren!« schrie ihr Bruder. Sein Blick, seine Stimme waren haßerfüllt.

»Ich sorge dafür, daß es nicht passiert«, versprach Thelma. »Ich sorge schon dafür, Arthur.«

Am gleichen Abend brannte, als sie im Restaurant zum Dienst erschien, das Verlangen nach Gewißheit in ihrer Brust. Keine kleinen Dosen mehr, kein Tod in winzigen Prisen; sie wollte Endgültiges, wollte den Schluß.

Um zehn Uhr war Mrs. Mannerheim immer noch nicht erschienen.

»Wo ist sie eigentlich?« fragte Thelma die Wirtin, die die Schultern zuckte. »Wo bleibt Mrs. Mannerheim denn heute abend, Marian?

»Woher zum Teufel soll ich denn das wissen?« fragte Marian wütend. »Menschenskind, fast könnte man glauben, der alten Dame gehöre dieses Restaurant. Wahrscheinlich hat sie bloß wieder verschlafen...«

»Vielleicht sollte ich lieber nachsehen. Vielleicht sollte ich lieber über den Hausapparat bei ihr anrufen.«

»Vergiß nicht, daß du hier bist, um die Gäste im Restaurant zu bedienen.«

»Aber vielleicht ist sie wirklich krank; vielleicht braucht sie Hilfe?«

»Um Himmels willen, nun mach mich nicht auch noch krank. Also meinetwegen – ruf bei ihr an; sollen die anderen sehen, wie sie satt werden.«

Thelma ging in die Hotelhalle und nahm den Hörer des Hausapparats ab. Zweimal läutete das Telefon im Zimmer der alten Frau, ehe Mrs. Mannerheim sich mit kaum verständlicher Stimme meldete. Nein, los wäre mit ihr nichts, sagte sie; sie hätte nur keinen Appetit. Ob Thelma ihr vielleicht etwas nach oben bringen sollte? Nein, das wäre nicht nötig. Es würde ihr wirklich nichts ausmachen, sagte Thelma, vielleicht ein Sandwich oder eine Tasse Tee oder sonst irgend etwas? Also gut, sagte Mrs. Mannerheim, eine Tasse Tee wäre sehr schön.

Die Kellnerin ging in die Küche und füllte eine Kanne mit heißem Wasser. Dann stellte sie eine Tasse nebst Untertasse auf das Tablett und nahm zwei Teebeutel aus dem Vorratsschrank. Anschließend ging sie zum Hotelaufzug und drückte auf den Knopf mit der Drei.

Als sie das Zimmer betrat, sagte Mrs. Mannerheim: »Sie sind wirklich ein liebes Mädchen.« Von ihrem Sessel konnte sie sich jedoch nicht erheben. »Ich fühlte mich heute zu schwach, um nach unten zu kommen, und mein Appetit ist auch nicht groß.«

»Ich verstehe«, sagte Thelma. Sie drehte der alten Dame den Rücken zu und stellte das Tablett auf dem neben der Tür stehenden Tisch ab. Dann tat sie die Teebeutel in die Kanne und griff in die Schürzentasche.

Die Tasche war leer. Sie hatte das Gift vergessen.

»Haben Sie auch Milch mitgebracht?« fragte die alte Dame und versuchte mühsam, auf die Füße zu kommen. »Haben Sie auch Milch mitgebracht, Thelma?«

»Nein«, antwortete sie ärgerlich. »Die Milch habe ich vergessen, Mrs. Mannerheim.«

»Aber Tee ohne Milch bringe ich nicht herunter, Thelma. Können Sie sie nicht noch schnell holen?«

Thelma fuhr herum und starrte die alte Frau an. »Ich habe keine Milch mehr, Mrs. Mannerheim. Sie können den Tee auch mal so trinken!«

»Das kann ich eben nicht!« jammerte die alte Dame. »Ich kann es einfach nicht, Thelma. Ich habe immer Milch zum Tee genommen, seit meiner Kinderzeit. Sie wissen doch, wie es ist – mit solchen Angewohnheiten...«

»Das weiß ich eben nicht!« schrie Thelma. »Keine Ahnung habe ich! Ich gehöre nicht zu den Leuten, die immer alles hatten, was sie haben wollten, Mrs. Mannerheim. Kapieren Sie das nicht?«

»Aber Thelma...«

»Wenn ich etwas haben wollte, mußte ich dafür arbeiten, Mrs. Mannerheim. Sie glauben wohl, ich arbeite als Kellnerin, weil es mir Spaß macht, weil das Restaurant mein Zuhause ist, was? Sie glauben wohl, ich könnte mir nichts Schöneres vorstellen als dreckige Küchen und abgegessene Teller und ewig jammernde alte Weiber, was...«

Mrs. Mannerheim machte ein verstörtes Gesicht. Dann richtete sie sich würdevoll auf. »In diesem Ton dürfen Sie mit mir nicht sprechen, Thelma.«

»Ich rede mit Ihnen so, wie es mir paßt!«

Der alten Dame verschlug es den Atem.

»Sie sind ein ungehobeltes und freches Mädchen, Thelma. Sie sind also doch nicht der Mensch, für den ich Sie gehalten habe. Aber wenn Sie glauben, daß ich mir von Ihnen so etwas gefallen lasse, dann haben Sie sich geirrt. Ich werde sofort meinen Anwalt anrufen und das Testament ändern...«

»Rühren Sie das Telefon nicht an!« schrie Thelma auf, als die alte Dame nach dem Hörer griff, und unterbrach diese Bewegung, indem sie das knochige Handgelenk umklammerte.

»Lassen Sie mich los, Sie schreckliches Kind!«

»Vierundvierzig Jahre bin ich alt!« kreischte Thelma, und ohne zu überlegen oder nachzudenken, warf sie sich auf die alte Frau, wie ein Raubtier sich auf seine Beute stürzt; ein urtümlicher Instinkt lenkte ihre Hände zur Kehle, zur Luftröhre, dem Ursprung des Atems und des Lebens. Abgesehen von einer kraftlosen Bewegung ihrer

Hände wehrte Mrs. Mannerheim sich nicht. Sie schien für den Tod so bereit und auf sein Kommen so vorbereitet zu sein, daß ihr ausgezehrter Körper erschlaffte, bevor Thelmas große Hände ihren Hals mit jener Kraft gepackt hatten, die nötig war, um sie zu töten. Für Mrs. Mannerheim kam der Tod so schnell, daß Thelma sie noch immer festhielt, als die Tür sich hinter ihr öffnete und das Zimmermädchen jenen gellenden Schrei ausstieß, der den Bann brach...

Das wichtigste war, wie Thelma sich immer wieder sagte, Arthur. Ständig nannte sie seinen Namen in Gedanken, aber niemals sprach sie ihn laut aus, nicht ein einziges Mal während der Qual der Verhaftung, des Gefängnisses und der endlosen Verhöre.

Aber dann kam es doch heraus, und zwar allein auf Grund jener Frage, die der andere ihr stellte – dieser große graue Klotz von Mann, der auf dem Polizeirevier sagte: »Warum mußten Sie sie denn überhaupt umbringen? Warum konnten Sie nicht warten? Eine kranke alte Frau...«

»Krank?« wiederholte Thelma und lachte. »Die war gar nicht krank...«

»Doch – sie war krank, sehr krank sogar. Bei der Sektion hat es sich genau herausgestellt. Sie litt an einer parasitären Infektion, die bei einer Frau ihres Alters gefährlich ist. Das einzige, was sie noch am Leben hielt, war vermutlich die Behandlung, der sie sich unterzogen hat: Arsen in kleinen Dosen.«

Der Schlaf des Gerechten

Cavender legte einen weiteren Zigarettenstummel auf den Berg, der sich auf dem kleeblattähnlichen Aschenbecher bereits gebildet hatte, und unter seiner Hand wanden sich die ausgedrückten Zigaretten wie weiße Würmer. Angeekelt zog er seine Hand zurück und fuhr mit seinen bloßen Füßen in die Pantoffeln, die neben dem Bett standen. Unerbittlich waren die Leuchtzeiger des Weckers auf dem Nachttisch weitergerückt und zeigten auf vier Uhr – er wußte, daß er das Problem mit Medikamenten nicht lösen konnte. Wenn überhaupt, dann hatte die dämpfende Wirkung des Schlafmittels seine Schlaflosigkeit nur noch verschlimmert. Er hatte ein bleiernes und fast fiebriges Gefühl; der Pulsschlag war ein ununterbrochenes Pochen, in seinen Ohren rauschte es, und seine Augen brannten und schmerzten, als hätte er Sand hineinbekommen. Er sagte sich, daß er am nächsten Tag nicht ins Büro gehen würde, und damit wurde eine Kette von Gedanken ausgelöst. Um Viertel nach vier gab er jeden weiteren Versuch auf und versuchte zu lesen. Die Wörter stolperten jedoch durcheinander und verschwammen, bis er nicht ein einziges mehr erkennen konnte. Um fünf döste er ein und wachte zehn Minuten später wieder auf. Um sechs beschloß er, den Rat Dr. Steers' zu befolgen und einen Psychiater aufzusuchen; allein dieser Entschluß genügte, ihn zur Ruhe kommen zu lassen. Eine knappe Stunde schlief er, bis der Wecker rasselte.

An der Tür stand der Name »Tedaldi«.

»Sind Sie bestellt?« fragte das Mädchen in der Anmeldung. Abschätzend sah es ihn an, und das gefiel Cavender nicht. Er fühlte sich beschämt, verwirrt, als könnte man ihm die Probleme vom Gesicht ablesen. »Nein«, sagte er mürrisch. »Dr. Steers hat mich hergeschickt.«

»Ach so. Und jetzt wollen Sie einen Termin festmachen?«

»Ich hätte Dr. Tedaldi gern sofort gesprochen. Dafür habe ich mir extra frei geben lassen.«

Zweifelnd sah sie ihn an, nahm dann jedoch Notizblock und Bleistift von ihrem Tisch und trug beides wie Insignien ihrer Würde in das Sprechzimmer, das nebenan lag. Wenig später kam sie zurück und schien mit sich zufrieden zu sein.

»Dr. Tedaldi läßt bitten.«

»Verdammt nett von ihm«, sagte Cavender.

»Dr. Steers und ich sind nämlich zusammen zur Schule gegangen.« Tedaldi war ein rundlicher, jovialer Mann mit einem Gesicht, das einer Ansammlung leicht verderblicher Gemüsearten ähnelte. Cavender mochte ihn nicht und bedauerte bereits, hierher gekommen zu sein. »Was macht Ihnen Kummer, Mr. Cavender?«

»Ich kann nicht schlafen.«

»Was meinen Sie damit?«

»Schlaflosigkeit. Ich kann nicht schlafen. Seit Monaten tue ich schon kein Auge mehr zu.«

Tedaldi rieb sich die karottenfarbene Nase. »Das behaupten viele Leute. Angeblich schlafen sie nie.« Er kicherte. »Stimmen tut es natürlich nicht – es scheint bloß so.«

»Ich schlafe manchmal. Vielleicht eine Stunde, vielleicht auch zwei. Aber das genügt nicht.«

»Das kann ich mir vorstellen. Und da Sie zu mir gekommen sind, nehme ich an, daß Dr. Steers Ihre Beschwerden nicht für organisch hält.« Er zog einen Notizblock heran. »Dann wollen wir erst einmal die Personalien festhalten – einverstanden? Unterhalten tun wir uns später.«

Er gab sie der Reihe nach an. Name: Charles Cavender. Alter: 36. Beruf: Angestellter einer Schiffahrtsgesellschaft. Familienstand...

»Ledig – nein: verwitwet.«

Tedaldi zog eine Augenbraue hoch. »Ihre Frau ist jung gestorben?«

»Verunglückt«, knurrte er.

»Wobei?«

»Ist das so wichtig?«

»Vielleicht.«

Cavender seufzte.

»Bei einem Brand«, sagte er und lehnte sich mit einem Gefühl der Erleichterung in den Plüschsessel zurück. Das Verlangen nach Schlaf überwältigte ihn beinahe, die freundliche Stimme des rundlichen Mannes hinter dem Schreibtisch wurde immer entfernter und wurde zum leisen Geräusch einer Unterhaltung, die irgendwo geführt wurde und mit ihm gar nichts zu tun hatte...

Dann redete er. Zwölf Zigaretten lang sprach er, unterbrach sich nur, um den Rauch tief einzuatmen, und erzählte Tedaldi, was dieser wissen wollte: von Linda, von dem Brand und von dem Traum.

»Im Traum ist es so, wie es vor einem Jahr war«, sagte er. »Wir wohnen in dem alten Haus in Grassy Heights. Ganz deutlich erkenne ich im Wohnzimmer jedes einzelne Möbelstück, die leuchtend rote Brandmauer und den wolligen Teppich, dessen Fussel immer an meinen Hosenaufschlägen hängenblieben... Ich sitze da, ohne zu lesen oder sonst was zu tun; ich sitze einfach da. Linda ist oben. Ich stehe auf, um sie zu rufen, und gehe bis zur Treppe, und dann erscheint sie oben in ihrem bunten Zigeunerrock, lächelnd, die Hand auf dem Geländer, und dann sehe ich hinter ihr die Flammen...« Er rieb sich die Augen. »Sie scheint gar nichts zu merken. Die Flammen kommen aus dem Schlafzimmer hinter ihr her; sie lächelt immer weiter. Ich schreie sie an, brülle, bis meine Kehle ausgetrocknet ist und ich keinen Ton mehr herausbringe. Dann haben die Flammen sie erreicht und zerren sie zurück; ich kann es deutlich donnern und knistern hören...«

Tedaldi war sehr geduldig. Ein guter Zuhörer war er. Er wartete, bis Cavender sich wieder gefaßt hatte.

»So läuft der Traum immer ab«, sagte er schließlich. »Aber passiert ist es nicht so; das war ganz anders.«

»Wie ist es denn passiert?«

»Es war mitten in der Nacht. Wir schliefen. Es war zu Anfang des Winters, und mit der Heizung war irgend etwas nicht in Ordnung. Für den Notfall hatte ich einen transportablen Ofen, und den hatten wir ins Schlafzimmer gestellt. Irgendwie fingen die Vorhänge Feuer; wenigstens haben die Fachleute es später behauptet.« Kein Wort darüber, daß es auch dadurch entstanden sein könnte, weil er im Bett noch geraucht hatte. »Aufwachen taten wir erst, als das ganze Zimmer bereits brannte. Es sah so aus, als stünde alles in Flammen, alles... das ganze Zimmer war voller Qualm. Ich rief Linda, aber sie antwortete nicht. Ich taumelte zur Tür, bekam sie aber nicht auf. Die Klinke war weißglühend. Dann entdeckte ich die Badezimmertür; sie war halb geöffnet. Ich lief also in das Badezimmer – warum, das weiß ich selbst nicht. Hysterisch war ich, anders kann man es wohl nicht nennen. Ich schlug die Tür hinter mir zu und machte mir am Fenster zu schaffen. Es ließ sich öffnen, und ich sprang hinaus. Allzu tief war es nicht, und außerdem standen unten Büsche, die den Sprung auffingen. Nicht einmal eine Schramme bekam ich dabei ab. Als ich unten war, rannte ich los, wie verrückt. Und ich stand schon fast auf der Straße, als ich mich noch einmal nach dem Haus umsah. Vor Flammen war es fast nicht mehr zu sehen – überall brannte es. Es war ein altes Haus, ein Fachwerkbau, und brannte wie Zunder...«

Er hatte genug gesagt, kniff die Lippen zusammen und wollte nicht einmal Tedaldis nächste Frage beantworten.

»Ihre Frau kam dabei um?«

Cavender zündete sich eine neue Zigarette an.

»Glauben Sie, Sie hätten sie noch retten können?« fragte Tedaldi. »Hat es Sie gequält, daß Sie es nicht wenigstens versucht hatten?

Er atmete den Rauch tief ein und blickte die Bücher an, die in Tedaldis Sprechzimmer auf den Regalen standen.

»Fühlen Sie sich schuldig, Mr. Cavender? Ist das Ihr Problem?«

»Nein.«

»Unnatürlich wäre es nicht. Selbst wenn Sie das einzig Vernünftige getan hätten, selbst wenn Sie gar nicht die Möglichkeit gehabt hätten, Ihre Frau zu retten, wäre es unvermeidlich, daß Sie sich irgendwie schuldig fühlen. Schließlich sind Sie immerhin mit dem Leben davongekommen.«

»Darum geht es gar nicht«, sagte Cavender ruhig. »Ich

weiß, daß ich nichts dafür konnte. Ich fühle mich nicht schuldig.«

»Vielleicht nicht bewußt.«

»Bewußt oder unbewußt – es war nicht meine Schuld, Doktor. Soll er behaupten, was er will.«

Tedaldi blinzelte.

»Wer soll behaupten, was er will?«

»Jack Fletcher. Ihr Bruder.«

»Der Bruder Ihrer Frau?«

»Ja.« Er drückte seine Zigarette aus und zündete eine neue an. »Eigentlich ist das der Mann, der sich von Ihnen behandeln lassen sollte, Doktor.« Er lachte unbeteiligt. »Das ist ein Mann, der einen Psychiater sehr viel nötiger braucht als ich.«

»Wie kommen Sie darauf?«

»Weil er verrückt ist – deswegen. Weil er sich diese blödsinnige Idee in den Kopf gesetzt hat und nicht davon loskommt.«

»Um welche Idee handelt es sich? Macht er Sie für den Tod seiner Schwester verantwortlich?«

»Ja.«

»Und der Grund?«

Cavender zuckte mit den Schultern. »Woher soll ich das wissen? Ich weiß nicht einmal, wie er aussieht! Als der Brand ausbrach, war er eine Million Meilen weit weg; aber wenn man ihn reden hört, könnte man glauben, er hätte nebenan gewohnt.«

»Wo war er damals?«

»In Denver. In einem Militärlazarett. Acht oder neun Jahre hat er da gelegen, seit Korea. Natürlich wurde er von Lindas Tod benachrichtigt; und aus den Zeitungen schnitt er sich einige Berichte über den Brand aus. Wahrscheinlich ist er dadurch auf diese komische Idee mit mir gekommen. Einige Artikel waren nämlich ziemlich unfair...«

»Worum ging es denn, Mr. Cavender?«

»Daß ich meine eigene Haut gerettet hätte. Und Linda einfach verbrennen ließ.«

»Und das glaubt er auch?«

»Das glaubt er auch. Wenigstens schrieb er es mir, als er noch im Lazarett lag. Typisch der Brief eines Psychopathen, Doktor – das wäre was für Sie gewesen. Leider habe ich ihn weggeworfen.«

»Und wo steckt dieser Mann jetzt?«

Cavender drückte seine Zigarette aus.

»Er ist wieder hierher zurückgekommen – vorigen Monat.«

»Hat er seitdem mit Ihnen Verbindung aufgenommen?«

»Einmal, telefonisch.«

»Was hat er gesagt?«

»Was von ihm zu erwarten war, Doktor – einen ganzen Haufen Gemeinheiten. Er hat mir sogar gedroht.«

»Gedroht? Mit Gewalttaten?«

Cavender schwieg.

»Haben Sie die Polizei davon verständigt?«

»Nein.«

»Warum nicht?«

»Das weiß ich nicht!« Er erhob sich und begann, hin und her zu gehen. »Sehen Sie – der Knabe ist doch nicht mehr ganz normal. Er stand seiner Schwester sehr nahe, weil die beiden ohne Eltern aufwuchsen. Sie verstehen, was ich meine? Ich nehme es ihm überhaupt nicht übel, daß er sich darüber aufregt. Aber er ist völlig falsch gelagert, verstehen Sie, völlig falsch. Ich hätte sie nie und nimmer retten können, und wenn ich noch soviel Zeit gehabt hätte. Er war doch nicht in dem Zimmer, Doktor; er hat doch keine Ahnung, wie es da aussah! Die Hölle war es, die reinste Hölle. Soviel ich weiß, war Linda schon tot, als ich aufwachte. Ich konnte nichts tun – gar nichts!« Er schwitzte.

»Mir gegenüber brauchen Sie sich nicht zu entschuldigen«, sagte Tedaldi.

»Und mir ist völlig klar, daß das alles miteinander zusammenhängt, meine Schlaflosigkeit und alles. Aber nach dem Brand habe ich zuerst prima geschlafen, Doktor – und das ist es, was mich quält. Nach dem Brand habe ich zuerst prima geschlafen.«

»Wann fing denn Ihre Schlaflosigkeit an? Als Jack Fletcher aus dem Lazarett zurückkam?«

Cavender schwieg und schloß die Augen.
»Ja«, sagte er. »Wenn ich es mir genau überlege – ja.«

Um drei Uhr morgens zerknüllte er das leere Zigarettenpäckchen und durchwühlte die Kommodenschublade nach einem neuen. Die Schublade war leer, und er fluchte über seine Vergeßlichkeit. Er besah sich die Stummel in dem kleeblattähnlichen Aschenbecher neben seinem Bett, fand jedoch nicht einen, der länger als zwei Zentimeter war. Schlaflosigkeit allein war schon schlimm; aber außerdem nichts zu rauchen – das machte die Situation unerträglich. Er zog sich schnell an, verließ sein Zimmer und ging zum Hotelaufzug. Es war ein automatischer Aufzug, der ihn geräuschlos ins Erdgeschoß hinunterbrachte. Die Halle war verwaist, und eine blaßgelbe Lampe beleuchtete die Anmeldung. Er trat auf die kalte Straße hinaus und blickte in beide Richtungen; er fror in seinem Übermantel und versuchte, sich zu erinnern, wo er einen Drugstore gesehen hätte, der nachts geöffnet war.

Als er sechs Querstraßen weit gegangen war, entdeckte er einen Laden. Der alte Mann, der mit müden Augen hinter dem Ladentisch stand, verkaufte ihm vier Päckchen und fragte, ob es noch etwas sein dürfte. Beinahe hätte er ihn um ein Schlafmittel gebeten, ließ es dann jedoch. Wenn Steers nicht wußte, wie er ihn zum Schlafen bringen konnte, würde dieser Mann es bestimmt auch nicht wissen.

Auf seinem langsamen Rückmarsch zum Hotel dachte er über seinen Besuch bei Tedaldi nach und wußte, daß er erfolglos verlaufen war. Für die Seele mochten Geständnisse vielleicht gut sein – aber seinem Körper hatten sie nichts genutzt. Tedaldi hatte gemeint, er sollte regelmäßig zu ihm kommen; er hatte gesagt, er würde es sich überlegen. Und jetzt hatte er es sich überlegt. Die Antwort hieß nein.

Wieder in seinem Zimmer, lag er schlaflos auf dem Bett, bis der Wecker rasselte. Dann zog er sich an und ging ins Büro.

Jameson wollte ihn sprechen.

»Nun hören Sie mal zu, Freundchen.« Verlegenes Lächeln auf dem Gesicht seines Bosses. »Nehmen Sie sich ein bißchen zusammen. Ein Fehler, zwei Fehler – verständlich. Aber wenn Sie den ganzen Plan durcheinander bringen, wirft das ein schlechtes Licht auf die ganze Firma. Wissen Sie, was passiert wäre, wenn ich den Fehler nicht gemerkt hätte? Dann wären Schiffe ohne Passagiere losgefahren.«

»Tut mir leid«, murmelte Cavender. »Mir ist in letzter Zeit nicht sehr gut.«

»Sie sehen tatsächlich schlecht aus«, sagte Jameson nachdenklich. »Schon seit einigen Wochen. Ist mit Ihnen alles in Ordnung, Charlie?«

»Ich war schon beim Arzt. Fehlen tut mir nichts. Es kommt nur von meiner Schlaflosigkeit.« Er lächelte schwach. »Vielleicht sollte ich mal eine Schiffsreise machen!«

Jameson lachte herzlich. »Passen Sie lieber etwas auf sich auf, Charlie. Wir können es uns nicht leisten, Sie zu verlieren, zumindest nicht während der Saison.« Dann, ohne zu lachen: »Aber achten Sie ein bißchen mehr auf Ihre Arbeit – verstanden, Freundchen?«

In jener Nacht dachte er während der schlaflosen Stunden über das Büro nach. Am folgenden Morgen wußte er, daß das Büro nicht die Wurzel seines Problems bildete. Die Wurzel hieß vielmehr Jack Fletcher.

Am nächsten Tag rief er ihn an.

»Jack? Hier ist Charlie – Charlie Cavender.«

Eine verbitterte Pause. Er hatte nie gewußt, daß Stille auch Haß ausstrahlen konnte; jetzt wußte er es.

»Hör mal zu, Jack – mir gefällt es nicht, wie es zwischen uns aussieht. Was meinst du dazu, wenn wir uns mal zusammensetzten und darüber redeten? Ein für allemal.«

»Ich habe mit dir nichts zu bereden, Cavender.«

»Aber es hat doch keinen Sinn, daß wir uns wie Kinder aufführen! Das beste ist, wir beide legen die Karten offen auf den Tisch. Das ist die einzige Art, als Erwachsene so was zu regeln.«

»Spiel dich nicht so auf«, knurrte Jack Fletcher. »Ich hab' dich nicht vergessen, mein Freund. Darüber brauchst du dir keine Sorgen zu machen.«

»Und wenn wir uns aussprächen...«

»Laß diesen Quatsch«, sagte Lindas Bruder. »Ich muß sowieso dauernd an dich denken. Dauernd, Charlie!«

Er hängte ein.

In jener Nacht fiel der kleeblattähnliche Aschenbecher, der das Gewicht der Zigaretten nicht länger aushalten konnte, auf den Fußboden und zerbrach in vier Teile. Ärgerlich stieß Cavender mit dem Fuß nach ihnen und merkte plötzlich, daß er dabei laut schluchzte.

»Laß mich schlafen«, wimmerte er. »O Gott, kannst du mich denn nicht schlafen lassen?«

Er meinte Fletcher damit. Er wußte, daß Fletcher es war, der seinen Schlaf gemordet hatte. Fletcher hatte sich diese Quälerei in seinem Haß und seiner Bosheit für ihn ausgedacht. Fletcher. Fletcher.

»Scher dich zum Teufel!« brüllte Cavender.

Am nächsten Morgen fing Sills, der Hotelmanager, ein öliger Mann mit flatternden Händen, ihn am Aufzug in der Hotelhalle ab. Cavender hörte nur halb hin, was er sagte, wußte jedoch, daß es eine Beschwerde über sein nächtliches Betragen, über den Lärm in seinem Zimmer war. Sills entschuldigte sich zwar, aber schließlich hätte er seine Pflicht zu tun. Cavender murmelte etwas und ging weiter. Beschwerden über Fletcher, überlegte er. Fletcher ist der Verantwortliche.

Dieser Gedanke ließ ihn den ganzen Tag nicht los: Fletcher ist der Verantwortliche...

Als Büroschluß war, entschloß er sich, Lindas Bruder aufzusuchen.

Fletcher wohnte in einer Pension am anderen Ende der Stadt. Brownstone war ein irreführender Name; Jahrzehnte alter Dreck, der niemals angerührt worden war, hatte die Fassade schwarz gefärbt. Dadurch wirkte das Haus düster und bedrohlich. Tatsächlich hatte Cavender Angst, als er auf den Klingelknopf über dem scheußlichen Namensschild drückte. Ja, er hatte vor Fletcher Angst. Das gab er ohne weiteres zu. Aber jetzt war der Zeitpunkt gekommen, etwas gegen diese Angst zu unternehmen.

Die Tür sprang auf, und er trat in die winzige Diele.

Fletchers Zimmer lag im Erdgeschoß; er zögerte einen Augenblick, bevor er anklopfte, brauchte sich dann jedoch nicht bemerkbar zu machen. Die Tür öffnete sich, und zum erstenmal sah er Lindas Bruder. Es war ein dünner, junger Mann mit leuchtend roten Haar und einem engen verzerrten Gesicht. Er saß in einem Rollstuhl, und über seine Beine war eine Decke gebreitet. Ein Krüppel war er, an den Beinen gelähmt; Linda hatte ihm nie etwas davon erzählt. Cavender sah auf ihn hinunter und hätte vor Erleichterung beinahe gelacht. Kein Mitgefühl, sondern nur Erleichterung. Vor einem Krüppel hatte er also Angst gehabt! Wachgelegen hatte er und in die Finsternis gestarrt – und das alles wegen eines halben Menschen! Cavender lächelte.

»Jack Fletcher?« sagte er. »Ich bin Charlie Cavender.«

»Ich kenne dich«, sagte der junge Mann heiser. »Was willst du hier?«

»Dich besuchen. Wie ich es schon am Telefon gesagt habe.«

»Red keinen Quatsch, Mister.« Seine Hand griff nach der Tür und wollte sie schließen. Cavender stellte seinen Fuß dazwischen.

»Laß das! Es ist Zeit, daß wir uns kennenlernen...«

»Ich habe keine Lust auf deinen Besuch.«

»Fünf Minuten. Gib mir fünf Minuten Zeit.«

Fletcher runzelte die Stirn, und dann rollte er seinen Stuhl zurück. Es war zwar kein fröhliches Willkommen, aber das war auch nicht wichtig. Cavender betrat das Zimmer.

»Es tut mir leid«, sagte er. »Linda hat mir nie erzählt, was eigentlich mit dir los ist.«

»Das braucht dir nicht leid zu tun, du Angeber. Kümmere dich lieber um deinen eigenen Dreck.«

»Es muß ziemlich scheußlich gewesen sein. Ich war selbst bei den Fliegern, im Zweiten Weltkrieg...«

»Bravo! Irgendwelche Tapferkeitsauszeichnungen?« Höhnisch sah Fletcher ihn an.

»Ich fände es nett, wenn du nicht in diesem Ton mit mir redetest. Ich weiß, was in Zeitungsreportagen aus solchen

Sachen wird – nur stimmt es nicht. Du hast mir nie die Möglichkeit gegeben, dir klarzumachen, wie es sich von meinem Standpunkt aus ansieht…«

»Red doch keinen Quatsch«, sagte Fletcher gelangweilt. »Verschwinde lieber.«

»Nicht eher, als bis du es begriffen hast.«

Fletcher packte die Räder seines Rollstuhls und stieß sich wütend vorwärts; mit einem leichten Poltern rollte er ihn über den dünnen Teppich in die gegenüberliegende Ecke seines Zimmers und brachte ihn unvermittelt zum Stehen. »Verschwinde«, sagte er rauh. »Verschwinde, ehe ich das tue, was ich schon immer tun wollte. Als ich zum erstenmal hörte…«

»Du wolltest mich umbringen, nicht?«

»Ja! Ich wollte dich umbringen, du dreckiges Schwein! Ich wollte erleben, wie du winseltest…«

Cavender wurde grob. »Und wie?« sagte er.

»Glaubst du etwa, dazu brauchte ich Beine? Glaubst du, ich könnte dich nur erwischen, wenn meine Beine funktionierten, du Hund?«

Cavender konnte nicht mehr an sich halten. Er lachte laut.

Fletcher zog die einzige Schublade eines Schreibtisches auf. Daß er dabei ziemlichen Lärm machte, störte seinen Besucher nicht. Selbst als er seinen Rollstuhl wendete und die Maschinenpistole sichtbar wurde, erschrak Cavender nicht.

»Das hier braucht keine Beine«, flüsterte Fletcher. »Das Ding hier hat seine eigenen Beine, Mister. Jetzt weißt du, wie ich es machen wollte.«

»Lächerlich ist das«, sagte Cavender verächtlich. »So viel Dummheit hätte ich dir gar nicht zugetraut.« Jede Spur von Angst war von ihm gewichen. Er ging auf den Jungen zu. »Leg das Ding weg, Jack. Sei vernünftig.«

»Ich kann es immer noch tun, Cavender. Ich kann immer noch abdrücken…«

»Leg das Ding weg!« Cavender streckte die Hand aus und bewies damit nicht nur sich selbst, sondern auch dem anderen, daß er Mut besaß. »Leg das verdammte Ding weg, Jack.«

»Ich bring dich um!«

Cavender packte Fletchers Handgelenk und hielt es fest; in dem dünnen Arm steckte mehr Kraft, als er erwartet hatte. Aber er wußte, daß er kräftiger war. Die Räder des Rollstuhls drehten sich während ihres Ringens; Fletcher griff mit dem anderen Arm nach hinten, um das Gleichgewicht zu behalten. Cavender drehte ihm das Handgelenk um, bis die Mündung der Pistole auf den Kopf des Jüngeren zeigte. Fletcher verdrehte die Augen; Fletcher versuchte, den Zeigefinger vom Abzug zu bekommen. Erst in diesem Augenblick merkte Cavender, daß seine ganze Angst auf seinen Peiniger übergegangen war, und dieses Gefühl verlieh ihm Übergewicht und Befriedigung. Fletcher sagte etwas, seine letzten Worte, und Cavender preßte seine Hand zusammen, bis der Schuß losging. Das junge Gesicht machte eine schreckliche, blutige Verwandlung durch, und Cavender ließ los.

Er trat zurück und beobachtete, wie der Tote in seinem Rollstuhl zusammensackte; der rechte Arm rutschte über die Seitenlehne und ließ die Maschinenpistole auf den Teppich fallen.

Fletcher war tot, aber Cavender empfand kein Bedauern. Fletchers eigene Hand war es gewesen, die die Waffe festgehalten und abgedrückt hatte; hätte er die Pistole nicht ins Spiel gebracht, wäre es nie passiert.

Cavender lauschte: Der Knall der Pistole war unbemerkt geblieben.

Eine volle Minute lang überdachte er seine mißliche Lage. Sollte er hier warten und das Recht auf Notwehr beanspruchen? Oder sollte er verschwinden und die ganze Geschichte für sich selbst sprechen lassen: der unglückliche Kriegskrüppel, die Maschinenpistole, die er sich zur Erinnerung aufgehoben hatte, die letzte, verzweifelte Geste eines Zerbrochenen...

Einen Moment wartete er noch. Als nichts passierte, ging er zur Tür.

Den Abend verbrachte er im Rang eines benachbarten Kinos; bereits vor dem Ende des Films verspürte er eine wohltuende Müdigkeit. Er stand auf und kehrte zum Hotel zurück. Um zehn Uhr bestellte er sich noch ein Sandwich sowie eine Flasche Bier auf sein Zimmer. Er aß gierig, zündete sich dann eine Zigarette an und streckte sich, angekleidet, auf seinem Bett aus.

Er wußte, daß es vorüber war. Er konnte genau spüren, daß es vorüber war. Wie eine streichelnde Hand war es. Wie der zärtliche Hauch einer Sommerbrise war es. Seine Augenlider wurden schwer. Er lächelte. Und als der Schlaf – nur Minuten später – kam, lächelte er immer noch.

Sills, der Manager jenes Hotels, in dem Cavender wohnte, redete mit flatternden Händen und flehte den Inspektor an.

»Bitte. Der Bericht...«

»Darüber würde ich mir an Ihrer Stelle nicht die geringsten Gedanken machen, Mr. Sills – falls Sie dabei an Ihre Versicherung denken. Für den Brand waren Sie keinesfalls verantwortlich. Soweit Sie davon betroffen sind, kann man Ihnen nicht das Geringste vorwerfen.«

Mr. Sills seufzte vor Erleichterung.

»Nein – Ihre Schuld war es nicht«, sagte der Inspektor grimmig. »Allem Anschein nach werden die Leute doch nie vernünftig. Millionenmal warnt man sie, im Bett nicht zu rauchen – und was kommt dabei heraus?« Er drehte sich um und blickte zu den Trägern hinüber, die die Bahre mit ihrer verkohlten Last herausbrachten; mitleidig schüttelte er den Kopf. »Einen enorm gesunden Schlaf muß der gehabt haben.«

Das tödliche Telephon

Mrs. Parch klebte gerade im Eßzimmer Schilder auf ihre Einmachgläser, als das Telephon läutete. Sie unterbrach ihre Arbeit, um die Klingelzeichen zu zählen. *Eins*, Mrs. Nubbin, *zwei*, Mrs. Giles, *drei*, Mrs. Kalkbrenner, *vier*... damit war sie gemeint, und mit einem fast enttäuschten Seufzer wischte Mrs. Parch sich die klebrigen Finger an ihrer faltenreichen Schürze ab und ging ins Wohnzimmer hinüber. Die Entfernung betrug nur dreißig Schritte, aber als sie den Hörer abnahm, keuchte sie. Mrs. Parch war dick, und in dem formlosen grauen Kleid, das sie stets wochentags trug, hatte sie eine Figur wie eine Glocke. »Hallo?« rief sie laut in die Muschel.

»Spricht dort Mrs. Helen Parch?« Es war eine Männerstimme, die sie nicht kannte. Ihre Antwort klang fast übelnehmerisch.

»Ja, hier ist Mrs. Parch. Wer spricht dort?«

»Mein Name ist Atkins, Mrs. Parch, vom Büro des Distrikt-Sheriffs. Ich hätte gern gewußt, ob es Ihnen recht ist, wenn ich Ihnen heute nachmittag einen kurzen Besuch abstatte? Ich habe etwas sehr Wichtiges mit Ihnen zu besprechen.«

»Wichtiges? Sind Sie auch sicher, daß man Sie richtig verbunden hat?«

»Ganz sicher. Mrs. Parch. Es wird nicht sehr lange dauern. Ich bin im Augenblick in Milford und kann in fünf Minuten mit dem Wagen bei Ihnen sein.«

»Nun, ich weiß nicht recht.« Sie war offensichtlich verwirrt. Selbst Bekannte besuchten sie sehr selten hier draußen auf dem Lande, und der Gedanke an einen Fremden... »Können Sie's mir nicht am Telephon sagen, Mr. Atkins? Ich bin heute ziemlich beschäftigt.«

»Ich fürchte, nein, Mrs. Parch. Es tut mir leid...«

»Also gut dann. Wenn Sie schon kommen müssen, ist's mir jetzt genauso recht wie ein andermal. Ich warte also auf Sie.«

»Ich danke Ihnen«, sagte Mr. Atkins würdevoll und wartete höflich, daß seine Gesprächspartnerin den Hörer aufhängte. Sie tat es, blieb aber da und blickte neugierig auf den stummen Apparat. Es hatte keinen Zweck, zu ihren Einmachgläsern zurückzugehen, denn Mrs. Parch wußte, daß das Telephon in ein paar Minuten wieder läuten würde – sobald ihre Lauscher meinten, die Anstandspause habe jetzt lange genug gedauert. Natürlich behielt sie recht: acht Minuten später klingelte es viermal kurz, und sie hörte die weiche, nasale Stimme von Mrs. Giles.

»Helen? Wie geht's dir? Mir fiel eben ein, daß ich dich mal anrufen und fragen könnte, wie's bei dir steht.«

»So la-la«, meinte Mrs. Parch wissend, aber ohne Zynismus. Seit fast fünfzehn Jahren teilte sie mit den anderen diesen Gemeinschaftsanschluß, und alle wußten, daß jeder an jedem Gespräch teilnahm. Eine offene Beschuldigung würde sie alle schockiert haben, aber nichtsdestoweniger war es wahr. »Was macht Jacob?« fragte Mrs. Parch beiläufig, die Regeln der Etikette befolgend. »Soviel ich weiß, zieht er doch seit ein paar Tagen eine neue Wand für seine Scheune hoch?«

»Ja, er hat so seine Arbeit«, erwiderte Mrs. Giles vage. »Doch was gibt's bei dir Neues, Helen? Ist irgendwas Interessantes passiert?«

Mrs. Parch fühlte unvermutet Trotz in sich aufsteigen und warf die Lippen auf. Sie wußte, daß Mrs. Giles vor Neugier brannte, etwas über Mr. Atkins zu erfahren; aber sie wollte ihr nicht die Genugtuung geben, von seinem Anruf zu sprechen. »Nein, nichts Neues«, entgegnete sie glatt. »Ich bin nur gerade dabei, meine Einmachgläser zu beschriften. Das hasse ich am meisten an der ganzen Einkocherei. Mit meiner Arthritis kann ich ja kaum einen Bleistift halten.«

»Ist das bestimmt alles?« fragte Mrs. Giles. »Vorhin hörte ich dein Telephon klingeln...«

»Das war nur Mr. Hastings«, sagte die Frau kalt. »Er rief wegen meines Rasenmähers an, den er neulich zum Schärfen mitgenommen hat.«

»Oh«, meinte Mrs. Giles, und Mrs. Parch unterdrückte ein Gluckern, während ihr gewaltiger Busen vor Vergnügen hüpfte. Sie wußte, daß Mrs. Giles die Lüge erkannt hatte, aber sie wußte auch, daß man sie nie dieser Lüge beschuldigen konnte. Mrs. Giles schnüffelte in den Hörer, sagte noch ein paar unverbindliche Worte, um dem Gespräch den Anschein des Normalen zu geben, und hängte auf.

Als Mrs. Parch ins Eßzimmer zurückging, grinste sie breit vor Genugtuung. Fünf Minuten später läutete es dreimal, und sie schurrte auf ihren kleinen Füßen über den Boden, nahm geräuschlos den Hörer ab und bedeckte die Sprechmuschel mit der Hand. Natürlich war es Mrs. Giles, die Mrs. Kalkbrenner von dem fremden Mann erzählte, der Mrs. Parch noch an diesem Nachmittag aufsuchen wollte. Sie stellten allerlei Betrachtungen über die Bedeutung dieses Besuchs an, doch keine von beiden konnte ihre Neugier befriedigen.

Mrs. Parch hängte vor ihnen auf und ging ins Schlafzimmer, um sich für ihren angekündigten Besucher etwas herzurichten. Ein paar Minuten später kam er, ein hagerer Mann, dessen knochige Rippen sich unter dem durchgeschwitzten Hemd abzeichneten. Er trug seine Jacke über dem Arm und betupfte sich die hohe, in einen langsam kahl werdenden Kopf übergehende Stirn mit einem zusammengeknüllten Taschentuch.

»Mrs. Parch?« fragte er. »Ich bin Daryl Atkins aus dem Büro des Distriktanwalts.«

»Treten Sie ein, Mr. Atkins. Na, Sie haben sich wirklich sehr beeilt.«

»Kam, so schnell ich nur konnte. In dieser Angelegenheit können – vielleicht – schon ein paar Minuten eine Rolle spielen.« Er sah sich in dem kleinen, gemütlichen Wohnzimmer um, dessen Jalousien wegen der Sonne heruntergelassen waren. »Hier drin ist es bestimmt wesentlich kühler«, sagte er. »Auf der Straße müssen's zweiunddreißig Grad sein.«

»Mögen Sie vielleicht etwas Kaltes trinken?«

»Gern, Ma'am; aber nicht, bevor wir uns unterhalten haben.«

Er setzte sich vorsichtig auf die Sofakante, um nicht mit seinem feuchten Hemd gegen den Schonbezug der Rückenlehne zu kommen. Mrs. Parch nahm im Schaukelstuhl Platz, faltete ihre plumpen Hände im Schoß und wartete geduldig.

»Mrs. Parch«, begann er, »erinnern Sie sich an einen Mann namens Heyward Miller?«

»Miller?« Sie legte ihr Gesicht nachdenklich in Falten. »Nein, der Name sagt mir nichts. Natürlich ist da die Mrs. Miller im Postamt; aber mit der hat das wohl nichts zu tun.«

»Nein, nichts.« Er runzelte die Stirn und blickte auf die mit Troddeln eingefaßte Brücke zu seinen Füßen. »Heyward Miller und seine Frau lebten hier draußen auf dem ehemaligen Grundstück der Yunkers, vielleicht vor acht, neun Jahren. Sie waren erst sechs Monate dort, als seine Frau starb, und er verkaufte den Besitz an die Kalkbrenners. Hilft das Ihrer Erinnerung etwas nach, Mrs. Parch?«

Sie kratzte sich leicht die Wange. »*Irgend etwas* will mir in diesem Zusammenhang einfallen. Ja, jetzt erinnere ich mich.« Ihr Atem wurde kürzer, und sie legte eine Hand auf ihren Busen. »O ja, Miller. Dieser gräßliche Mann! Wie konnte ich *das* nur vergessen?«

»Ich dachte, daß Sie sich erinnern würden, Mrs. Parch; ich meine, nach diesen Dingen, die er über Sie gesagt hat. Der Bursche war mächtig durcheinander, soweit ich die Geschichte kenne. Natürlich kenne ich nicht die volle Wahrheit; daher steht es mir auch nicht zu, irgendeine Meinung zu vertreten...«

Mrs. Parch richtete sich steif auf. »Der Mann war ein Narr«, sagte sie schroff. »Fragen Sie nach ihm, wen Sie wollen. Er *gehörte* einfach nicht hierher.«

»Schon gut, Mrs. Parch; aber könnten wir beide uns nicht einmal darüber unterhalten, was damals eigentlich passierte? Nur, damit ich auch unterrichtet bin?«

»Ich habe nichts darüber zu sagen.«

Atkins seufzte. »Nach dem, wie man mir die Geschichte erzählte, waren dieser Miller und seine Frau ein Jahr verheiratet, als sie das Grundstück der Yunkers kauften. Sie sollte in etwa sechs Monaten ein Kind bekommen. Doch eines Nachts geschah etwas; sie wurde krank, sehr krank, und er versuchte, einen Anruf zum Arzt durchzubekommen...«

Mrs. Parch schloß die Augen und ballte ihre Fäuste im Schoß.

»Nun, ich war damals nicht in diesem Distrikt, verstehen Sie; daher kann ich nichts anderes berichten, als was man mir erzählt hat. Aber soweit ich es verstanden habe, ging Miller ans Telephon, und Sie und eine andere Dame unterhielten sich. Sie tauschten Rezepte aus, oder so was Ähnliches.«

»Das war Mrs. Anderson«, sagte die Frau ruhig. »Ich sprach mit Mrs. Anderson.«

»Wohnt sie noch in der Nachbarschaft?«

»Nein. Vor fünf Jahren ging sie mit ihrem Mann nach Kalifornien, wo sie starb.«

»Wie dem auch sei«, fuhr Mr. Atkins fort und tupfte

sich den Schweiß aus dem Gesicht, »dieser Miller bat Sie damals jedenfalls, die Leitung freizugeben, damit er den Arzt für seine Frau anrufen konnte. Und wie man mir erzählte, haben Sie sich beide geweigert.«

»Er war frech«, sagte Mrs. Parch. »Er hat uns regelrecht beleidigt.«

»Ja. Jedenfalls wollten Sie die Verbindung nicht freigeben, und Miller konnte nicht anrufen. Er behauptet sogar, daß Sie böswillig weitersprachen, damit er nicht anrufen konnte.«

»Das ist eine Lüge!« rief Mrs. Parch leidenschaftlich erregt. »Wir redeten nur, solange wir mußten, und keine Minute länger.«

»Aber er konnte den Arzt nicht mehr rechtzeitig erreichen, darum drehte es sich doch, nicht wahr? Und seine Frau starb.«

»Nun hören Sie mal her, Mr. Atkins –«

Der dünne Mann hob eine knochige Hand. »Bitte, Mrs. Parch; ich bin nicht zu Ihnen hinausgekommen, um die Vergangenheit noch einmal durchzukauen. Was geschehen ist, ist Ihre Sache und nicht meine. Nur ist heute früh etwas passiert, das die Angelegenheit *vielleicht* auch zur Sache des Distrikt-Sheriffs werden läßt.«

»Was meinen Sie damit?«

»Nun, ich nehme an, Sie wissen nicht, was mit Miller geschah, nachdem er sein Grundstück an die Kalkbrenners verkaufte. Der Verlust seiner Frau und die ganzen Begleitumstände hatten ihn völlig gebrochen, und er zog nach New York. Sechs Monate später faßte man ihn, als er in ein Eisenwarengeschäft einbrach. Außer ein paar Schachteln mit Nägeln und ähnlichem Kleinzeug hatte er nichts gestohlen, und man schickte ihn für etwa sechs Monate ins Gefängnis. Dort kam man zu dem Schluß, daß er geistig unzurechnungsfähig war, und er wurde in eine geschlossene Heilanstalt überwiesen. Seitdem ist er ununterbrochen dort gewesen, fast acht Jahre lang. Erst kürzlich ist er freigekommen, Mrs. Parch, und das ist der Grund, weshalb wir ein wenig besorgt sind.«

»Freigekommen?« Die Frau knüllte den Rand ihrer Schürze mit den Händen zusammen. »Was meinen Sie damit, freigekommen?«

»Ausgebrochen. Wir erhielten die Nachricht gestern am späten Abend, aber es ist schon eine ganze Woche her. Jemand in der Anstalt fiel es ein, uns zu benachrichtigen, weil Miller eine Menge gefaselt hat über ... nun, über das, was passiert ist. Hat uns ein wenig beunruhigt, Mrs. Parch. Ich nehme an, Sie werden das verstehen. Wir wissen zwar nicht *bestimmt*, ob er etwas gegen Sie im Schilde führt, aber es schien uns nicht richtig, die Sache dem Zufall zu überlassen. Verstehen Sie, was ich meine?«

Mrs. Parch stand auf, ihre glockenförmige Hülle schwankte ein wenig. Ihre Stimme zitterte, als sie sagte: »Wollen Sie damit sagen, daß dieser Miller Ihrer Meinung nach hinter *mir* her ist? Wegen dem, was vor acht Jahren passierte?«

»Dem Manne ist nicht zu trauen«, erwiderte Atkins ruhig. »Das ist alles. Die Anstalt ist ungefähr dreihundert Kilometer von hier entfernt, aber wenn er wirklich auf – nennen wir es mal Rache, aus ist, spielt diese Entfernung keine große Rolle. Ich wollte Sie nur vor der Möglichkeit warnen, das ist alles.«

Sie schlug die Hände vors Gesicht. »Aber ich bin ganz allein hier draußen!« rief sie. »Er könnte mich glatt im Schlaf ermorden!«

»Wir wissen *wirklich* nichts Bestimmtes, Mrs. Parch. Sie dürfen sich das auf keinen Fall einbilden. Aber wenn vielleicht einer Ihrer Nachbarn für ein paar Tage zu Ihnen ziehen könnte oder Sie einen Verwandten besuchen wollten, so wäre das möglicherweise eine gute Idee.«

»Kann der Sheriff mich nicht beschützen?« Sie unterdrückte ein Schluchzen.

»Es tut mir leid, aber das ist im Augenblick noch nicht möglich, Mrs. Parch. Nicht, solange wir keine sichere Information besitzen, daß Miller sich in der Nähe befindet. So, wie die Dinge im Augenblick liegen, ist es weiter nichts als eine ganz unbestimmte Vermutung. Verstehen Sie?«

»Ja, ja«, antwortete sie wie betäubt. »Vielleicht könnte ich zu meiner Schwester fahren. Nach Cedar Falls...«

Das wäre eine gute Idee.«

»Ich habe sie seit zehn Jahren nicht mehr gesehen. Wir verstanden uns nie, meine Schwester und ich.«

Mr. Atkins lächelte. »Für eine Versöhnung sollte man keine Gelegenheit ungenützt verstreichen lassen, was, Mrs. Parch?« Er stand auf. »Hören Sie, ich bin nicht bloß hergekommen, um Sie zu erschrecken. Wir wissen nichts Endgültiges über diese Angelegenheit, überhaupt nichts. Wenn wir etwas Neues erfahren, werden wir Sie sofort anrufen. Und wenn Sie es für notwendig halten, sich mit uns in Verbindung zu setzen, verlangen Sie einfach das Büro des Distrikt-Sheriffs. Meinen Namen wissen Sie noch?«

»Atkins«, flüsterte Mrs. Parch.

»Daryl Atkins«, sagte der Mann. Dann lächelte er breit. »Und jetzt hätte ich nichts gegen einen kühlen Schluck einzuwenden, Mrs. Parch.«

Atkins' Wagen war noch keine fünf Minuten aus ihrer Auffahrt, als das Telephon bei Mrs. Parch viermal rasselte. Sie nahm den Hörer ab und hörte Mrs. Giles fragen: »Helen? Habe ich nicht ein Auto bei dir halten sehen?«

»Nein«, antwortete sie krächzend. »Du hast keinen Wagen gesehen.«

»Aber ich meinte doch ganz *sicher*, ich –«

»Kümmere dich um deine eigenen Angelegenheiten!« sagte die Frau wütend. »Wann werdet ihr alle endlich lernen, eure Nasen nicht in andrer Leute Dinge zu stecken!«

»Bitte!« erwiderte Mrs. Giles. Sie hängte auf, und Mrs. Parch verwünschte die Tatsache, daß sie ihr nicht zuvorgekommen war. Ein paar Minuten später klingelte das Telephon dreimal, aber sie ignorierte es. Statt dessen stieg sie so schnell nach oben, wie ihr Gewicht und ihr knapper Atem gestatteten, und begann die Schreibtischschublade nach der Telephonnummer ihrer Schwester in Cedar Falls zu durchwühlen. Schließlich fand sie den Papierfetzen mit der Nummer in einem Album vergilbter Familienphotos und ging damit wieder nach unten. Ohne jede Vorsicht und Heimlichtuerei nahm sie den Hörer ab, doch Mrs. Giles und Mrs. Kalkbrenner hatten bereits ihr Gespräch über die schlechten Manieren ihrer Nachbarin beendet. Sie wählte die Nummer des Fernamts und mußte fast zehn Minuten warten, ehe sie mit Cedar Falls verbunden werden konnte. Doch selbst dann nützte es ihr nichts, denn die Telephonistin in Cedar Falls berichtete, daß der Apparat ihrer Schwester für den Sommer abgemeldet sei. Das sah Margaret ähnlich; wahrscheinlich war sie in ihr Strandhaus übergesiedelt und hatte das Telephon stillegen lassen, um ein paar Dollar zu sparen. Sie grunzte empört, als sie diese Nachricht hörte, und die unfreundlichen Gedanken über ihre Schwester vertrieben eine Zeitlang all ihre Furcht vor Miller. Sie fühlte sich sogar genügend erholt, um das Etikettieren ihrer Einmachgläser zu beenden, und sie verbrachte einen geschäftigen Nachmittag damit, alle in den Keller zu bringen. Sie war so bei der Sache, daß sie trotz ihrer angeborenen Neugier gar nicht daran dachte mitzuhören, als das Telephon fünfmal läutete (das war für Mrs. Ammons, eine neue Nachbarin). Als der Abend hereinbrach, hatte sie zwar Atkins' Warnung nicht vergessen, aber ihre Nerven waren doch beträchtlich ruhiger geworden.

Der Tag war lang gewesen. Die Sonne hatte hoch und heiß am Himmel gestanden, und die Zeiger der Uhr wiesen fast auf halb neun, als sie schließlich hinter den braunen Hügeln versank und von der kühlen Nachtluft abgelöst wurde. Mrs. Parch bereitete sich ein einfaches Abendessen von den Resten des Vortages, nähte noch ein wenig und nahm sich dann einen Roman aus der Leihbibliothek vor, um mit Lesen den Abend zu beschließen. Das Telephon läutete zweimal, aber sie kümmerte sich nicht darum. Einen Augenblick später hörte sie einen Hund in der Nähe des Hauses bellen. Es war Giles' Hund, ein alter Collie, der nicht zu unbegründeten Temperamentsausbrüchen neigte. Leicht verwundert legte sie das Buch nieder. Als das Bellen andauerte, nahm sie ihre Brille ab, stand auf und trat ans Fenster. Bei der plötzlichen Erinnerung an die ihr möglicherweise drohende Gefahr fuhr ihr schlagartig wieder die Furcht in die Glieder. Sie ging zur Vordertür, schloß auf und blickte in eine Dunkelheit, die nichts preisgab. Sie schloß die Tür wieder, schob den Riegel vor und ging ins Wohnzimmer zurück, um eine weitere Lampe anzumachen. Der Hund von Giles hörte auf zu bellen und begann zu heulen, bis ihm jemand mit einer zusammengerollten Zeitung auf sein Hinterteil klatschte. Unten, in ihrem Keller, gab es ein plumpsendes Geräusch, als ob etwas auf den Steinboden gefallen sei, und sie wußte, daß sie nicht mehr der einzige Bewohner des Hauses war.

Auf dem Weg zum Telephon wäre sie fast gefallen. Als sie den Hörer von der Gabel riß und Mrs. Giles' nasale Stimme hörte, keuchte sie: »Bitte! Geh vom Apparat!«

»Wer ist da?« fragte Mrs. Giles.

»Helen«, rief Mrs. Parch. »Helen! Um Gottes willen, Emma, leg den Hörer auf! Ich muß die Polizei anrufen –«

»Die Polizei? Warum?«

»Ich hab' keine Zeit, zu erklären! Ich muß das Büro des Sheriffs anrufen! Geh aus der Leitung! Geh aus der Leitung, oder ich werde ermordet!«

Mrs. Kalkbrenner lachte. »Aber Helen, wer wird dich schon umbringen wollen? Du hast wohl einen Alptraum.«

»Ich meine, daß du gesagt hast, du wolltest Einmachgläser beschriften«, kicherte Mrs. Giles. »Bist du auch sicher, daß es nicht Apfelwein war, Helen?«

»Um Himmels willen!« kreischte Mrs. Parch. »Geht aus der Leitung!«

»Siehst du«, sagte Mrs. Giles bedeutungsvoll zu Mrs. Kalkbrenner. »Verstehst du jetzt, was ich dir erzählt habe?«

»Hm-hm«, machte Mrs. Kalkbrenner. »Jetzt weiß ich Bescheid.«

»Manche Leute wissen eben nicht, was Höflichkeit ist«, sagte Mrs. Giles. »Es ist doch gut, wenn man seine Nachbarn einmal *richtig* kennenlernt, nicht wahr, June?«

»Bestimmt ist es das, Emma.«

»Bitte, bitte«, schluchzte Mrs. Parch. »Ich *muß* die Verbindung haben. Ich *muß* telephonieren –«

Sie ließ den Hörer fallen, als sie die Kellertreppen knarren hörte. Sie rannte in die Küche und schlug die Kellertür zu. Das Schnappschloß faßte nicht, daher schob sie einen

Stuhl vor die Tür und rannte zu dem baumelnden Hörer zurück. Die Stimme von Mrs. Giles tönte ihr entgegen und, von Haß und Grauen geschüttelt, schrie Mrs. Parch sie an. Sie schrie immer noch, als die Hand ihr den Hörer wegnahm und auf die Gabel legte. Es war eine schwere, behaarte und entsetzlich starke Hand.

Der Tag der Hinrichtung

Als der Obmann der Geschworenen aufstand und den Urteilsspruch verlas, lauschte Staatsanwalt Warren Selvey der Schuldverkündung, als seien die Worte eine Bestätigung seines persönlichen Verdienstes. Er hörte aus der ersten Rede des Obmanns nicht eine Verdammung des Angeklagten heraus, der sich auf seiner Bank krümmte wie ein verbranntes Streichholz, sondern einen Tribut für seine, Selveys, brillante Leistung. *Schuldig im Sinne der Anklage*... Nein, dachte Warren Selvey triumphierend, schuldig, wie ich es bewiesen habe...

Einen Moment lang fiel der melancholische Blick des Richters auf Selvey, und der alte Mann war sichtlich betroffen, als er den Siegesjubel in dessen Augen sah. Aber Selvey konnte sein überströmendes Glücksgefühl nicht verbergen, seine Befriedigung über seine Leistung und über seine erste gelungene bedeutende Überführung.

Er raffte rasch seine Unterlagen zusammen und zwang sich, entsprechend dem Anlaß ernst und gefaßt zu erscheinen, obwohl der Mund in seinem mageren, braunen Gesicht fast schmerzhaft danach strebte, sich zu einem breiten Lächeln zu verziehen. Er schob die Aktenmappe unter den Arm und drehte sich um, den murmelnden Zuschauern entgegen. »Entschuldigen Sie«, sagte er nüchtern und drängte sich zum Ausgang durch; seine Gedanken waren jetzt nur noch bei Doreen.

Er versuchte sich ihr Gesicht vorzustellen, ihren roten Mund, dessen Lippen hart oder schmelzend weich sein konnten, je nachdem, welche ihrer vielen Stimmungen gerade vorherrschte. Er versuchte sich vorzustellen, wie sie beim Vernehmen dieser guten Nachricht aussehen, wie ihr warmer Körper sich anfühlen, wie ihre Arme ihn umschlingen würden.

Aber dieser eingebildete Vorgeschmack von Doreens Gunstbezeugungen wurde unterbrochen. Die Augen der Menschen suchten die seinen, und ihre Hände streckten sich ihm entgegen, um ihm zu gratulieren. Garson, der Oberstaatsanwalt, lächelte gewichtig und nickte anerkennend mit seinem Löwenhaupt zu der Aufführung seines jüngsten Zöglings. Vance, Garsons Stellvertreter, grinste etwas säuerlich, nicht gerade sehr erbaut darüber, seinen Junior im Rampenlicht zu sehen. Reporter und Photographen baten um seine Stellungnahme, verlangten verschiedene Aufnahmeposen.

Früher wäre all dies genug für Warren Selvey gewesen: dieser Augenblick und diese bewundernden Menschen. Aber jetzt gab es noch Doreen, und der Gedanke an sie trieb ihn, den Schauplatz seines Sieges gegen eine stillere, süßere Belohnung einzutauschen.

Doch sein Abgang gelang nicht so. Garson erwischte seinen Arm und steuerte ihn in den grauen Wagen, der am Bordstein wartete.

»Na, wie fühlen Sie sich?« fragte Garson grinsend und schlug Selvey aufs Knie, als sie losfuhren.

»Nicht übel«, meinte Selvey zurückhaltend und versuchte, bescheiden auszusehen. »Aber zum Teufel auch, Gar, ich kann nicht den ganzen Ruhm für mich beanspruchen. Ihre Leute haben das Urteil erst ermöglicht.«

»Das wollen Sie doch nicht im Ernst behaupten.« Garson zwinkerte mit den Augen. »Ich habe Sie während der Verhandlung beobachtet, Warren. Sie schmeckten Blut. Sie waren das rächende Schwert. Sie haben ihn auf die Warteliste für den elektrischen Stuhl gesetzt, nicht ich.«

»Sagen Sie das nicht!« erwiderte Selvey scharf. »Sie wissen genau, daß er schuldig ist wie die Sünde selbst. Die Beweise lagen völlig klar. Die Geschworenen konnten gar nicht anders handeln.«

»Das stimmt. So, wie Sie die Sache angepackt haben, konnten sie nicht anders handeln. Doch wir wollen die Sache richtig sehen, Warren. Bei einem anderen Anklagevertreter hätten sie vielleicht etwas anderes beschlossen. Ehre, wem Ehre gebührt, Warren.«

Selvey konnte das Lächeln nicht länger zurückhalten. Es erleuchtete sein langes, spitzes Gesicht, und er fühlte mit Erleichterung, wie sich seine Züge entspannten. Er lehnte sich gegen die dicken Polster des Wagens zurück.

»Mag sein«, sagte er. »Ich hielt ihn jedenfalls für schuldig und versuchte, auch alle anderen davon zu überzeugen. Nicht Beweise, die man an den Fingern herzählen kann, fallen ins Gewicht, Gar. Das ist Schulweisheit, wie Sie selbst wissen. Manchmal *fühlt* man einfach...«

»Sicher.« Garson blickte aus dem Fenster. »Wie geht's der jungen Frau, Warren?«

»Oh, Doreen geht's ausgezeichnet.«

»Freut mich zu hören. Prächtige Frau, Doreen.«

Sie lag auf der Couch, als er die Wohnung betrat. Diese Einzelheit seiner triumphierenden Heimkehr hatte er sich nicht ausgemalt.

Er ging zu ihr und setzte sich auf den Couchrand, damit sie ihn umarmen konnte.

»Hast du's gehört, Doreen?« fragte er. »Hast du gehört, was geschehen ist?«

»Ich hab's übers Radio gehört.«

»Und? Verstehst du, was das heißt? Ich habe meinen ersten Schuldspruch erreicht. Meinen ersten Schuldspruch, und zwar einen bedeutenden. Ich bin kein Junior mehr, Doreen.«

»Was werden sie mit dem Mann machen?«

Er sah sie mit zusammengekniffenen Augen an und versuchte, ihre Stimmung zu sondieren. »Ich habe die Todesstrafe gefordert«, antwortete er. »Er hat seine Frau kaltblütig ermordet. Warum sollte man mit ihm anders verfahren?«

»Ich habe nur gefragt, Warren.« Sie lehnte ihre Wange an seine Schulter.

»Der Tod gehört zu meinem Job«, sagte er. »Du weißt das genausogut wie ich, Doreen. Du machst mir doch daraus keinen Vorwurf?«

Sie schob ihn einen Augenblick von sich und schien mit der Entscheidung zu kämpfen, ob sie zornig sein sollte oder nicht. Doch dann zog sie ihn heftig an sich, und er fühlte ihren Atem heiß und rasch in seinem Ohr.

Sie feierten eine ganze Woche lang. Still und ruhig, in

intimen Nachtklubrestaurants und nur mit sehr nahestehenden Bekannten. Es hätte Selvey nicht angestanden, unter diesen Umständen in der Öffentlichkeit fröhlich aufzutreten.

Am Abend des Tages, an dem der schuldig gesprochene Murray Rodman zum Tode verurteilt wurde, blieben sie zu Hause und tranken handgewärmten Cognac aus großen Schwenkern. Doreen betrank sich und wurde leidenschaftlich verspielt, und Selvey glaubte, nie glücklicher sein zu können. Aus einer mittelmäßigen Hochschulleistung und einer drittklassigen Anstellung in der Bezirksanwaltschaft hatte er sich zu einer wichtigen und geachteten Position hochgearbeitet, und das einzig durch seinen Scharfsinn und seine Redegewandheit. Er hatte eine bildschöne, verwöhnte Frau geheiratet, die er in seinen Armen zum Schmelzen bringen konnte. Er war stolz auf sich. Er war Murray Rodman dankbar für die Gelegenheit, die er ihm gegeben hatte.

Es war der Tag, an dem Rodman hingerichtet werden sollte, als der gebeugte, grauhaarige Mann mit dem fettfleckigen Hut sich an Selvey heranmachte.

Er trat aus dem Eingang eines Drugstores, die Hände in die Taschen seines schmutzigen Tweedmantels geschoben und den Hut tief über die Augen gezogen. Weiße Bartstoppeln standen auf seinem Gesicht.

»Bitte«, sagte er, »kann ich Sie einen Moment sprechen?«

Selvey musterte ihn und steckte die Hand suchend in die Tasche.

»Nein«, sagte der Mann rasch. »Ich will kein Zehrgeld. Ich möchte nur mit Ihnen sprechen, Mr. Selvey.«

»Sie wissen, wer ich bin?«

»Yeah, sicher, Mr. Selvey. Ich habe genug über Sie gelesen.«

Selveys harter Blick wurde weicher. »Schön, aber ich bin grad jetzt ziemlich in Eile. Hab' eine Verabredung.«

»Es ist sehr wichtig, Mr. Selvey. Ich schwör's bei Gott. Können wir nicht irgendwo hingehen? Vielleicht einen Kaffee trinken? Nur fünf Minuten.«

»Warum schreiben Sie mir nicht oder kommen zu mir ins Büro? Es ist in der Chambers Street –«

»Es ist wegen des Mannes, Mr. Selvey, der heute nacht hingerichtet werden soll.«

Der Staatsanwalt blickte dem Mann prüfend in die Augen. Er sah, wie gespannt und durchdringend sie auf ihn gerichtet waren.

»Also gut«, sagte er. »Etwas weiter die Straße hinunter ist ein Café. Aber denken Sie dran, nur fünf Minuten.«

Die Uhr wies fast auf halb drei; der Mittagsandrang im Café war vorüber. Sie fanden eine Nische im Hintergrund und saßen schweigend, während der Kellner die Reste eines hastigen Mahls forträumte.

Schließlich beugte der alte Mann sich über den Tisch und sagte: »Ich heiße Arlington, Phil Arlington. Ich war außerhalb, in Florida, sonst hätte ich es nicht so weit kommen lassen. Ich hab' keine Zeitung gelesen, kein Radio gehört, nichts dergleichen.«

»Ich verstehe Sie nicht ganz, Mr. Arlington. Sprechen Sie von der Verhandlung gegen Rodman?«

»Yeah, die Rodman-Sache. Als ich zurückkam und hörte, was geschehen war, wußte ich nicht, was ich tun sollte. Sie können das sicher verstehen, nicht wahr? Es tat mir weh, tat mir schrecklich weh, zu lesen, was mit dem armen Mann angestellt wurde. Aber ich hatte Angst. Sie werden das verstehen. Ich hatte Angst.«

»Angst wovor?«

Der Mann redete zu seinem Kaffee. »Ich habe eine schlimme Zeit durchgemacht, war unentschlossen, was ich tun sollte. Doch schließlich sagte ich mir – Teufel nochmal, dieser Rodman ist ein junger Kerl. Wie alt ist er, achtunddreißig? Ich bin vierundsechzig, Mr. Selvey. Was ist besser?«

»Besser für was?« Selvey wurde ungeduldig; er warf einen Blick auf seine Uhr. »Reden Sie verständlich, Mr. Arlington. Ich bin ein vielbeschäftigter Mann.«

»Ich beschloß, um Ihren Rat zu bitten.« Der grauhaarige Mann fuhr sich mit der Zunge über die Lippen. »Ich hatte Angst, glattweg zur Polizei damit zu gehen; ich meinte, ich sollte Sie erst fragen. Soll ich der Polizei melden, was ich getan habe, Mr. Selvey? Soll ich ihr sagen, daß ich die Frau getötet habe? Sagen Sie's mir. Soll ich?«

Die Welt drehte sich plötzlich vor Warren Selveys Augen. Seine Hände, die er um die Kaffetasse gelegt hatte, wurden kalt. Er starrte den Mann gegenüber an.

»Wovon reden Sie überhaupt?« fragte er. »Rodman hat seine Frau ermordet. Wir haben es bewiesen.«

»Nein, nein, das ist es ja eben. Ich trampte nach Osten. Jemand nahm mich mit dem Wagen nach Wilford mit. Ich streifte durch die Stadt und überlegte krampfhaft, wo ich etwas zu essen, einen Job, irgendwas bekommen könnte. Ich klopfte an eine Tür, und jene nette junge Frau öffnete. Sie hatte keinen Job für mich, aber sie gab mir ein Sandwich. Es war ein Schinkensandwich.«

»Welches Haus? Woher wissen Sie, daß es Mrs. Rodmans Haus war?«

»Ich weiß es. Ich habe ihr Bild in den Zeitungen gesehen. Sie war eine so nette Dame. Wäre sie nachher nicht aus der Küche gegangen, wäre überhaupt nichts passiert.«

»Was, was?« fuhr Selvey ihn an.

»Ich hätte es nicht tun sollen. Ich meine, nachdem sie wirklich so nett zu mir war. Aber ich war so pleite. Ich sah in den Töpfen im Küchenschrank nach. Sie wissen, wie Frauen sind; sie verstecken immer Zaster in Tassen und Töpfen, ihr Taschengeld nennen sie es. Sie erwischte mich dabei und wurde wütend. Sie schrie nicht und machte keinen Lärm, aber ich konnte sehen, daß sie mich in Schwierigkeiten bringen wollte. Und da hab ich's getan, Mr. Selvey. Ich verlor den Kopf.«

»Ich glaube Ihnen nicht«, sagte Selvey. »Keiner – kein Unbekannter wurde in der Nachbarschaft gesehen. Rodman und seine Frau lebten dauernd im Streit –«

Der grauhaarige Mann zuckte mit den Schultern. »Davon weiß ich nichts, Mr. Selvey. Ich weiß überhaupt nichts über diese Leute. Aber so ist's geschehen, und darum brauche ich Ihren Rat.« Er rieb sich die Stirn. »Ich meine, wenn ich jetzt gestehe, was würde man mit mir machen?«

»Sie auf den elektrischen Stuhl setzen«, sagte Selvey kalt.

»Sie an Stelle von Rodman verbrennen. Wollen Sie das?«

Arlington wurde weiß. »Nein. Gefängnis, in Ordnung. Aber das nicht.«

»Dann vergessen Sie es. Haben Sie mich verstanden, Mr. Arlington? Ich glaube, Sie haben die ganze Geschichte nur geträumt, nicht wahr? Betrachten Sie's von der Seite. Ein böser Traum. Und jetzt gehen Sie wieder auf die Straße und vergessen es.«

»Aber dieser Mann. Heute nacht werden sie ihn töten–«

»Weil er schuldig ist!« Selveys Faust fiel auf den Tisch. »Ich habe seine Schuld *bewiesen*! Verstanden?«

Die Lippen des Mannes zitterten.

»Ja, Sir«, sagte er.

Selvey stand auf und warf fünf Dollar auf den Tisch.

»Zahlen Sie die Rechnung«, sagte er scharf. »Behalten Sie den Rest.«

An jenem Abend fragte Doreen ihn bereits zum viertenmal nach der Uhrzeit.

»Elf«, antwortete er mürrisch.

»Noch eine Stunde.« Sie drückte sich tief in die Sofakissen. »Ich möchte wissen, was er in diesem Augenblick empfindet...«

»Hör auf damit!«

»Du meine Güte, wie nervös wir heute abend sind.«

»Ich habe nichts mehr damit zu tun, Doreen. Das habe ich dir wieder und wieder erzählt. Jetzt tut der Staat seine Pflicht.«

Nachdenklich schob sie ihre rosa Zungenspitze zwischen die Zähne. »Aber du hast ihn dorthin gebracht, Warren. Das kannst du nicht leugnen.«

»Die Geschworenen haben ihn dorthin gebracht!«

»Du brauchst *mich* nicht anzuschreien, Staatsanwalt.«

»Oh, Doreen...« Er beugte sich zu ihr hinüber, um eine entschuldigende Geste zu machen, als das Telephon klingelte.

Ärgerlich nahm er den Hörer ab.

»Mr. Selvey? Hier ist Arlington.«

Selvey fühlte, wie sein Herzschlag sich über seinen ganzen Körper ausbreitete.

»Was wollen Sie?«

»Ich habe darüber nachgedacht, Mr. Selvey. Was Sie mir heute gesagt haben. Ich meine allerdings, daß es nicht recht wäre, einfach alles zu vergessen. Ich meine –«

»Arlington, hören Sie zu. Ich möchte Sie gern in meiner Wohnung sprechen. Ich möchte Sie gern sofort sprechen.«

Vom Sofa her rief Doreen: »He!«

»Haben Sie mich verstanden, Arlington? Bevor Sie überstürzt handeln, möchte ich mit Ihnen reden, Ihnen Ihre rechtliche Lage klarmachen. Ich glaube, daß Sie sich das selbst schuldig sind.«

Am anderen Ende der Leitung entstand eine Pause.

»Wahrscheinlich haben Sie recht, Mr. Selvey. Nur befinde ich mich jetzt in der Innenstadt, und bis ich bei Ihnen bin –«

»Sie können es noch rechtzeitig schaffen. Nehmen Sie die IRT-Untergrundbahn, damit geht's am schnellsten. Bei der 86th Straße steigen Sie aus.«

Als er auflegte, war Doreen aufgestanden.

»Doreen, warte. Es tut mir leid, aber dieser Mann ist – ein wichtiger Zeuge in einem Fall, den ich bearbeite. Der einzige Zeitpunkt, zu dem ich ihn sprechen kann, ist jetzt.«

»Viel Spaß«, sagte sie schnippisch und ging ins Schlafzimmer.

»Doreen –«

Die Tür schloß sich hinter ihr. Einen Augenblick lang war alles ruhig. Dann hörte er, wie sich der Schlüssel im Schloß drehte.

Selvey verfluchte im stillen die Launen seiner Frau und ging zur Hausbar hinüber.

Als Arlington an der Tür läutete, war der Spiegel in Selveys Whiskyflasche um fünfzehn Zentimeter gesunken.

Arlingtons fettiger Hut und schmutziger Mantel nahmen sich in Selveys luxuriöser Wohnung schäbiger denn je aus. Er legte sie ab und blickte schüchtern um sich.

»Wir haben nur noch eine Dreiviertelstunde«, sagte er. »Ich muß einfach etwas unternehmen, Mr. Selvey.«

»Ich weiß, was Sie als erstes tun müssen«, lächelte der

Staatsanwalt. »Sie müssen einen Schluck trinken und die Sache mit mir durchsprechen.«

»Ich glaube, ich sollte lieber nicht –« Doch die Augen des Mannes ruhten bereits begehrlich auf der Flasche in Selveys Hand. Das Lächeln des Anwalts wurde breiter.

Gegen elf Uhr dreißig war Arlingtons Stimme schwerfällig und verschwommen, seine Augen nicht mehr so fordernd, seine Sorge um Rodman nicht mehr so drängend.

Selvey hielt das Glas seines Besuchers stets gefüllt.

Der alte Mann begann vor sich hin zu murmeln: von seiner Kindheit, von lang vergangenem Ansehen, und er endete schließlich mit Schmähungen über eine Reihe unbekannter Leute, die ihm übel mitgespielt hätten. Nach einer Weile begann sein Kopf auf den Schultern hin- und herzurollen, und die schweren Lider sanken ihm über die Augen.

Der helle Glockenton der Uhr auf dem Kaminsims riß ihn aus seinem Dahindösen.

»Was war das?«

»Nur die Uhr.« Selvey grinste.

»Uhr? Wie spät? Wie spät?«

»Zwölf, Mr. Arlington. Ihre Sorgen sind vorbei. Mr. Rodman hat bereits für sein Verbrechen bezahlt.«

»Nein!« Der alte Mann war aufgesprungen und lief wie wild im Kreis herum. »Nein! Das ist nicht wahr. Ich habe die Frau getötet. Nicht er! Man darf ihn nicht für etwas umbringen, das er –«

»Beruhigen Sie sich, Mr. Arlington. Sie können jetzt nichts mehr daran ändern.«

»Doch, doch! Ich muß es melden – der Polizei –«

»Aber warum? Rodman ist hingerichtet. Als diese Uhr hier ausgeschlagen hatte, war er tot. Was können Sie jetzt noch für ihn tun?«

»Ich muß!« schluchzte der alte Mann. »Verstehn Sie denn nicht? Ich könnte so nicht weiterleben, Mr. Selvey. Bitte –«

Er stolperte zum Telephon hinüber. Rasch legte der Staatsanwalt seine Hand auf den Hörer.

»Lassen Sie das«, sagte er.

Ihre Hände kämpften um den Apparat, und der jüngere Mann gewann leicht die Oberhand.

»Sie können mich nicht aufhalten, Mr. Selvey. Ich gehe selbst hin. Ich werde ihnen alles erzählen. Und über Sie werde ich ihnen erzählen –«

Er stolperte auf die Tür zu. Selveys Arm schoß vor und riß ihn herum.

»Sie verrückter alter Tramp! Wollen Sie sich unbedingt ins Unglück stürzen? Rodman ist tot –«

»Das ist mir egal!«

Selvey holte aus, und seine Hand knallte über das eingefallene, weißstoppelige Gesicht. Der alte Mann schluchzte auf bei dem Schlag, versuchte aber weiter, die Tür zu erreichen. Selveys Wut wuchs, und er schlug nochmals zu, und wie von selbst rutschten seine Hände nach dem Schlag um den hageren Hals des alten Mannes. Der nächste Einfall kam ganz natürlich. Unter der verwitterten Haut pulste nicht mehr viel Leben. Etwas mehr Druck, und Selvey konnte den keuchenden Atem stoppen, die rauhe, knarrende Stimme, die ihn verdammenden Worte... Selvey drückte fest und fester.

Dann ließen seine Hände ihn los. Der alte Mann

schwankte und glitt an Selveys Körper herunter zu Boden. In der Tür, aufrecht, mit eiskalten Augen: Doreen.

»Doreen, hör zu –«

»Du hast ihn erwürgt«, sagte sie.

»Notwehr!« schrie Selvey. »Er brach ein und versuchte, die Wohnung auszurauben!«

Sie schlug die Tür hinter sich zu, drehte den Schlüssel im Schloß. Selvey rannte über den Teppich und schlug verzweifelt gegen die Tür. Er rüttelte am Türknopf und rief ihren Namen, aber es kam keine Antwort. Dann hörte er, wie sich die Wählscheibe des Telephons drehte.

Auch ohne Vance unter den Leuten, die sich in seiner Wohnung drängten, wäre es schlimm genug gewesen. Vance, der stellvertretende Oberstaatsanwalt, der ihn sowieso nicht ausstehen konnte. Vance, der gerissen genug war, ohne jede Mühe seine Einbrechergeschichte zu widerlegen, der erfahren hatte, daß Selveys Besucher erwartet wurde. Vance, der über seine fatale Lage frohlocken würde.

Aber Vance schien nicht zu frohlocken. Er sah völlig verblüfft aus. Er starrte auf den Toten am Boden in Selveys Wohnung und sagte nur: »Ich versteh' das nicht, Warren. Ich versteh's einfach nicht. Warum mußten Sie einen harmlosen, alten Burschen wie den da töten?«

»Harmlos? *Harmlos?*«

»Gewiß. Harmlos. Das ist doch der alte Arlington. Bin ihm schon überall begegnet.«

»Sie kennen ihn?« Selvey war wie betäubt.

»Gewiß. Ich traf ihn zum erstenmal, als ich draußen in Bellaire County arbeitete, verrückter alter Knabe, der überall herumlief und Morde eingestand, die er nicht begangen hatte. Aber warum ihn töten, Warren? Warum?«

Henry Slesar im Diogenes Verlag

Coole Geschichten für clevere Leser
Aus dem Amerikanischen von Thomas Schlück.
Ein Diogenes Sonderband

Schlimme Geschichten für schlaue Leser
Deutsch von Thomas Schlück.
Ein Diogenes Sonderband

Das graue distinguierte Leichentuch
Roman. Deutsch von Paul Baudisch und Thomas Bodmer.
detebe 20139

Vorhang auf, wir spielen Mord!
Roman. Deutsch von Thomas Schlück.
detebe 20216

Erlesene Verbrechen und makellose Morde
Geschichten. Deutsch von Günter Eichel. Vorwort von
Alfred Hitchcock. Zeichnungen von Tomi Ungerer.
detebe 20225

Ein Bündel Geschichten für lüsterne Leser
Deutsch von Günter Eichel. Vorwort von Alfred Hitchcock.
Zeichnungen von Tomi Ungerer.
detebe 20275

Hinter der Tür
Roman. Deutsch von Thomas Schlück.
detebe 20540

Aktion Löwenbrücke
Roman. Deutsch von Günter Eichel.
detebe 20656

Ruby Martinson
Geschichten vom größten erfolglosen Verbrecher der Welt.
Deutsch von Helmut Degner.
detebe 20657

Literarische Thriller im Diogenes Verlag

● **Margery Allingham**

Die Handschuhe des Franzosen
Kriminalgeschichten. Deutsch von Peter Naujack. Zeichnungen von Georges Eckert. detebe 20929

● **Eric Ambler**

Mit der Zeit
Roman. Deutsch von Hans Hermann

Die Maske des Dimitrios
Roman. Deutsch von Mary Brand und Walter Hertenstein. detebe 20137

Der Fall Deltschev
Roman. Deutsch von Mary Brand und Walter Hertenstein. detebe 20178

Eine Art von Zorn
Roman. Deutsch von Susanne Feigl und Walter Hertenstein. detebe 20179

Schirmers Erbschaft
Roman. Deutsch von Harry Reuß-Löwenstein, Th. A. Knust und Rudolf Barmettler. detebe 20180

Die Angst reist mit
Roman. Deutsch von Walter Hertenstein. detebe 20181

Der Levantiner
Roman. Deutsch von Tom Knoth. detebe 20223

Waffenschmuggel
Roman. Deutsch von Tom Knoth. detebe 20364

Topkapi
Roman.Deutsch von Elsbeth Herlin. detebe 20536

Schmutzige Geschichte
Roman. Deutsch von Günter Eichel. detebe 20537

Das Intercom-Komplott
Roman. Deutsch von Dietrich Stössel. detebe 20538

Besuch bei Nacht
Roman. Deutsch von Wulf Teichmann. detebe 20539

Der dunkle Grenzbezirk
Roman. Deutsch von Walter Hertenstein und Ute Haffmans. detebe 20602

Ungewöhnliche Gefahr
Roman. Deutsch von Walter Hertenstein und Werner Morlang. detebe 20603

Anlaß zur Unruhe
Roman. Deutsch von Franz Cavigelli. detebe 20604

Nachruf auf einen Spion
Roman. Deutsch von Peter Fischer. detebe 20605

Doktor Frigo
Roman. Deutsch von Tom Knoth. detebe 20606

Bitte keine Rosen mehr
Roman. Deutsch von Tom Knoth. detebe 20887

Über Eric Ambler
Herausgegeben von Gerd Haffmans. detebe 20607

● **John Buchan**

Die neununddreißig Stufen
Roman. Deutsch von Marta Hackel. Mit Zeichnungen von Edward Gorey. detebe 20210

Grünmantel
Roman. Deutsch von Marta Hackel. Mit Zeichnungen von Topor. detebe 20771

Mr. Standfast oder Im Westen was Neues
Roman. Deutsch von Marta Hackel. Mit Zeichnungen von Topor. detebe 20772

Die drei Geiseln
Roman. Deutsch von Marta Hackel. Mit Zeichnungen von Tatjana Hauptmann. detebe 20773

● Raymond Chandler

Der große Schlaf
Roman. Neu übersetzt von Gunar Ortlepp. detebe 20132

Die kleine Schwester
Roman. Neu übersetzt von W. E. Richartz. detebe 20206

Das hohe Fenster
Roman. Neu übersetzt von Urs Widmer. detebe 20208

Der lange Abschied
Roman. Neu übersetzt von Hans Wollschläger. detebe 20207

Die simple Kunst des Mordes
Briefe, Essays, Fragmente. Herausgegeben von Dorothy Gardiner und Kathrine Sorley Walker. Neu übersetzt von Hans Wollschläger. detebe 20209

Die Tote im See
Roman. Neu übersetzt von Hellmuth Karasek. detebe 20311

Lebwohl, mein Liebling
Roman. Neu übersetzt von Wulf Teichmann. detebe 20312

Playback
Roman. Neu übersetzt von Wulf Teichmann. detebe 20313

Mord im Regen
Frühe Stories. Vorwort von Prof. Philip Durham. Neu übersetzt von Hans Wollschläger. detebe 20314

Erpresser schießen nicht
Detektivstories I. Neu übersetzt von Hans Wollschläger. detebe 20751

Der König in Gelb
Detektivstories II. Neu übersetzt von Hans Wollschläger. detebe 20752

Gefahr ist mein Geschäft
Detektivstories III. Neu übersetzt von Hans Wollschläger. detebe 20753

Englischer Sommer
3 Stories und Essays. Mit einer Erinnerung von John Houseman und dem Vorwort von Patricia Highsmith.
Diverse Übersetzer. detebe 20754

● Celia Fremlin

Klimax
Roman. Deutsch von Dietrich Stössel. detebe 20916

● Henry Rider Haggard

Sie
Roman. Deutsch von Helmut Degner. detebe 20236

König Salomons Schatzkammern
Roman. Deutsch von V. H. Schmied. detebe 20920

● Dashiell Hammett

Der Malteser Falke
Roman. Neu übersetzt von Peter Naujack. detebe 20131

Rote Ernte
Roman. Neu übersetzt von Gunar Ortlepp. detebe 20292

Der Fluch des Hauses Dain
Roman. Neu übersetzt von Wulf Teichmann. detebe 20293

Der gläserne Schlüssel
Roman. Neu übersetzt von Hans Wollschläger. detebe 20294

Der dünne Mann
Roman. Neu übersetzt von Tom Knoth. detebe 20295

Fliegenpapier
5 Stories. Deutsch von Harry Rowohlt, Helmut Kossodo, Helmut Degner, Peter Naujack und Elizabeth Gilbert. Vorwort von Lillian Hellman. detebe 20911

Fracht für China
3 Stories. Deutsch von Elizabeth Gilbert, Antje Friedrichs und Walter E. Richartz. detebe 20912

Das große Umlegen
3 Stories. Deutsch von Walter E. Richartz, Hellmuth Karasek und Wulf Teichmann. detebe 20913

Das Haus in der Turk Street
3 Stories. Deutsch von Wulf Teichmann. detebe 20914

Das Dingsbums Küken
3 Stories. Deutsch von Wulf Teichmann. Nachwort von Steven Marcus. detebe 20915

● Patricia Highsmith

Der Junge, der Ripley folgte
Roman. Deutsch von Anne Uhde

Leise, leise im Wind
Erzählungen. Deutsch von Anne Uhde

Der Stümper
Roman. Deutsch von Barbara Bortfeldt. detebe 20136

Zwei Fremde im Zug
Roman. Deutsch von Anne Uhde. detebe 20173

Der Geschichtenerzähler
Roman. Deutsch von Anne Uhde. detebe 20174

Der süße Wahn
Roman. Deutsch von Christian Spiel. detebe 20175

Die zwei Gesichter des Januars
Roman. Deutsch von Anne Uhde. detebe 20176

Der Schrei der Eule
Roman. Deutsch von Gisela Stege. detebe 20341

Tiefe Wasser
Roman. Deutsch von Eva Gärtner und Anne Uhde. detebe 20342

Die gläserne Zelle
Roman. Deutsch von Gisela Stege und Anne Uhde. detebe 20343

Das Zittern des Fälschers
Roman. Deutsch von Anne Uhde. detebe 20344

Lösegeld für einen Hund
Roman. Deutsch von Anne Uhde. detebe 20345

Der talentierte Mr. Ripley
Roman. Deutsch von Barbara Bortfeldt. detebe 20481

Ripley Under Ground
Roman. Deutsch von Anne Uhde. detebe 20482

Ripley's Game
Roman. Deutsch von Anne Uhde. detebe 20346

Der Schneckenforscher
Vorwort von Graham Greene. Deutsch von Anne Uhde. detebe 20347

Ein Spiel für die Lebenden
Roman. Deutsch von Anne Uhde. detebe 20348

Kleine Geschichten für Weiberfeinde
Deutsch von W. E. Richartz. Mit Zeichnungen von Roland Topor. detebe 20349

Kleine Mordgeschichten für Tierfreunde
Deutsch von Anne Uhde. detebe 20483

Venedig kann sehr kalt sein
Roman. Deutsch von Anne Uhde. detebe 20484

Ediths Tagebuch
Roman. Deutsch von Anne Uhde. detebe 20485

● Maurice Leblanc

Arsène Lupin – Der Gentleman-Gauner
Roman. Deutsch von Erika Gebühr. detebe 20127

Die hohle Nadel oder Die Konkurrenten des Arsène Lupin
Deutsch von Erika Gebühr. detebe 20239

813 – Das Doppelleben des Arsène Lupin
Roman. Deutsch von Erika Gebühr. detebe 20931

Der Kristallstöpsel oder Die Mißgeschicke des Arsène Lupin
Roman. Deutsch von Erika Gebühr. detebe 20932

Die Gräfin von Cagliostro oder Die Jugend des Arsène Lupin
Roman. Deutsch von Erika Gebühr. detebe 20933

● Joseph Sheridan Le Fanu

Carmilla, der weibliche Vampir
Vampirgeschichte. Deutsch von Helmut Degner. Zeichnungen von Edward Ardizzone. detebe 20596

Der ehrenwerte Herr Richter Harbottle
Unheimliche Geschichten. Deutsch von Helmut Degner und Elisabeth Schnack. Zeichnungen von Edward Ardizzone.
detebe 20619

● Gaston Leroux

Das Geheimnis des gelben Zimmers
Roman. Deutsch von Klaus Walther.
detebe 20924

● Ross Macdonald

Dornröschen war ein schönes Kind
Roman. Deutsch von Wulf Teichmann.
detebe 20227

Unter Wasser stirbt man nicht
Roman. Deutsch von Hubert Deymann.
detebe 20322

Ein Grinsen aus Elfenbein
Roman. Deutsch von Charlotte Hamberger.
detebe 20323

Die Küste der Barbaren
Roman. Deutsch von Marianne Lipcowitz.
detebe 20324

Der Fall Galton
Roman. Deutsch von Egon Lothar Wensk.
detebe 20325

Gänsehaut
Roman. Deutsch von Gretel Friedmann.
detebe 20326

Der blaue Hammer
Roman. Deutsch von Peter Naujack.
detebe 20541

Durchgebrannt
Roman. Deutsch von Helmut Degner.
detebe 20868

Geld kostet zuviel
Roman. Deutsch von Günter Eichel.
detebe 20869

Die Kehrseite des Dollars
Roman. Deutsch von Günter Eichel.
detebe 20877

Der Untergrundmann
Roman. Deutsch von Hubert Deymann.
detebe 20878

Sämtliche Detektivstories
Mit einem Vorwort des Autors.
Deutsch von Hubert Deymann.
Ein Diogenes Sonderband

● Margaret Millar

Der Mord von Miranda
Roman. Deutsch von Hans Hermann

Liebe Mutter, es geht mir gut . . .
Roman. Deutsch von Elizabeth Gilbert.
detebe 20226

Die Feindin
Roman. Deutsch von Elizabeth Gilbert.
detebe 20276

Fragt morgen nach mir
Roman. Deutsch von Anne Uhde.
detebe 20542

Ein Fremder liegt in meinem Grab
Roman. Deutsch von Elizabeth Gilbert.
detebe 20646

Die Süßholzraspler
Roman. Deutsch von Georg Kahn-Ackermann und Susanne Feigl. detebe 20926

Von hier an wird's gefährlich
Roman. Deutsch von Fritz Güttinger.
detebe 20927

● Patrick Quentin

Bächleins Rauschen tönt so bang
Kriminalgeschichten. Deutsch von Günter Eichel. detebe 20195

Familienschande
Roman. Deutsch von Helmut Degner.
detebe 20917

● Georges Simenon

Betty / Die Tür
Zwei Romane in einem Sonderband.
Deutsch von Raymond Regh und Linde Birk

Der Neger / Das blaue Zimmer
Zwei Romane in einem Sonderband.
Deutsch von Linde Birk und Angela von Hagen

Maigret hat Angst / Maigret erlebt eine Niederlage
Zwei Romane in einem Sonderband. Deutsch von Elfriede Riegler

Maigret gerät in Wut / Maigret verteidigt sich
Zwei Romane in einem Sonderband. Deutsch von Wolfram Schäfer

Zum weißen Roß
Roman. Deutsch von Trude Fein

Der Tod des Auguste Mature
Roman. Deutsch von Anneliese Botond

Brief an meinen Richter
Roman. Deutsch von Hansjürgen Wille und Barbara Klau. detebe 20371

Der Schnee war schmutzig
Roman. Deutsch von Willi A. Koch. detebe 20372

Die grünen Fensterläden
Roman. Deutsch von Alfred Günther. detebe 20373

Im Falle eines Unfalls
Roman. Deutsch von Hansjürgen Wille und Barbara Klau. detebe 20374

Sonntag
Roman. Deutsch von Hansjürgen Wille und Barbara Klau. detebe 20375

Bellas Tod
Roman. Deutsch von Elisabeth Serelmann-Küchler. detebe 20376

Der Mann mit dem kleinen Hund
Roman. Deutsch von Stefanie Weiss. detebe 20377

Drei Zimmer in Manhattan
Roman. Deutsch von Linde Birk. detebe 20378

Die Großmutter
Roman. Deutsch von Linde Birk. detebe 20379

Der kleine Mann von Archangelsk
Roman. Deutsch von Alfred Kuoni. detebe 20584

Der große Bob
Roman. Deutsch von Linde Birk. detebe 20585

Die Wahrheit über Bébé Donge
Roman. Deutsch von Renate Nickel. detebe 20586

Tropenkoller
Roman. Deutsch von Annerose Melter. detebe 20673

Ankunft Allerheiligen
Roman. Deutsch von Eugen Helmlé. detebe 20674

Der Präsident
Roman. Deutsch von Renate Nickel. detebe 20675

Der kleine Heilige
Roman. Deutsch von Trude Fein. detebe 20676

Der Outlaw
Roman. Deutsch von Liselotte Julius. detebe 20677

Die Glocken von Bicêtre
Roman. Deutsch von Hansjürgen Wille und Barbara Klau. detebe 20678

Der Verdächtige
Roman. Deutsch von Eugen Helmlé. detebe 20679

Die Verlobung des Monsieur Hire
Roman. Deutsch von Linde Birk. detebe 20681

Der Mörder
Roman. Deutsch von Lothar Baier. detebe 20682

Die Zeugen
Roman. Deutsch von Anneliese Botond. detebe 20683

Die Komplizen
Roman. Deutsch von Stefanie Weiss. detebe 20684

Die Unbekannten im eigenen Haus
Roman. Deutsch von Gerda Scheffel. detebe 20685

Der Ausbrecher
Roman. Deutsch von Erika Tophoven.
detebe 20686

Wellenschlag
Roman. Deutsch von Eugen Helmlé.
detebe 20687

Der Mann aus London
Roman. Deutsch von Stefanie Weiss.
detebe 20813

Die Überlebenden der Télémaque
Roman. Deutsch von Hainer Kober.
detebe 20814

Der Mann, der den Zügen nachsah
Roman. Deutsch von Walter Schürenberg.
detebe 20815

Maigrets erste Untersuchung
Roman. Deutsch von Roswitha Plancherel.
detebe 20501

Maigret und Pietr der Lette
Roman. Deutsch von Wolfram Schäfer.
detebe 20502

Maigret und die alte Dame
Roman. Deutsch von Renate Nickel.
detebe 20503

Maigret und der Mann auf der Bank
Roman. Deutsch von Annerose Melter.
detebe 20504

Maigret und der Minister
Roman. Deutsch von Annerose Melter.
detebe 20505

Mein Freund Maigret
Roman. Deutsch von Annerose Melter.
detebe 20506

Maigrets Memoiren
Roman. Deutsch von Roswitha Plancherel.
detebe 20507

Maigret und die junge Tote
Roman. Deutsch von Raymond Regh.
detebe 20508

Maigret amüsiert sich
Roman. Deutsch von Renate Nickel.
detebe 20509

Hier irrt Maigret
Roman. Deutsch von Renate Nickel.
detebe 20690

Maigret und der gelbe Hund
Roman. Deutsch von Raymond Regh.
detebe 20691

Maigret vor dem Schwurgericht
Roman. Deutsch von Wolfram Schäfer.
detebe 20692

Maigret als möblierter Herr
Roman. Deutsch von Wolfram Schäfer.
detebe 20693

Madame Maigrets Freundin
Roman. Deutsch von Roswitha Plancherel.
detebe 20713

Maigret kämpft um den Kopf eines Mannes
Roman. Deutsch von Roswitha Plancherel.
detebe 20714

Maigret und die kopflose Leiche
Roman. Deutsch von Wolfram Schäfer.
detebe 20715

Maigret und die widerspenstigen Zeugen
Roman. Deutsch von Wolfram Schäfer.
detebe 20716

Maigret am Treffen der Neufundlandfahrer
Roman. Deutsch von Annerose Melter.
detebe 20717

Maigret bei den Flamen
Roman. Deutsch von Claus Sprick.
detebe 20718

Maigret und die Bohnenstange
Roman. Deutsch von Guy Montag.
detebe 20808

Maigret und das Verbrechen in Holland
Roman. Deutsch von Renate Nickel.
detebe 20809

Maigret und sein Toter
Roman. Deutsch von Elfriede Riegler.
detebe 20810

Maigret beim Coroner
Roman. Deutsch von Wolfram Schäfer. detebe 20811

Maigret, Lognon und die Gangster
Roman. Deutsch von Wolfram Schäfer. detebe 20812

Maigret und der Gehängte von Saint-Pholien
Roman. Deutsch von Sibylle Powell. detebe 20816

Maigret und der verstorbene Monsieur Gallet
Roman. Deutsch von Roswitha Plancherel. detebe 20817

Maigret regt sich auf
Roman. Deutsch von Wolfram Schäfer. detebe 20820

● Henry Slesar

Das graue distinguierte Leichentuch
Roman. Deutsch von Paul Baudisch und Thomas Bodmer. Ausgezeichnet mit dem Edgar-Allan-Poe-Preis. detebe 20139

Vorhang auf, wir spielen Mord!
Roman. Deutsch von Thomas Schlück. detebe 20216

Erlesene Verbrechen und makellose Morde
Geschichten. Deutsch von Günter Eichel und Peter Naujack. Vorwort von Alfred Hitchcock. Zeichnungen von Tomi Ungerer. detebe 20225

Ein Bündel Geschichten für lüsterne Leser
Deutsch von Günter Eichel. Einleitung von Alfred Hitchcock. Zeichnungen von Tomi Ungerer. detebe 20275

Hinter der Tür
Roman. Deutsch von Thomas Schlück. detebe 20540

Aktion Löwenbrücke
Roman. Deutsch von Günter Eichel. detebe 20656

Ruby Martinson
Geschichten vom größten erfolglosen Verbrecher der Welt. Deutsch von Helmut Degner. detebe 20657

Schlimme Geschichten für schlaue Leser
Deutsch von Thomas Schlück. Sonderband

Coole Geschichten für clevere Leser
Deutsch von Thomas Schlück. Ein Diogenes Sonderband

● Julian Symons

Auf den Zahn gefühlt
Detektivgeschichten. Deutsch von Thomas Schlück. detebe 20601

Ein Pekinese aus Gips
Kriminalgeschichten. Deutsch von Günter Eichel. Zeichnungen von Josef Weihard. detebe 20740

Klassische und moderne Kriminal-, Grusel- und Abenteuergeschichten in Diogenes Taschenbüchern

● Wilkie Collins
Ein schauerliches fremdes Bett. Gruselgeschichten. detebe 20589

● Joseph Conrad
Lord Jim. Roman. detebe 20128
Der Geheimagent. Roman. detebe 20212
Herz der Finsternis. Erzählung. detebe 20363

● Stephen Crane
Das blaue Hotel. Klassische Geschichten aus dem Wilden Westen. detebe 20789

● Guy Cullingford
Post mortem. Roman. detebe 20369

● Dolly Dolittle's
Crime Club. detebe 20277–20279, 20664

● Alexandre Dumas, Père
Horror in Fontenay. Roman. detebe 20367

● Lord Dunsany
Smetters erzählt Mordgeschichten. detebe 20597
Jorkens borgt sich einen Whisky. Club-Geschichten. detebe 20598

● Friedrich Dürrenmatt
Der Richter und sein Henker / Der Verdacht. Zwei Romane. detebe 20849

● David Ely
Aus! Eine Atomkatastrophengeschichte. detebe 20036

● Erckmann/Chatrian
Der Rekrut. Roman. detebe 20012

● William Faulkner
Der Springer greift an. Kriminalgeschichten. detebe 20182

● Celia Fremlin
Klimax. Roman. detebe 20916

● Egon Friedell
Die Rückkehr der Zeitmaschine. Phantastische Novelle. detebe 20177

● Felix Gasbarra
Schule der Planeten. Roman. detebe 20549

● Eric Geen
Tolstoi lebt in 12N B9. Roman. detebe 20221

● Rider Haggard
Sie. Roman. detebe 20236
König Salomons Schatzkammern. Roman. detebe 20920

● Dashiell Hammett
Der Malteser Falke. Roman. detebe 20131
Rote Ernte. Roman. detebe 20292
Der Fluch des Hauses Dain. Roman. detebe 20293
Der gläserne Schlüssel. Roman. detebe 20294
Der dünne Mann. Roman. detebe 20295
Fliegenpapier. 5 Stories. detebe 20911
Fracht für China. 3 Stories. detebe 20912
Das große Umlegen. 3 Stories. detebe 20913
Das Haus in der Turk Street. 3 Stories. detebe 20914
Das Dingsbums Küken. 3 Stories. Nachwort von Steven Marcus. detebe 20915

● Cyril Hare
Mörderglück. Kriminalgeschichten. detebe 20196

● W. F. Harvey
Die Bestie mit den fünf Fingern. Gruselgeschichten. detebe 20599

● Harry Hearson & J. C. Trewin
Euer Gnaden haben geschossen? Eine Geschichte. detebe 20240

● Frank Heller
Herrn Collins Abenteuer. Roman. detebe 20238

● O. Henry
Glück, Geld und Gauner. Ausgewählte Geschichten. detebe 20235
Die klügere Jungfrau. Geschichten. detebe 20871
Das Herz des Westens. Geschichten. detebe 20872
Der edle Gauner. Geschichten. detebe 20873
Wege des Schicksals. detebe 20874
Streng geschäftlich. detebe 20875
Rollende Steine. detebe 20876

● Patricia Highsmith
Der Stümper. Roman. detebe 20136
Zwei Fremde im Zug. Roman. detebe 20173
Der Geschichtenerzähler. Roman. detebe 20174
Der süße Wahn. Roman. detebe 20175

Die zwei Gesichter des Januars. Roman. detebe 20176
Der Schrei der Eule. Roman. detebe 20341
Tiefe Wasser. Roman. detebe 20342
Die gläserne Zelle. Roman. detebe 20343
Das Zittern des Fälschers. Roman. detebe 20344
Lösegeld für einen Hund. Roman. detebe 20345
Der talentierte Mr. Ripley. Roman. detebe 20481
Ripley Under Ground. Roman. detebe 20482
Ripley's Game. Roman. detebe 20346
Der Schneckenforscher. Geschichten. detebe 20347
Ein Spiel für die Lebenden. Roman. detebe 20348
Kleine Geschichten für Weiberfeinde. detebe 20349
Kleine Mordgeschichten für Tierfreunde. detebe 20483
Venedig kann sehr kalt sein. Roman. detebe 20484
Ediths Tagebuch. Roman. detebe 20485

● E. W. Hornung
Raffles – Der Dieb in der Nacht. Geschichten. detebe 20237

● Mary Hottinger
Mord. Mehr Morde. Noch mehr Morde. Kriminalgeschichten. detebe 20030–20032
Wahre Morde. detebe 20587

● Gerald Kersh
Mann ohne Gesicht. Phantastische Geschichten. detebe 20366

● Maurice Leblanc
Arsène Lupin – Der Gentleman-Gauner. Roman. detebe 20127
Die hohle Nadel oder Die Konkurrenten des Arsène Lupin. Roman. detebe 20239
813 – Das Doppelleben des Arsène Lupin. Roman. detebe 20931
Der Kristallstöpsel oder Die Mißgeschicke des Arsène Lupin. Roman. detebe 20932
Die Gräfin von Cagliostro oder Die Jugend des Arsène Lupin. Roman. detebe 20933

● Sheridan Le Fanu
Carmilla, der weibliche Vampir. detebe 20596
Der ehrenwerte Herr Richter Harbottle. Unheimliche Geschichten. detebe 20619

● Ross Macdonald
Dornröschen war ein schönes Kind. Roman. detebe 20227
Unter Wasser stirbt man nicht. Roman. detebe 20322
Ein Grinsen aus Elfenbein. Roman. detebe 20323
Die Küste der Barbaren. Roman. detebe 20324
Der Fall Galton. Roman. detebe 20325
Gänsehaut. Roman. detebe 20326
Der blaue Hammer. Roman. detebe 20541
Durchgebrannt. Roman. detebe 20868
Geld kostet zuviel. Roman. detebe 20869
Die Kehrseite des Dollars. Roman. detebe 20877
Der Untergrundmann. Roman. detebe 20878

● Margaret Millar
Liebe Mutter, es geht mir gut . . . Roman. detebe 20226
Die Feindin. Roman. detebe 20276
Fragt morgen nach mir. Roman. detebe 20542
Ein Fremder liegt in meinem Grab. Roman. detebe 20646
Die Süßholzraspler. Roman. detebe 20926
Von hier an wird's gefährlich. Roman. detebe 20927

● Fanny Morweiser
Lalu lalula, arme kleine Ophelia. Roman. detebe 20608
La vie en rose. Roman. detebe 20609
Indianer-Leo. Geschichten. detebe 20799

● Edgar Allan Poe
Der Untergang des Hauses Usher. Geschichten. detebe 20233

● Patrick Quentin
Bächleins Rauschen tönt so bang. Kriminalgeschichten. detebe 20195
Familienschande. Roman. detebe 20917

● Saki
Die offene Tür. Erzählungen. detebe 20115

● Maurice Sandoz
Am Rande. Unheimliche Erzählungen. Deutsch von Gertrude Droz-Rüegg. detebe 20739

● Hermann Harry Schmitz
Buch der Katastrophen. detebe 20548

● Georges Simenon
Maigrets erste Untersuchung. Roman. detebe 20501
Maigret und Pietr der Lette. Roman. detebe 20502

Maigret und die alte Dame. Roman. detebe 20503
Maigret und der Mann auf der Bank. Roman. detebe 20504
Maigret und der Minister. Roman. detebe 20505
Mein Freund Maigret. Roman. detebe 20506
Maigrets Memoiren. Roman. detebe 20507
Maigret und die junge Tote. Roman. detebe 20508
Maigret amüsiert sich. Roman. detebe 20509
Hier irrt Maigret. Roman. detebe 20690
Maigret und der gelbe Hund. Roman. detebe 20691
Maigret vor dem Schwurgericht. Roman. detebe 20692
Maigret als möblierter Herr. Roman. detebe 20693
Madame Maigrets Freundin. Roman. detebe 20713
Maigret kämpft um den Kopf eines Mannes. Roman. detebe 20714
Maigret und die kopflose Leiche. Roman. detebe 20715
Maigret und die widerspenstigen Zeugen. Roman. detebe 20716
Maigret am Treffen der Neufundlandfahrer. Roman. detebe 20717
Maigret bei den Flamen. Roman. detebe 20718
Maigret und die Bohnenstange. Roman. detebe 20808
Maigret und das Verbrechen in Holland. Roman. detebe 20809
Maigret und sein Toter. Roman. detebe 20810
Maigret beim Coroner. Roman. detebe 20811
Maigret, Lognon und die Gangster. Roman. detebe 20812
Maigret und der Gehängte von Saint-Pholien. Roman. detebe 20816
Maigret und der verstorbene Monsieur Gallet. Roman. detebe 20817
Maigret regt sich auf. Roman. detebe 20820

● Henry Slesar

Das graue distinguierte Leichentuch. Roman. detebe 20139
Vorhang auf, wir spielen Mord! Roman. detebe 20216
Erlesene Verbrechen und makellose Morde. Kriminalgeschichten. detebe 20225
Ein Bündel Geschichten für lüsterne Leser. Roman. detebe 20275
Hinter der Tür. Roman. detebe 20540
Aktion Löwenbrücke. Roman. detebe 20656
Ruby Martinson. Geschichten. detebe 20657

● Bram Stoker

Draculas Gast. Gruselgeschichten. detebe 20135

● Julian Symons

Auf den Zahn gefühlt. Geschichten. detebe 20601
Ein Pekinese aus Gips. Kriminalgeschichten. detebe 20740

● Jules Verne

Reise um die Erde in achtzig Tagen. Roman. detebe 20126
Fünf Wochen im Ballon. Roman. detebe 20241
Von der Erde zum Mond. Roman. detebe 20242
Reise um den Mond. Roman. detebe 20243
Zwanzigtausend Meilen unter Meer. Roman in zwei Bänden. detebe 20244 + 20245
Reise zum Mittelpunkt der Erde. Roman. detebe 20246
Der Kurier des Zaren. Roman in zwei Bänden. detebe 20401 + 20402
Die fünfhundert Millionen der Begum. Roman. detebe 20403
Die Kinder des Kapitäns Grant. Roman in zwei Bänden. detebe 20404 + 20405
Die Erfindung des Verderbens. Roman. detebe 20406
Die Leiden eines Chinesen in China. Roman. detebe 20407
Das Karpathenschloß. Roman. detebe 20408
Die Gestrandeten. Roman in zwei Bänden. detebe 20409 + 20410
Der ewige Adam. Geschichten. detebe 20411
Robur der Eroberer. Roman. detebe 20412
Zwei Jahre Ferien. Roman. detebe 20440

● Walter Vogt

Husten. Erzählungen. detebe 20621
Wüthrich. Roman. detebe 20622
Melancholie. Erzählungen. detebe 20623
Der Wiesbadener Kongreß. Roman. detebe 20306
Booms Ende. Roman. detebe 20307

● H. G. Wells

Der Krieg der Welten. Roman. detebe 20171
Die Zeitmaschine. Roman. detebe 20172